O PODER DA ORAÇÃO NO CASAMENTO

STORMIE OMARTIAN

O PODER DA ORAÇÃO NO CASAMENTO

Traduzido por MARIA EMÍLIA DE OLIVEIRA

mundocristão
São Paulo

Publicado originalmente por Harvest House Publishers, Eugene, Oregon, EUA

Editora responsável: Silvia Justino
Supervisão editorial: Ester Tarrone
Assistente editorial: Miriam de Assis
Preparação: Lizandra de Almeida
Revisão: Josemar de Souza Pinto
Coordenação de produção: Lilian Melo
Colaboração: Pamela Moura

Os textos das referências bíblicas foram extraídos da *Nova Versão Internacional* (NVI), da Sociedade Bíblica Internacional, salvo indicação específica.

Dados Internacionais de Catalogação na Publicação (CIP)
(Câmara Brasileira do Livro,SP,Brasil)

Omartian, Stormie

O poder da oração no casamento / Stormie Omartian; traduzido por Maria Emília de Oliveira — São Paulo: Mundo Cristão, 2009.

Título original: Praying Through the Deeper Issues of Marriage
ISBN 978-85-7325-558-4

1. Casamento - Aspectos religiosos - Cristianismo 2. Esposas - Vida religiosa 3. Oração - Cristianismo I. Título.

08-11995 CDD-261.8358

Índice para catálogo sistemático:
1. Casamento : Aspectos religiosos : Cristianismo 261.8358
Categoria: Oração

Publicado no Brasil com todos os direitos reservados por:
Editora Mundo Cristão
Rua Antônio Carlos Tacconi, 79, São Paulo, SP, Brasil, CEP 04810-020
Telefone: (11) 2127-4147
Home page: www.mundocristao.com.br

1ª edição: maio de 2009
5ª reimpressão: 2010

Sumário

Àquele que é capaz de fazer
infinitamente mais do que tudo o que
pedimos ou pensamos.

Efésios 3:20

Quais são *os* problemas mais sérios *e* como evitá-los?

VOCÊ PODE ESTAR PENSANDO: "Quem, eu? Não tenho nenhum problema. Nenhuma das quatorze situações relacionadas no Sumário se aplica a meu casamento. A não ser... bem... talvez uma... ou duas... ou mais... mas são problemas de meu marido (esposa), não meus".

Peço, porém, um pouco de sua atenção, porque acredito que, em algum momento na vida, todas as pessoas casadas terão de tomar uma decisão em *cada uma* dessas quatorze situações no sentido de *permitir*, ou não, que se *tornem* problemas no casamento. O fato de não constituírem problema no momento, não significa que não virão a ser. Aliás, essas questões importantes são armadilhas, e temos mais facilidade de cair nelas do que imaginamos. Estatísticas recentes provam que, em pouco tempo, quase metade dos casamentos terminará em divórcio. Os motivos mais comuns encontram-se, em geral, nessa lista de quatorze problemas potenciais.

Significa que todo casamento tem 50% de possibilidade de terminar em divórcio. Há exceções, claro. Deve haver casais que nunca tiveram problemas e sempre foram felizes no casamento. Não conheço nenhum, mas, por certo, deve haver. E há recém-casados que mantêm acesa a chama da paixão e ainda não caíram na realidade. Ainda não sentiram as pressões, as perdas e as provações da vida que atingem todos os casamentos. Este livro se destina a eles e a todos os que já enfrentaram problemas. Na verdade, destina-se a todos os casados. Ele não trata apenas de orar *durante* as lutas para encontrar soluções e reconciliação; trata também de orar para *evitar*, acima de tudo, o agravamento dos problemas.

Em cartas, *e-mails*, telefonemas e contatos em meu *site*, milhares de casais contaram-me os problemas que enfrentam no casamento. Acrescente-se a isso as experiências de meu próprio casamento, e temos o que acredito ser os quatorze problemas mais comuns que levam ao divórcio. Se pudéssemos solucionar todos, teríamos casamentos à prova de divórcio. Deus, porém, não deseja apenas que evitemos o divórcio. Deseja que sejamos felizes e plenamente realizados no casamento. Não glorificamos a Deus quando somos casados e infelizes. Ele tem um propósito grandioso para cada casamento, mas esse propósito não poderá ser plenamente realizado se o casal passar o tempo todo discutindo.

Talvez você se surpreenda ao saber que há muitas pessoas cujo casamento *aparenta* ser perfeito, mas que, na verdade, lutam com problemas sérios. Nem mesmo os amigos e familiares desconfiam da existência de conflitos, porque esses casais são capazes de ocultá-los e de demonstrar uma firmeza incrível diante dos outros. Muitos acreditam que conseguirão perseverar e conviver com a situação, mas, com o passar do tempo, ela se torna insuportável. Isso ocorre principalmente quando os dois começam a envelhecer e constatam que tudo continua igual no casamento, e não podem viver assim pelo resto da vida.

Estou totalmente convencida de que todos esses problemas poderiam ser evitados se entendêssemos, de fato, o que Deus deseja para o nosso casamento e como o inimigo de nossa alma sempre tentará impedi-lo. E ajudamos o inimigo quando fazemos o jogo dele. Mas há uma forma de apressar a derrota dos planos do inimigo e conhecer os planos de Deus para o sucesso do casamento.

Se sua vida conjugal já passou por muitas dificuldades, há uma boa notícia: Deus tem um plano para devolvê-la à forma planejada por ele. Deus quer que você coopere com ele para ver o que acontece. Para isso, você precisará ter uma vida de obediência a Deus e orar todos os dias pelo cônjuge e pelo casamento.

Sei que isso funciona porque meu marido e eu enfrentamos, de vez em quando, a maioria desses problemas. Houve ocasiões em que a falta de comunicação entre nós chegou a ponto de não conversarmos durante dias. Depois disso, passávamos meses falando apenas o estritamente necessário, muito distantes da verdadeira comunicação. A ira de meu marido e minha sensibilidade acentuada quase levaram nosso casamento a fazer parte dos 50% que não deram certo. Atravessamos longos períodos sem perdoar um ao outro, e lutamos com emoções negativas, como depressão, ansiedade e medo, que impregnavam a atmosfera de nosso lar. Houve ocasiões em que estávamos tão atarefados com a criação dos filhos que nos esquecemos completamente de nós. Passamos por períodos de dificuldades financeiras e desavenças sobre elas. Nosso coração tornou-se tão insensível que cada um de nós imaginava estar em último lugar na lista de prioridades do outro. Chegamos a pronunciar a palavra com "D", ameaçando pedir o divórcio, embora nenhum de nós tivesse essa intenção. Às vezes, senti que não havia mais esperança e que precisávamos de um milagre. E não havia esperança porque, longe do Senhor, não há esperança. Foi necessário um milagre de Deus para reverter a situação. E presenciei o milagre de Deus transformar nosso coração e ensinar-nos a conhecer as maravilhas que ele tem para nós.

O PASSADO EXERCE INFLUÊNCIA SOBRE O PRESENTE

Eu era muito sensível à raiva de meu marido porque fui criada por uma mãe portadora de doença mental, que se irava com tudo. Irava-se por achar que seu pai — meu avô — amava mais as outras filhas do que ela. Minha mãe pensava assim porque, quando tinha 11 anos, minha avó morreu repentina e tragicamente em trabalho de parto, e meu avô não foi capaz de cuidar das três filhas. Mamãe teve de morar com outras famílias e sentia-se rejeitada. Isso ocorreu durante a Depressão, em tempos difíceis e de dinheiro escasso. As pessoas precisavam resolver os próprios problemas e não tinham tempo, recursos nem conhecimento necessários para ajudar uma menina a lidar com os dela.

Aos 19 anos, minha mãe contraiu febre reumática, e seu estado mental agravou-se, acompanhado de acessos de ira e delírios. Começou a ter raiva das pessoas que, segundo ela, a perseguiam e tentavam matá-la. Passava do estado normal para a insanidade em instantes. Aprendeu a ocultar seu lado sombrio quando necessário, mas não conseguia manter a aparência por muito tempo. Sua enfermidade sempre aflorava, em geral quando havia alguém mais fraco e vulnerável perto dela.

Quando se casou com ela, meu pai a considerava uma pessoa normal. Ou melhor, até o momento em que saíram em lua-de-mel e ela o obrigou a passar direto pelo hotel onde se hospedariam, por imaginar que alguém a seguia com o intuito de matá-la. Passaram por outros dois hotéis, e ela agiu da mesma forma. Ao chegarem ao hotel seguinte, meu pai disse: "Basta. Vamos ficar aqui". Ele estava apaixonado e parecia disposto a fazer qualquer coisa para continuar casado com ela.

Mamãe era muito bonita. Todos diziam que se parecia com Vivian Leigh, no filme *E o vento levou*. Eu me parecia com papai. Na verdade, quando alguém dizia: "Sua mãe é parecida com a Vivian Leigh, e você, com seu pai", eu ficava magoada. Entendia que tinha a aparência de menino, não de menina. Depois que cresci e minhas amigas tiveram filhos parecidos com os pais, deixei de pensar assim. Sofri durante todos aqueles anos por nada. De qualquer forma, herdei os belos olhos e dentes dela, e sou grata por isso.

Minha mãe sempre se irava com meu pai porque ele nunca *fazia* o suficiente, nunca *era* o suficiente e nunca se *dedicava* o suficiente para agradá-la. E, na ausência dele, toda aquela ira se voltava contra mim. Morávamos em uma fazenda isolada em Wyoming, a quilômetros de distância da cidade e do vizinho mais próximo. Papai passava muito tempo no campo, cuidando do gado e alimentando-o; consertando cercas; plantando, irrigando e colhendo. Trabalhava também em uma madeireira para ganhar um dinheiro extra. A vida no campo, sem ninguém para ajudar, significa trabalhar além do horário normal. O trabalho é pesado e exaustivo. Quando papai saía, mamãe me trancava em um cômodo pequeno debaixo da escada, onde ela guardava um cesto de roupas sujas. Naquele cômodo, eu me livrava dos maus-tratos dela por algum tempo, mas outros medos me assombravam. O local era totalmente escuro, e eu via apenas uma pequena claridade pela fresta da porta. Levantava as pernas e apoiava-as no cesto, para que os ratos ou camundongos, que viviam naquele cômodo, não passassem em cima de meus pés. Um dia, encontrei uma cobra grande dentro de casa, pronta para dar o bote, e nunca me esqueci da cena. Meu pai matou a cobra, mas eu sempre imaginava encontrar a mãe dela naquele cômodo. Vivia apavorada.

Quando nos mudamos da fazenda, mamãe nunca mais me trancou em lugar nenhum, mas tornou-se cada vez mais violenta, tanto física como verbalmente. Eu nunca sabia quando ela me esbofetearia no rosto. Era o que ela mais gostava de fazer, e parecia causar-lhe alegria e satisfação. Hoje entendo que, ao me esbofetear, mamãe queria vingar-se dos pais que a abandonaram; da família com quem morou e, segundo ela, não a queria ali; e de Deus, que nunca a livrara de quem tentava matá-la.

Quando cheguei à adolescência, entendi que minha mãe padecia de uma doença mental, mas quase sempre perguntava a mim mesma: "E se ela estiver falando a verdade? E se Frank Sinatra e o papa estiverem tentando reunir uma multidão para matá-la?". Eu olhava cuidadosamente ao redor para ver se conseguia identificar algumas daquelas sombras que, segundo ela, a perseguiam sem parar; porém, por mais que tentasse, nunca as vi. Quando ela começou a dirigir palavras chulas a pessoas que, supostamente, a observavam através do espelho e da televisão, não tive mais dúvida. Em várias ocasiões, quando estava em local público — no supermercado, por exemplo —, ela se virava para uma pessoa qualquer e a agredia com palavras, dizendo bem alto que conhecia suas intenções, sabia que ela a estava seguindo e tentando matá-la, e ia denunciá-la à polícia. Quando estava com ela nessas ocasiões, eu virava para o outro lado e fingia não conhecê-la. Não me atrevia a olhar para o rosto da pessoa, para ver sua reação. Posso imaginar o medo que sentiam, porque minha mãe assustava qualquer um.

Minha convivência com ela na infância resultou em medo, ansiedade, depressão, falta de esperança, solidão e uma profunda e incessante tristeza no coração. A sensação era a de estar desvinculada de tudo e de todos. Precisava ser aceita e amada, e queria isso a todo custo. Tentei de tudo para me livrar daquele sofrimento. Recorri a religiões orientais e práticas de ocultismo, sempre na tentativa de encontrar propósito e significado para minha vida. Procurei amor nas pessoas erradas, e a depressão foi tomando conta de mim após cada relacionamento fracassado.

Depois de completar 20 anos, consegui um ótimo trabalho na televisão como cantora, dançarina e atriz, em um ambiente onde havia álcool e drogas por toda parte. Eu só usava essas substâncias nas horas de folga, porque era muito profissional para fazer alguma coisa tola que prejudicasse meu trabalho. Algumas vezes, porém, exagerei nas drogas e cheguei perto de ter-me matado acidentalmente.

Quando tinha 28 anos, minha amiga Terry, com quem eu havia trabalhado por muito tempo em gravações de discos e programas de televisão, levou-me para conhecer seu pastor — o pastor Jack Hayford, da The Church on the Way, na Califórnia. Ele me falou de Jesus de uma forma que eu jamais ouvira. Contou-me que Deus tinha um propósito para minha vida, mas que eu nunca levaria aquele propósito adiante sem o poder do Espírito Santo, que passaria a viver em mim se eu aceitasse Jesus como meu Salvador. O pastor ofereceu-me três livros para ler em casa. Um deles era o evangelho de João, em forma de livrete, e li os três em questão de dias. Na semana seguinte, Terry me levou mais uma vez para conversar com o pastor Jack, e aceitei Jesus no escritório dele. Foi então que comecei a entender o plano de Deus para minha vida. Os anos de futilidade finalmente haviam chegado ao fim.

Antes de me converter, eu havia conhecido um homem chamado Michael Omartian durante uma semana de gravações da qual Terry e eu participamos como cantoras. Estava prestes a me casar com outro homem, e sabia que ele não era a pessoa certa para mim e que o casamento não duraria dois anos. Mas estava desesperada e queria ter a sensação de pertencer a alguém, por isso fui em frente e me casei com ele. Conforme eu previa, minha vida se transformou em um inferno, porque estava no lugar errado com a pessoa errada.

Foi grande minha surpresa ao encontrar Michael Omartian, desta vez na igreja, alguns anos depois do fim de meu casamento. Começamos a freqüentar a igreja juntos e namoramos um ano antes de nos casarmos. Durante o período de namoro, orei insistentemente a Deus para que ele me mostrasse se Michael era o homem com quem eu deveria me casar. E todas as vezes que orava, sentia a paz de Deus assegurando-me que aquela era a sua vontade. Continuei a entregar Michael nas mãos de Deus, dizendo: "Senhor, tira-o de minha vida e fecha a porta, se ele não for o homem certo para mim". E eu o teria abandonado se essa fosse a resposta de Deus, pois sabia muito bem que quase destruíra minha vida tomando atitudes impensadas. Não confiava em meu julgamento; queria apenas fazer a vontade de Deus. Na ocasião de nosso casamento, eu estava convencida de ter feito a coisa certa. Graças a essa certeza, quando Michael e eu tivemos problemas nos anos seguintes, eu sempre me lembrava da garantia de Deus de que deveríamos viver juntos.

Os problemas surgiram logo a seguir

O maior problema que enfrentei no casamento foi a ira de meu marido. Ele era explosivo, imprevisível, e sua ira era sempre dirigida a mim. Por causa do meu passado, tornei-me muito sensível e frágil para aceitá-la ou lidar com ela. A princípio, imaginei que fosse culpa minha. Pensei: "Devo ser uma pessoa terrível, para fazê-lo zangar-se comigo o tempo todo". Tentava fazer o melhor possível, mas não bastava. Estava exausta e magoada demais para suportar tudo aquilo, ou melhor, para compreender o motivo daquela ira.

Menos de um ano após o casamento, consegui livrar-me do medo, da depressão e da ansiedade com a ajuda da esposa de um pastor chamada Mary Anne, uma mulher com um talento natural para a oração. Ela orou por mim. E isso me ajudou muito. Meu marido e eu também recorremos a conselheiros conjugais cristãos, e comecei a entender que a ira de Michael era problema *dele*, não meu. Na verdade, um dos conselheiros a quem recorremos na ocasião me disse: "Michael teria manifestado essa ira com qualquer mulher com quem se casasse. Se ele se casasse com outra moça, teria dirigido sua ira a ela".

Aquelas palavras me ajudaram a não me sentir um fracasso, mas não conseguia me livrar do tormento quando ele me agredia com palavras furiosas. A sensação era a de ser esbofeteada no rosto por minha mãe novamente. Voltava a me sentir humilhada e sem valor. A ira dele assemelhava-se a uma cobra escondida, sempre à espreita e pronta para dar o bote quando eu menos esperava. Aquilo se tornou um problema muito grande e quase destruiu nosso casamento.

Durante muito tempo, fiquei indignada com Deus, por ele terme deixado casar com alguém parecido com minha mãe. Eu não vi nenhum sinal da ira de Michael antes do casamento, e questionava por que nunca a notara. Sabia que ele lutava contra a depressão e o medo do fracasso, mas eu tinha os mesmos problemas e imaginava poder ajudá-lo a livrar-se disso. Achava que um apoiaria o outro. Acreditava erroneamente que não teríamos problemas após o casamento, porque Deus o abençoara.

Em defesa de Michael, posso dizer que hoje sei que a ira dele provinha de um problema de dislexia nos tempos em que ninguém conhecia esse distúrbio. Sua mãe contou-me que havia sido muito rígida com ele. Michael tinha problemas na escola, e ela imaginava que ele fosse um aluno rebelde. Fui abençoada com uma criança disléxica, por isso hoje entendo a frustração da pessoa e de seus profundos sentimentos de fracasso por não conseguir aprender como os demais alunos. Também entendo o problema do ponto de vista de mãe. Antes de a dislexia ser diagnosticada, os pais não entendem por que o filho não vai bem na escola. A criança é inteligente, criativa e talentosa, tem uma memória incrível, mas, no momento de ler, não consegue. Aparenta ser rebelde porque se recusa a ler, mas a realidade é outra. Entendo o que a mãe de Michael passou, e também sinto pena dele. Michael sofreu muito com a terrível sensação de fracasso e a depressão causadas pela dislexia.

Hoje acredito que venha daí a ira de meu marido, ou seja, da frustração por ser um disléxico criativo em um sistema educacional rígido e sem nenhuma criatividade. Ele irava-se com a mãe porque ela lhe chamava a atenção por coisas sobre as quais ele não tinha domínio. E descarregava a raiva em mim.

Vou contar um pouco mais de nossa história mais adiante, mas quero revelar desde já que o final é feliz. Nosso casamento tem passado por muitas crises, porém estamos juntos há mais de trinta e cinco anos. Meu marido e eu mudamos para melhor, e muito, e gostaria de contar como isso aconteceu. Não somos um casal perfeito.

Longe disso. Somos, no entanto, uma prova viva de que, se você *quiser*, poderá mudar. E se orar com perseverança, verá a situação mudar. Portanto, se quiser proteger seu casamento do que pode destruí-lo, ou se quiser consertar o estrago feito, prossiga a leitura e veja como conseguir. É possível ter o sucesso que você deseja no casamento, se obedecer à vontade de Deus e recusar-se a desistir.

Você pode mudar, e ele (ela) também

Há sempre alguém nos dizendo: "Não tente mudar seu marido (esposa), porque ele (ela) jamais mudará". Esses vaticínios sombrios, proferidos repetidas vezes, causam desânimo. Se você está infeliz no casamento em razão de uma atitude ou ação intolerável de seu cônjuge, e alguém lhe diz que ele (ela) jamais mudará, que esperança resta para um futuro a dois? Aqui estão cinco verdades importantes analisadas sob a perspectiva de Deus.

1. Todos precisam mudar. Deus diz isso. Na verdade, Deus deseja que mudemos de vida para sermos mais semelhantes a ele. E esse é um projeto sem fim, porque todos nós pecamos e estamos destituídos da glória de Deus (cf. Rm 3:21-23). Precisamos nos submeter a ele sempre, sem pensar que somos bons demais para não precisar de mudanças. Deus trabalha ativamente para mudar as pessoas. É por isso que sempre existe esperança, por meio de orações e do poder do Espírito Santo.

2. Todos podem mudar. Você pode mudar. E seu *cônjuge* também. Não dê ouvidos a quem diz o contrário. Dizem que as pessoas *não conseguem* mudar. A verdade é que elas *não querem* mudar. Ou não querem se esforçar para fazer algo diferente do que sempre fizeram. Ou não se interessam em perguntar a Deus que mudanças ele gostaria de promover nelas. Ou, então, são plenamente felizes consigo mesmas e acham que não precisam mudar. Não se dão conta de que todos ao redor delas mudam.

Em geral, as pessoas não mudam porque:

a. Não percebem que precisam mudar.
b. Não acreditam que precisam mudar.
c. Não querem mudar.
d. Não sabem como mudar.
e. Não se sentem capazes de mudar.

3. O casamento cria a oportunidade perfeita para mudar. Se você é casado(a), sabe que precisa melhorar seu modo de ser. É sinal de orgulho e egoísmo alguém se casar achando-se tão perfeito a ponto de não necessitar de mudança alguma. Todos nós precisamos mudar sempre e de várias maneiras, alguns mais do que outros, mas Deus começará com quem estiver disposto a mudar. E a boa notícia é: as bênçãos de Deus serão dirigidas em primeiro lugar a essas pessoas. Lembre-se que você e seu marido (esposa) *podem* ser mudados. Deus espera seu convite para fazer isso. O casamento sempre inspira mudanças.

4. Ninguém pode forçar alguém a mudar. E isso se aplica acima de tudo ao casamento. A esposa não pode mudar o marido. O marido não pode mudar a esposa. *Deus*, porém, pode mudar os dois. Precisamos aprender que não temos a *incumbência* de mudar nosso cônjuge. É obra do Espírito Santo. Críticas e reclamações, sejam quantas forem, não surtirão efeito, por mais que tentarmos. Deus fez cada um à *sua* imagem, e não quer que tentemos mudar nosso cônjuge para transformá-lo em *nossa própria* imagem. Precisamos aceitá-lo como ele é, e orar para que Deus realize as mudanças necessárias nele. E enquanto trabalha no coração do cônjuge, Deus também trabalha no seu. Enquanto você ora por *ele*, Deus realiza uma mudança em *você*.

5. Só Deus pode realizar mudanças permanentes em nós. Só Deus pode nos transformar. Precisamos sentir o desejo de dizer: "Senhor, reconheço que estou longe de ser uma pessoa perfeita, e necessito passar por uma transformação, para ser mais semelhante a ti. Não posso realizar uma mudança permanente em mim, mas tu podes. Senhor, transforma-me na pessoa que planejaste para mim e mostra-me o que necessito fazer. Eu te louvo e te agradeço a transformação que estás operando em mim".

Só Deus pode:

a. Conscientizar alguém de que *necessita* mudar.
b. Ajudar alguém a entender que *tem de* mudar.
c. Incentivar alguém a *querer* mudar.
d. Mostrar a alguém *como* mudar.
e. Capacitar alguém a *realizar* a mudança.

O que são "problemas", exatamente?

Todo casamento tem problemas. Todo casamento passa por tempos difíceis de negociações e concessões, e, se não forem tratadas com muito cuidado, podem provocar uma fissura no relacionamento do casal. Se não for consertada, a fissura aumentará a cada novo conflito não resolvido e, com o tempo, provocará uma *grande* fenda. Se encontrar espaço para aprofundar-se, destruirá completamente o casamento. E, às vezes, isso ocorre de forma muito furtiva, e você só percebe quando acorda de manhã e se pergunta por que deixou a situação ir tão longe. E aí não saberá o que fazer para deter a fissura. Não saberá o que fazer para juntar as partes novamente, porque o estrago parece irreparável. Para o Senhor, porém, nada é irreparável. E toda rachadura pode ser eliminada. É necessário apenas saber com o que se está lidando.

Acima de tudo, é aconselhável entender exatamente que problemas são esses. Se conhecermos a definição de "problema", a solução parecerá mais racional e simples, e não seremos oprimidos pelas emoções e reações que eles despertam. *Problema* é *uma questão em disputa.* É *um assunto a ser decidido.* É *uma questão que precisa ser respondida* de forma que atenda a ambas as partes. Ter um *problema* significa entrar em *desavença ou conflito* sobre alguma coisa. É um *aspecto particular com o qual um de vocês não concorda.*

Ter problema com o cônjuge significa ter uma diferença de opinião. Significa que os dois estão em desacordo em relação a algum ponto, e isso provoca discussões, desavenças ou conflitos. Por exemplo, se o marido consome bebida alcoólica de tempos em tempos e a esposa não acha certo, existe uma questão com a qual um deles não concorda. Eles divergem de opinião. Há uma questão que precisa ser resolvida. Se a esposa falar sobre o assunto com o marido e pedir-lhe que pare de beber, e ele continuar a beber, mesmo sabendo que a esposa não o aprova, a questão não foi decidida de forma aceitável para ambos, e passa a ser um problema. A esposa sente que o marido não se importa tanto com ela a ponto de parar de fazer algo que a aborrece muito. A questão transforma-se em contenda, e isso pode romper o casamento.

A esposa pode tomar uma dessas quatro atitudes:

1. Negociar. Pode resolver o problema mediante uma espécie de concessão, como concordar que ele tome um copo de vinho no jantar. Mas essa concessão talvez não seja satisfatória à esposa, se a ingestão de bebida alcoólica for contrária à religião dela.

2. Decidir calar-se e não exercer pressão sobre o problema. No entanto, com o passar do tempo ela se tornará uma pessoa ressentida, principalmente se a bebida começar a prejudicar a saúde física e mental do marido, como capacidade para andar, conversar, dirigir e trabalhar ou deixar de ser um homem bondoso, decente e produtivo.

3. Entrar em conflito com ele. Significa enfrentar situações desagradáveis, como desavenças, discussões ou brigas, principalmente se, quando o marido estiver sob o efeito da bebida, a esposa se sentir ameaçada em sua segurança física, estabilidade mental ou bem-estar emocional. Ou, então, se a vida dela começar a desmoronar e o futuro de ambos estiver ameaçado.

4. Orar por ele. A esposa pode orar para que o marido abra os olhos para a vontade e os planos de Deus, e confiar que Deus fará o que for necessário para promover uma mudança na vida dele.

Não estou perseguindo os maridos. O mesmo se aplica quando a esposa está fazendo alguma coisa — ou *não* — que aborreça o marido. Sejam quais forem os problemas, eles precisam ser resolvidos de maneira aceitável a *ambos*. Senão, as desavenças aumentarão cada vez mais. Todos os problemas no casamento precisam ser discutidos porque, em geral, os cônjuges caminham por conta própria sem que um deles — ou ambos — se esforce para resolvê-los. Há, porém, uma forma eficiente de lidar com os problemas do casamento. Essa forma, além de impedi-los de aumentar, poderá saná-los e eliminá-los de vez.

Há necessidade de concordância tripla

Para que o casamento sobreviva e seja também gratificante e bem-sucedido, há necessidade do envolvimento de três partes: o marido, a esposa e Deus. Os casamentos apresentam problemas, principalmente porque envolvem duas *pessoas imperfeitas*. A soma de um ser humano imperfeito com outro ser humano imperfeito resulta em um *casamento imperfeito*. Se, no entanto, você adicionar a presença de um *Deus perfeito* a essa combinação, terá possibilidades ilimitadas de se aproximar da perfeição planejada por Deus para o casamento. Essa perfeição depende da freqüência e do fervor de suas orações quando você convida Deus para reinar no coração de ambos. É necessário haver uma concordância tripla.

Talvez você e seu cônjuge cheguem a um acordo, mas o problema persistirá se *Deus* não concordar. Por exemplo, se seu cônjuge quiser que você assista a um filme com cenas de sexo explícito e você concordar, *ambos* chegaram a um acordo, mas essa atitude está em desacordo com a *Palavra de Deus*. Portanto, *Deus não concorda* com isso. A concordância entre vocês ofende a Deus e contraria suas leis. Se isso for um ponto de desavença com Deus, será sempre um problema na vida conjugal. Restringirá tudo o que Deus deseja fazer por vocês e por seu casamento. Talvez ambos concordem com alguma coisa, mas, se Deus não concordar, as portas estarão abertas para problemas capazes de enfraquecer o casamento.

Há conseqüências para quem transgride as leis de Deus — seja por ignorância, seja conscientemente. Algumas pessoas imaginam que as leis de Deus não se aplicam a elas, mas isso não torna as conseqüências pela transgressão dessas leis menos destrutivas. Algumas pessoas se julgam inocentes, mas Deus não enxerga dessa maneira. É como a lei da gravidade. Você pode pular de uma janela do 10º andar e questionar a lei da gravidade enquanto cai, mas as conseqüências serão as mesmas quando se estatelar no chão. Deus fez as leis em benefício de todos. A vida funciona melhor quando vivemos de acordo com elas.

Dezesseis maneiras de destruir um casamento

1. Parar de dialogar de maneira aberta e sincera.
2. Alimentar a ira e ser sempre egoísta, rude e violento(a).
3. Nunca perdoar seu cônjuge, por menores que sejam os erros dele.
4. Passar o maior tempo possível deprimido(a) e com pensamentos negativos.
5. Convencer seu cônjuge de que os filhos são muito mais importantes para você do que ele.
6. Ser sempre indolente e recusar-se a fazer sua parte nas tarefas de casa ou no trabalho.
7. Gastar dinheiro com futilidades e sempre assumir dívidas altas.
8. Adquirir vícios ou hábitos nocivos e defender seu direito de conviver com eles.
9. Não se importar com as necessidades sexuais de seu cônjuge, desde que você obtenha o que deseja.
10. Habituar-se a ver filmes, revistas ou propagandas com cenas de sexo explícito e comparar com seu marido (esposa) as belas imagens diante de você e, acima de tudo, mencionar a outras pessoas quem você acha mais atraente.
11. Ser firme com seu marido (esposa) e recusar-se a dizer: "Desculpe-me", "Perdoe-me" ou "Você está perdoado".
12. Tirar Deus e seu cônjuge da lista de prioridades.

13. Ameaçar pedir divórcio todas as vezes que surgir um conflito entre vocês.

14. Ter um relacionamento extraconjugal ou alimentar uma paixão por outra pessoa que não seja seu marido (esposa).

15. Sair de casa e não tentar reconciliar as diferenças.

16. Desistir de Deus e recusar-se a acreditar que ele é um Deus de milagres, com o poder de restaurar o amor e a esperança.

Pode ocorrer com qualquer um

Cada uma dessas dezesseis maneiras de destruir um casamento pode começar com um pequeno incidente e aumentar da noite para o dia, mesmo nos relacionamentos mais sólidos. Você pode ter um casamento romântico com o mais perfeito dos cônjuges e estar perto de ser o marido (esposa) perfeito, mas Adão e Eva também eram assim, e veja quais foram os resultados. Conheço um grande número de mulheres — e homens — que imaginavam ter tudo no casamento e não precisar da ajuda de Deus para mudar seu coração e ser parceiras(os) melhores. Não aprenderam a interceder pelo cônjuge. Infelizmente, enveredaram pelo caminho do divórcio. Em todos os casos, foram abandonadas(os) pelo cônjuge. Esqueceram-se de tomar as medidas necessárias para evitar o divórcio, e recusaram-se a agir com sabedoria para consertar o estrago.

Não caia na armadilha perigosa de que você está imune a esses problemas no casamento. Muitas pessoas pensaram assim e terminaram diante do juiz. Ou, de forma igualmente nociva, permitiram que a quantidade de discussões e a falta de perdão tornassem o casamento infeliz, sem vida, amortecido. Perderam de vista o propósito que Deus tinha para eles quando os uniu em matrimônio. E não se engane: Deus tem um propósito maravilhoso para seu casamento.

Hoje há uma epidemia de desespero, falta de esperança e sofrimento porque os casamentos estão em crise. Não há tormento maior do que a dor causada pelo fim do casamento, exceto a morte de uma pessoa muito querida. A sensação de fracasso, culpa, tristeza e mágoa após o divórcio é insuportável. E preservar um casamento infeliz é intolerável. As duas opções são desalentadoras.

No entanto, assim como o *problema* pode ocorrer com *qualquer um*, a *solução* também pode. Não quero dizer que a solução apresentada neste livro seja fácil, mas é *possível*. E não apenas aos casais profundamente consagrados e disciplinados. É possível a *qualquer um*. Se *eu* consegui, *você* também conseguirá. *A solução é possível* porque é da vontade de Deus, e ele ajudará você a ter êxito se seu coração estiver disposto a isso. Mas *a solução não é fácil* em razão de um aspecto: *nosso coração precisa ter esse propósito*, e parece impossível conseguir isso. É difícil tirar a venda dos olhos depois que nos acostumamos com ela a ponto de não notar sua presença. Os problemas graves instalam-se primeiro no coração, portanto é aí que devemos procurar a raiz do problema, e é aí que a cura começa.

Você recebeu autoridade de Deus

Deus é soberano. E declarou soberanamente que não trabalhará sem nossa ajuda. Não consertará nada para nós sem esforço de nossa parte. Ele deseja trabalhar por meio de qualquer pessoa que saiba agir na autoridade que nos concedeu em oração. Sem a oração, ele *não fará* nada. Sem sua ajuda e poder, *não faremos* nada.

Vamos encarar alguns fatos elementares. Se você crê que Jesus Cristo é o Filho de Deus e já o convidou para entrar em seu coração para que ele o domine, então você é filho ou filha de Deus. Significa que você é filho ou filha de um rei. Nasceu de novo e na realeza. E recebeu a missão de dominar as forças do mal. Deus "nos resgatou do domínio das trevas e nos transportou para o Reino do seu Filho amado" (Cl 1:13).

A autoridade da oração começa no fato de que conhecemos Jesus e somos filhos de Deus. Orar é pôr essa autoridade em ação. Satanás tem o poder de nos destruir, mas nós temos autoridade sobre ele. "Eu lhes dei autoridade para pisarem sobre *cobras* e *escorpiões*, e sobre *todo o poder do inimigo*; nada lhes fará dano" (Lc 10:19; grifos da autora).

Conforme já mencionei, cresci nos campos de Wyoming, e tive mais contato com cobras do que gostaria. Quando penso nas vezes em que me aproximei de cascavéis enroladas, prontas para dar o bote — algumas vezes cheguei a ficar a centímetros de distância —, considero um milagre nunca ter sido atacada por uma delas. As cobras arrastam-se silenciosas pelo chão, aproximam-se de nós de repente e nos assustam. Os escorpiões são conhecidos por suas ferroadas rápidas, doloridas e venenosas. Se você pensar em todas as ameaças ao casamento como se fossem cobras e escorpiões, verá a capacidade que elas têm de causar dor e destruição. Quer seja algo perigoso que penetre furtivamente em seu casamento, quer seja algo pequeno mas mortal, que lhe dê uma ferroada imprevista, ferindo e envenenando, Deus lhe concederá ajuda para enfrentar o inimigo com coragem. Ele manifestará seu poder por seu intermédio, para que você possa exercer autoridade sobre o inimigo por meio da oração em nome de Jesus.

Deus concedeu-nos *livre-arbítrio* para escolher quem terá autoridade sobre nós. Acataremos a autoridade de Deus ou daremos autoridade a Satanás? Se optarmos por Jesus, ele nos dará autoridade sobre todas as situações. Mas, se não nos submetermos a ele em obediência, em reverência por quem ele é, e pela obra que realizou na cruz, não seremos capazes de agir na autoridade paga por ele com a vida. A única maneira de participar de tudo o que Deus oferece para nós é ser totalmente submissos à autoridade de Jesus. Temos *autoridade* sobre o inimigo em razão da obra realizada por Jesus na cruz. Quando aprendermos a usar essa autoridade sobre o inimigo em nome de Jesus, coisas incríveis ocorrerão na vida e no casamento.

Em um livro poderoso sobre a autoridade que temos na oração, Dutch Sheets escreve:

> ... no sentido estrito da palavra, autoridade e poder não são a mesma coisa. Poder é a "energia ou força" necessária para dominar; autoridade é o "direito" de dominar. Formam dupla nos governos e precisam trabalhar juntos; autoridade sem poder para implementá-la não tem sentido; poder exercido sem autoridade — o direito de usar esse poder — é usurpação e moralmente errado.[1]

Deus não nos concede apenas *poder* na oração; concede-nos também *autoridade*.

[1] *Authority in Prayer: Praying with Power and Purpose*, Bloomington, MN: Bethany House Publishers, 2006, p. 20.

Exerça autoridade sobre seu mundo

A melhor maneira de começar a exercer autoridade sobre seu mundo e sua vida é orar com regularidade por seu marido (esposa) e casamento. As orações exercem grande poder no âmbito do espírito. O mesmo inimigo que deseja destruí-la(o) também deseja *destruir seu casamento*. Se você não perceber, imaginará que seu cônjuge é o inimigo e passará a lutar contra ele. Embora ele *aja* como o inimigo algumas vezes, ele não é. Jesus venceu a morte e o inferno; portanto, se você vive um inferno no casamento, falta lhe conhecer a vitória que Deus lhe preparou.

Todas as vezes que se encontrar em situação difícil na vida ou no casamento, exerça autoridade sobre ela com uma oração em nome de Jesus. Depois, louve a Deus pela vitória que ele conquistou para você. Agradeça-lhe porque ele tem solução para tudo, mesmo quando a situação aparenta ser desesperadora.

Quando você ora com a autoridade concedida por Deus, a oração libera o poder de Deus para agir sobre a vida do casal. Não é possível mudar o gênio forte de seu cônjuge, mas, quando você ora por ele, está convidando Deus a criar um ambiente no âmbito espiritual ao redor dele, que o ajudará a enxergar melhor a verdade.

Sejam mais que vencedores

Deus nunca disse que não teríamos problemas. Disse que *teremos*. Podemos contar com isso. E no casamento, você não terá apenas os *seus* problemas; os problemas do cônjuge também serão seus. Mas a boa notícia é que Jesus venceu esses problemas para nós. Quando entramos em sintonia com Deus em oração e obediência, ele nos ajuda a superar os problemas ou a atravessá-los com êxito. Ele nos dá poder para ser mais que vencedores (cf. Rm 8:37).

Talvez você esteja pensando: "Como posso ser mais que um vencedor(a)? Ou sou vencedor ou não sou". Mesmo quando um país vence o outro, continua a enfrentar lutas e problemas constantes no país conquistado. (Deve haver pelo menos um exemplo em sua vida semelhante aos que ocorrem no mundo.) Na verdade, seria necessário um milagre para vencer um país *sem* lutas ou problemas. Jesus realizou esse milagre em nossa vida. Venceu a morte e o inferno e garantiu-nos a vitória sobre o inimigo sem lutas para nós. Precisamos aprender a caminhar nessa vitória.

Deus tem um destino para você e seu cônjuge, não apenas individualmente, mas como um casal. Todos os capítulos deste livro mencionam a armadilha que o inimigo nos preparou, a fim de que o casamento seja destruído e não cheguemos ao destino. O inimigo da alma e do casamento é também o inimigo de nosso ideal, tanto individualmente como na vida a dois. Jesus nos capacita a ser mais do que vencedores na vida e no casamento. Podemos conquistar o território que Deus tem para nós e, mais ainda, podemos sentir o milagre da paz enquanto o conquistamos.

Aprenda a orar com poder

Não quero apenas falar de orar *em* causa própria, *por* seu marido (esposa) e casamento. Quero também ensinar *a* orar com poder. Quero transmitir a grande esperança de que a situação pode mudar. Não estou falando de "religião", nem de "igreja", nem de "cristianização", nem usando "expressões capciosas" que não sejam acompanhadas de poder algum. Estou falando de orar para obter resultados.

Posso dizer a uma pessoa como nadar, descrever a água e ensinar todos os movimentos corretos, mas, em determinado ponto, ela precisará entrar na água. Assim que mergulhar na corrente do Espírito de Deus que flui através de você enquanto ora, subirá à tona e chegará ao topo de cada onda da vida que ameaça afogá-la(o).

Uma das grandes promessas de Deus diz que ele "age em todas as coisas para o bem daqueles que o amam, dos que foram chamados de acordo com o seu propósito" (Rm 8:28). Mas, se você ler os versículos *anteriores* à promessa, verá que a Bíblia está falando de oração. Em outras palavras, todas as coisas trabalham juntas para o bem quando *oramos*. Não se pode prometer que as coisas funcionarão automaticamente para o bem. Se houve em sua vida situações que, em sua opinião, não funcionaram para o bem, é possível que em algum lugar, em algum momento, as pessoas que deveriam estar orando por você ou por sua situação não estivessem fazendo isso. Você tem o poder de controlar seu destino. E pode escolher o céu ou o inferno para viver eternamente. Pode transferir para Deus o controle de sua vida e pedir que lhe mostre o propósito para o qual ele o(a) criou. Pode optar por desistir do casamento ou permanecer e lutar por ele em oração.

O que Jesus realizou na cruz parece ilusão ou tolice para quem nunca nasceu de novo e nunca tirou a venda espiritual dos olhos, mas, para nós que cremos, é a maior manifestação do poder de Deus. "Pois a mensagem da cruz é loucura para os que estão perecendo, mas para nós, que estamos sendo salvos, é o poder de Deus" (1Co 1:18). Quando convidamos Jesus para entrar em nossa vida, esse mesmo poder que o ressuscitou se manifestará e ressuscitará todas as áreas mortas — inclusive as do casamento.

Deus sabe que necessitamos disso. Sabe que não podemos elaborar um plano infalível para manter o casamento. Somos muito egoístas e cegos. Carecemos de sabedoria e espírito de auto-sacrifício. "O Senhor conhece os pensamentos do homem, e sabe como são fúteis" (Sl 94:11). Ele quer que compreendamos isso também. Quer que constatemos que não podemos fazer nada sem ele. Quer que acreditemos que ele é maior do que qualquer furacão, inundação ou tsunami de circunstâncias e emoções capazes de ameaçar e destruir um casamento.

Deus é maior do que a ira do marido ou a falta de interesse da esposa pelo sexo. É maior do que a depressão da esposa ou a dificuldade do marido em comunicar-se. É maior do que nossa falta de perdão ou a dureza do coração dele (dela). Deus é poderoso para nos ajudar a pagar as dívidas e livrar-nos dos vícios. Ele é mais forte do que maus hábitos e fraquezas. Ele nos fez para vencermos tudo isso e muito mais, mas não podemos prosseguir "tendo aparência de piedade, mas negando o seu poder" (2Tm 3:5). Precisamos correr até a cruz com gratidão pelo sacrifício de Jesus por nós e reconhecer o poder de Deus sobre nós.

Deus tinha um plano para sua vida antes de você nascer. Ele diz que "nos salvou e *nos chamou com uma santa vocação*, não em virtude das nossas obras, mas *por causa da sua própria determinação* e graça. Esta graça nos foi dada em Cristo Jesus desde os tempos eternos" (2Tm 1:9; grifos da autora). Ele chamou você para um propósito, mas ainda lhe dá uma opção. Você pode escolher o destino *dele* para sua vida ou seguir o *seu*. Gostaria de dar uma sugestão para economizar uma boa dose de tempo e esforço: a vida que você *tenta fazer* acontecer jamais será tão boa quanto aquela que você *deixou Deus* fazer acontecer.

E se apenas eu orar?

As orações por seu casamento têm poder, mesmo quando só uma pessoa ora. O casal é um só aos olhos de Deus, e o que um faz reflete no outro — para o bem ou para o mal. O poder é ainda maior, claro, quando os dois oram juntos, mas não quero insistir nesse assunto. Se seu marido (esposa) ora por você, considere-se uma pessoa abençoada. A maioria das pessoas não conta com isso.

E se só você tiver fé em Deus? Ou se só você viver de acordo com os mandamentos de Deus? Ou se só você se dispuser a submeter-se ao processo de perfeição de Deus? Ou se só você estiver tentando salvar o casamento? E se você perceber o ataque do inimigo no casamento e seu cônjuge não notar nada? A oração de *um só* pode salvar o casamento? Creio que sim. Já ouvi falar de milagres a esse respeito. Não permita que nada, nem ninguém, a não ser Deus, controle seu casamento. Exerça autoridade — mesmo sozinho(a) — e espere para ver o resultado de suas orações.

Em todo casamento, há dois corações que necessitam ser transformados, problemas a serem resolvidos e dois modos de pensar completamente diferentes. Para que duas pessoas diferentes se tornem uma, ambas precisam estar em sintonia com Deus e entre si. É necessário permitir que Deus o(a) transforme na pessoa que ele planejou. No entanto, se um dos dois for egoísta e estiver determinado a rebelar-se contra os planos de Deus, ou agir com violência a ponto de destruir o casamento, pouco poderá ser feito. Mas, se seu cônjuge estiver disposto a manter o casamento a todo custo, suas orações abrirão caminho para Deus realizar milagres.

A boa notícia é que Deus continua a abençoar *sua* vida, mesmo que seu marido (esposa) tenha de passar por situações difíceis até entender isso. Mas o que acontece com um atinge o outro. Tudo o que ele (ela) faz reflete em você de alguma forma. Quando, porém, um dos dois ora, Deus o resgata da situação — apesar dos erros ou pecados do outro. Você se libertará de qualquer aspecto negativo do casamento enquanto Deus trabalha por meio de suas orações para restaurá-lo.

Procure aconselhar-se com uma pessoa temente a Deus

Há ocasiões no casamento em que, aparentemente, as orações não são ouvidas. Ou o abatimento é tão grande que você não consegue orar. Ou você se encontra em um impasse, incapaz de diminuir a grande distância existente entre os dois. Ou existem muitas mágoas e brigas entre vocês, e ambos não conseguem sequer conversar. É aí que você necessita da ajuda de um bom conselheiro matrimonial, uma pessoa temente a Deus. E talvez necessite de mais de um ao longo da vida conjugal, porque "com muitos conselheiros se obtém a vitória" (Pv 24:6).

Tenha em mente que qualquer problema grave pode ameaçar o casamento e levar o casal a se divorciar. É por isso que eu insisto, caso um dos problemas mencionados neste livro estiver prejudicando seu casamento a ponto de tornar a vida de ambos insuportável ou o divórcio for uma opção: procure aconselhar-se com uma pessoa experiente e temente a Deus, disposta a orientá-los para salvar o casamento. Digo "temente a Deus" porque nem todos os "conselheiros cristãos" aconselham de acordo com a Palavra de Deus.

Certa vez, meu marido e eu recomendamos um conselheiro cristão a um casal cristão, amigo nosso. Já havíamos recorrido a essa pessoa durante um impasse em nosso casamento, e ele nos prestou grande ajuda. No entanto, quando lhe recomendamos o casal anos depois, ele considerou o problema grave demais e sugeriu o divórcio. Quando o casal nos relatou os fatos, ficamos surpresos e muito decepcionados. Felizmente, nossos amigos assumiram o compromisso de levar o casamento adiante e não deram ouvidos às palavras do conselheiro. Ambos recorreram ao nosso pastor, e ele os ajudou a salvar o casamento. Esse fato ocorreu há mais de quinze anos, e eles continuam firmes até hoje. Há muitos conselheiros cristãos competentes. Peça que Deus lhes mostre o conselheiro certo, e continue a repetir as orações deste livro.

Sei que as despesas com um conselheiro são altas, mas, a longo prazo, o custo do divórcio é muito mais alto. Se você não puder arcar com as despesas de duas ou três sessões com um conselheiro profissional, verifique se em sua igreja há alguém ou um casal com o dom de aconselhar casais cristãos, que seja experiente, maduro e saiba que o divórcio não é a melhor resposta para os graves problemas conjugais e que esteja disposto a ajudá-lo(a) a salvar seu relacionamento.

A oração impede a ocorrência desses problemas?

Certamente é melhor orar pelos problemas graves do casamento antes que evoluam. Melhor ainda seria orar por eles *antes* de subir ao altar. Embora seja ótimo resolver tudo isso *antes* do casamento, essa tarefa parece impossível, porque vocês nunca viveram juntos como marido e mulher. E o mesmo ocorre com os casais que moram juntos antes do casamento. Nenhum homem ou mulher é capaz de saber quais são seus limites e capacidades antes de assumir o compromisso público de passar a vida inteira ao lado de alguém, de acordo com a lei. Quando assumimos esse compromisso, somos forçados a enfrentar os próprios problemas e os do cônjuge, porque eles refletem, e muito, na vida a dois.

Todos nós fazemos os melhores planos na época do namoro, mas é impossível levá-los adiante pelo resto da vida. Cada um tem dias bons e maus, fraquezas e pontos fortes, tempos de muita ou pouca paciência. Cada um tem momentos em que diz palavras que não deveriam ser ditas, e momentos em que deveria dizer ou fazer algo e não o fazem. O casamento, contudo, proporciona uma base na qual um cônjuge transmite segurança ao outro, para que ele encare quem você realmente é e tenha liberdade para se curar e crescer. É por isso que orar antes que isso aconteça não significa livrar-se dos problemas, mas, se surgirem, seremos capazes de sobreviver a eles, sabendo que Deus os usa para aperfeiçoar o marido e a esposa.

Lembre-se dos bons tempos

O outono é maravilhoso no Tennessee, onde moro. Quando as cores mudam, adquirem tonalidades esplêndidas de vermelho-vivo, roxo, laranja, vermelho-púrpura, amarelo e uma mistura de coral com azul, tão linda que é difícil descrevê-la. Assemelha-se ao mais belo pôr-do-sol que você já viu. Às vezes, quando estou dirigindo o carro nessa estação repleta de cores, sinto vontade de parar no acostamento apenas para respirar em meio a tantos matizes. Isso me faz viver.

É a lembrança dessas lindas cores do outono que me ajuda a atravessar o inverno. Quando tudo ao redor é escuro, cinzento e sem vida, lembro-me das cores do outono e sei que voltarei a vê-las.

O mesmo ocorre no casamento. É a lembrança dos bons tempos — felizes e repletos de cores — que nos ajuda a enfrentar os tempos difíceis, as estações escuras e cinzentas. Lembramo-nos de como *pode* ser, e isso nos motiva a não desistir. As boas lembranças incentivam-nos a agüentar firme e a continuar orando.

No entanto, há também uma beleza surpreendente no inverno. Tudo fica desguarnecido, com uma sucessão monótona de preto, cinza e branco. As folhas caem das árvores, e a estação as deixa expostas. É possível ver tudo o que as folhas cobriam. Vemos a estrutura nua das árvores. No casamento, ocorre o mesmo. Os tempos difíceis expõem tudo o que somos — os pontos fortes e os fracos. O que é bom e o que não é. Ajudam-nos a ver como realmente somos. Se, ao atravessar tempos de dificuldade, olharmos para isso da perspectiva de aprofundar o crescimento, de mudar segundo os planos de Deus para nós, de refletir e chegar a novas conclusões, fazer concessões e não desobedecer às leis de Deus, sempre veremos a beleza da estação atual.

Deus sempre tem algo a mais para você

Não se esqueça: Deus sempre tem algo a mais para você, muito mais do que pode imaginar. É difícil compreender isso, porque imaginamos coisas incríveis. Temos sonhos grandiosos. Seu maior sonho, porém, é muito pequeno diante do que Deus lhe reservou. Lemos na Bíblia: "Olho nenhum viu, ouvido nenhum ouviu, mente nenhuma imaginou o que Deus preparou para aqueles que o amam" (1Co 2:9). Isso também se aplica aos casados. Talvez você tenha dificuldade de imaginar um casamento mais feliz do que o dos seus sonhos, mas é possível. Sei disso porque é o desejo de Deus para sua vida. É o que ele quer para você. Tenho presenciado milagres de Deus em meu casamento e na vida de inúmeros casais por quem tenho orado ao longo dos anos. Não estou dizendo que meu casamento seja perfeito, mas, até hoje, é muito melhor do que imaginei. É o poder de Deus operando por meio das orações.

A VERDADE NUA E CRUA

Agora é melhor você se sentar. Este talvez seja o momento em que você vai atirar o livro na parede e dizer: "Não estou fazendo isso", da mesma forma que algumas leitoras agiram quando leram o primeiro capítulo de meu livro *O poder da esposa que ora*, no qual aconselho as esposas a deixarem de orar "muda meu marido, Senhor" e passarem a orar "muda-me, Senhor". Não me culpe por isso. Não foi idéia minha. Eu gostava de orar "muda meu marido, Senhor". Não me importava se a oração não fosse respondida. A maioria de nós gosta dessa oração porque não achamos que quem deve mudar somos *nós*. Deus, porém, afirma que *todos* nós precisamos mudar, e ele começa com quem está *disposto* a mudar. Portanto, se você não gostar do texto a seguir, converse com Deus. A idéia é *dele*, não minha. Mas leia ao menos o que escrevi, porque funciona. A resposta à oração é obtida dessa maneira. E aprendi que teremos de aceitar essa verdade em alguma etapa da vida, por isso talvez seja melhor aceitá-la desde já.

Muito bem. Vamos lá. Prepare-se.

O ponto-chave para salvar, aperfeiçoar e enriquecer seu casamento é este: *você deve sentir o desejo de ter um coração arrependido.*

Calma! Não atire o livro na parede. Sei o que está pensando. É mais ou menos isto: "Quem precisa se arrepender é meu marido (esposa), então por que eu devo fazê-lo? Além do mais, sou uma boa pessoa. Não matei ninguém, nem assaltei um banco. De que preciso me arrepender?". Deus, porém, diz que *todos* precisam se arrepender. É por isso que não recebemos o que Deus deseja para nós da maneira que pensamos, agimos e vivemos. E, na maior parte das vezes, não entendemos o verdadeiro significado do que é ter um coração arrependido. Não significa ter cometido um ato terrível, embora *possa* significar isso. Ao contrário, significa, acima de tudo, permitir que Deus nos aponte os erros e então prostrar-nos diante dele, suplicando-lhe perdão.

Temos de chegar a um ponto no casamento no qual viveremos com um coração arrependido o tempo todo. Um coração que diga: "Estou disposto(a) a reconhecer meus erros, e, por mais que meu cônjuge me tenha ofendido, vou lavar a casa de minha alma. Vou orar para ter olhos para ver a verdade a meu respeito antes de orar e pedir o mesmo para meu marido (esposa)".

Quantas vezes Deus desejou fazer coisas grandiosas em nossa vida e em nosso casamento, mas elas não aconteceram porque não oramos com um coração arrependido? Deus disse ao povo de Israel que *eles* decidiriam se deveriam receber *bênção* ou *maldição* (cf. Dt 28; grifos da autora). Deus estava pronto para abençoá-los, mas eles não lhe deram ouvidos. Escolheram o caminho a seguir, de forma arrogante, e adoraram ídolos. Nós, da mesma forma, decidimos se queremos receber bênçãos ou infelicidade no casamento, se damos atenção a Deus ou saímos em busca do que parece bom. Das duas, uma: ou imaginamos ser os donos da verdade, sem precisar nos arrepender de nada porque vemos pecados piores em nosso cônjuge, ou nos enchemos de coragem e nos arrependemos de todos os maus pensamentos e ações, e nos apresentamos humildemente diante de Deus, em oração.

Acabo de ouvir a notícia de que um número cada vez maior de casais divorciados está optando por continuar a morar sob o mesmo teto e ter vida separada. O motivo apresentado é este: "assim é mais barato". Eu tenho uma idéia. Que tal fazer o possível para continuarem juntos e aprender a amar e apreciar um ao outro? Isso poderá ser conseguido se houver corações *arrependidos o suficiente* e *vontade* para permitir que Deus *os mude*. Mesmo que você seja o único com esse desejo no coração, suas humildes orações abrirão caminho para Deus realizar milagres em você e em seu casamento. Que tal começar agora?

1

Se a comunicação for interrompida

A MAIOR DIFICULDADE NO casamento é que, para ele existir, são necessárias *duas* pessoas. E todos sabem que o problema quase sempre está na outra pessoa. Se tentarmos resolver a situação por conta própria, por certo teremos sucesso, mas precisaremos adaptar nossos próprios sonhos, desejos, esperanças, aptidões, atitudes, opiniões, teorias, necessidades e hábitos aos do cônjuge. E para isso há necessidade de três coisas: comunicação, comunicação e comunicação.

Comunicação verbal, emocional e física.

O alicerce do casamento bom e duradouro é a comunicação. É por meio da comunicação que a intimidade se solidifica. Quando a comunicação é interrompida, a intimidade sofre muito. E um casamento sem intimidade agoniza. Você e seu cônjuge precisam ser capazes de criar um clima de proximidade no casamento — uma segurança de que os dois jogam no mesmo time. Sem uma boa comunicação, isso não será possível.

A pessoa com quem você sempre terá mais intimidade é seu cônjuge, porque vocês compartilham tudo. A falta de comunicação entre o casal abre caminho para uma vida insuportável. A vida a dois torna-se impossível quando um não sabe o que o outro está pensando ou sentindo. Se um não sabe quais são os planos e os ideais do outro, como poderão caminhar juntos?

Como é possível demonstrar interesse pelo casamento se vocês nunca compartilham seus planos? Como transmitir a sensação de que apóiam um ao outro se não conversam? Se você não expressar seus medos e preocupações, como poderá receber o incentivo de que necessita? Se não houver boa comunicação verbal, não haverá nenhuma ligação emocional e, conseqüentemente, não haverá intimidade física satisfatória. Essa parte da vida conjugal passará a ser um ato sem sentimento nem paixão. Se *um* dos dois acredita que a comunicação não vai bem no casamento, há necessidade de algumas mudanças.

Tempo para mudar

Você já teve a sensação de que sua vida está estagnada? Que não consegue sair do lugar? O mesmo ocorre no casamento. As coisas caem na rotina. O relacionamento de vocês não progride, não melhora, não chega a lugar algum. E só um de vocês — ou nenhum dos dois — está disposto a mudar para melhorar a situação.

Deus é um Deus de mudanças. Embora seja imutável — é o mesmo ontem, hoje e eternamente —, ele não quer que *nós* sejamos assim. Deus é imutável porque *ele* não *precisa* mudar. *Nós precisamos. Ele* é *perfeito. Nós não somos.* Deus quer que mudemos sempre, para ser mais e mais semelhantes a ele. Se somos resistentes à mudança, somos também resistentes a Deus, porque o desejo de Deus é promover mudança em *nós*.

Se um de vocês não quer mudar, ser transformado e aperfeiçoar a obra do Espírito Santo, com certeza há maus hábitos se expandindo. Nossa carne é mais ou menos assim — está sempre inclinada a coisas destrutivas. Quanto mais tempo esses maus hábitos persistirem, mais se acentuarão. A boa notícia é que qualquer reduto de maus hábitos pode ser destruído em instantes pelo poder de Deus, por mais arraigados que estejam. Até os maus hábitos relativos à comunicação no casamento podem ser completamente eliminados. Qualquer pessoa pode aprender a se comunicar melhor, se estiver disposta a fazer esse esforço.

O casamento não foi feito para alguém entrar e ver o que pode *extrair* dele, mas para perguntar todos os dias o que pode *acrescentar*. O casamento é um pacto, e isso significa que deve haver um compromisso entre os dois até a morte. Infelizmente, quase sempre o casamento morre antes. O *casamento* é apenas o começo do relacionamento entre duas pessoas. *Estar* casado nos liberta e nos proporciona segurança suficiente para mostrarmos nosso verdadeiro eu — para o bem ou para o mal —, de modo que possamos ver onde precisamos da cura e da transformação de Deus. *Permanecer* casado depende da boa comunicação entre os dois.

A boa comunicação é responsável pela união do casal. De que outra forma o amor e o respeito poderiam ser demonstrados? Como mostrar que vocês jogam no mesmo time? O que aconteceria em um jogo de futebol se o zagueiro não se comunicasse com os outros jogadores do time? Seria um desastre. Eles nunca chegariam ao gol. Nunca seriam vitoriosos. O mesmo se aplica ao casamento. Por isso, a recusa em comunicar-se com o cônjuge é uma atitude egoísta e destrutiva, seja qual for o motivo.

Desde o início

Deus tinha o casamento em mente desde o início. Embora Adão se comunicasse com Deus todos os dias, Deus viu que isso não era suficiente. Deus declarou: "Não é bom que o homem esteja só; farei para ele alguém que o auxilie e lhe corresponda" (Gn 2:18).

Deus poderia ter criado outro homem para jogar golfe com Adão, mas não criou. Criou uma mulher que lhe correspondesse. Significa que ela não era uma mulher de cabeça oca, com um corpo escultural. Ela o *complementou*, o *ajudou*. E ele necessitava de sua *companhia* e *apoio*. Necessitava de alguém que se *comunicasse* com ele no mesmo nível. Se Adão pudesse fazer tudo sozinho, não precisaria de Eva.

Deus fez Eva da costela extraída de Adão (cf. Gn 2:21-22). Por isso, o homem sempre sentirá falta de alguma coisa sem a esposa. Ela o completa. E, da mesma forma, a mulher tem a tendência natural de estar ao lado de um homem para ampará-lo. Conheço muitos homens e mulheres que chegaram aos 60 anos sem se casar. Fizeram muitos amigos e amigas na vida, mas continuam a sentir uma terrível solidão. E a solidão aumenta com a idade. Há, porém, exceções, tanto para homens como para mulheres que dedicaram a vida para servir a Deus e, graças à sua misericórdia, não sofrem esse tipo de solidão. Mas a maioria dos solteiros e solteiras *luta* contra isso. Deus reconheceu, desde o início, a grande necessidade que o homem e a mulher têm de viver em comunhão um com o outro.

Fiz uma pesquisa com mulheres antes de escrever *O poder do marido que ora*, e um de seus maiores desejos era que o marido conversasse mais com elas. Esse é um grande problema no casamento. Talvez você esteja casado(a) há trinta anos, e seu cônjuge não saiba se comunicar — ou talvez você é que não saiba —, mas Deus pode mudar os dois. *Todos* podem aprender a comunicar-se melhor.

Conheço um casal que passa mais tempo em silêncio do que conversando. Os dois discutem muito quando conversam, por isso decidiram não conversar mais. Não é uma forma natural de viver.

Se esse for o seu caso, você não está cumprindo o plano de Deus para o casamento. A comunicação refere-se mais a *cumprir a vontade de Deus* do que a sua. Refere-se mais a fazer *o que é certo* do que decidir *quem está certo*. Se quiser glorificar a Deus no casamento, ore para que a comunicação entre vocês seja satisfatória. Não pode haver egoísmo entre dois corações que se amam.

Se seu marido (esposa) não deseja mudar neste instante, sinta-se alegre, porque, enquanto você ora pedindo a ajuda do Espírito Santo para mudá-lo(a), Deus poderá mudar você *antes*. Com a ajuda de Deus, você não se melindrará facilmente com a falta de comunicação de seu cônjuge. O Senhor lhe dará tanta alegria e entusiasmo pelo fato de *você* viver nele que não haverá sensação de rejeição quando seu marido (esposa) permanecer em silêncio. Se é *você* quem tem problemas de comunicação, peça a Deus que lhe dê um coração desejoso de expressar amor e idéias a seu cônjuge, sem nenhuma restrição.

Vocês se tornaram "uma só carne" aos olhos de Deus no dia do casamento (cf. Ef 5:31), mas o processo de tornar-se uma só carne não pára. É difícil viver esse conceito da união total no dia-a-dia; exige tempo e esforço. *Tanto* o marido *como* a esposa assumiram esse compromisso. Quando um dos cônjuges deixa de se esforçar para resolver os problemas por meio da conversa ou para melhorar o casamento, o outro passa a viver um pesadelo. Se apenas um se comunica e o outro não, o destino do casamento é enfrentar problemas sérios. A tarefa de tentar carregar sozinho o peso inteiro do casamento não durará muito tempo.

Porque sei que a comunicação é importante

Se você, como eu, já enfrentou o divórcio, sabe como o sofrimento é terrível e não vai querer passar por isso outra vez. Sabe também que, quando o divórcio é iminente, fazemos uma lista mental de tudo o que vai mudar, e nos perguntamos: "Valerá a pena? Os ganhos compensarão as perdas?". Se a comunicação for insatisfatória — ou se apenas a comunicação for o fator negativo —, você acabará achando que terá pouco a perder e muito a ganhar.

Quando me casei pela primeira vez, antes de me converter, não havia nenhuma comunicação entre nós dois. Não fazíamos parte da mesma página do livro; na verdade, não fazíamos parte do mesmo livro. Cheguei a ponto de me sentir vivendo no inferno, e estava pronta para abandonar tudo a fim de voltar a sentir esperança, alívio e um pouco de paz. Queria tanto ir embora que abandonei tudo. Levei apenas alguns objetos adquiridos antes do casamento, embora tivesse trabalhado por dois anos para sustentar meu marido enquanto ele passava o dia em casa assistindo à televisão. Não queria viver nem mais um dia naquela agonia lenta, e não vislumbrava nenhuma possibilidade de ter uma vida diferente.

Na cultura dele, os homens não levantam um dedo para ajudar a esposa nos afazeres domésticos — nem em outros serviços, a bem da verdade. Aparentemente também não trabalham. Eu não tinha forças para trabalhar de dez a doze horas por dia e ainda ter de preparar *toda* a comida e fazer *toda* a limpeza da casa. Ele exigia isso de mim. Avaliava meu trabalho diariamente e repetia que eu não estava à altura dos padrões de sua mãe. Queria que eu fosse ela, e eu simplesmente não conseguia. Ele passava horas na casa da mãe todos os dias enquanto eu trabalhava, e continuava lá quando eu voltava para casa. Era como continuar vivendo sozinha, sem nenhuma alegria. Eu não era forte o suficiente para sofrer críticas constantes sem ter qualquer incentivo ou a sensação de ser amada. Em defesa de meu ex-marido, posso dizer que talvez ele estivesse tentando fazer de mim a esposa de seus sonhos, e, na época, eu não tinha maturidade para ser tudo aquilo.

Ele não era crente, e ficou furioso quando descobriu que eu era. Depois de mais de um ano de casada, comecei a ir à igreja sozinha todos os domingos. Para ele, era perda de tempo, porque eu poderia estar limpando a casa ou trabalhando em outro emprego para sustentá-lo. Um domingo à tarde, voltei da igreja com o espírito muito leve, e tentei conversar com ele sobre o Senhor. Ele se indignou e gritou comigo. Em um tom de voz ameaçador, disse que eu estava proibida de voltar a mencionar o nome de Jesus na casa *dele* e enquanto vivesse com *ele*. Foi o golpe derradeiro para quebrar a frágil espinha dorsal de meu casamento. Eu estava vivendo à beira de um precipício, presa por um galho muito fino. Depois que encontrei esperança e motivo para viver, ele queria cortar aquele galho. Seria como suprimir o ar que respiro.

Pouco depois, decidi obedecer às ordens de meu marido e nunca mais voltar a mencionar o nome de Jesus na casa *dele* e em *sua* presença. Portanto, tive de abandonar a casa dele e sua presença. Depois que o deixei, senti liberdade, não apenas para respirar, mas também para mencionar o nome de Jesus sempre que desejasse. Senti-me totalmente livre.

Quando me casei pela segunda vez, foi diferente. A diferença mais importante era que meu segundo marido, Michael, era convertido. Íamos à igreja juntos. Orávamos juntos. Recorríamos a conselheiros matrimoniais cristãos juntos. Havia sempre a esperança de que nós dois mudaríamos. E eu acreditava que todos os problemas seriam facilmente resolvidos.

No entanto, nós dois entramos no casamento muito inseguros. Ele se sentia fracassado por não viver à altura das expectativas da mãe. Eu me sentia fracassada porque minha mãe, por ser doente mental, não esperava nada de mim. Quando ela me dizia repetidas vezes que eu era inútil e nunca seria nada na vida, eu não tinha motivos para duvidar, embora procurasse desesperadamente uma oportunidade. Meu marido tinha acessos de *ira* e vivia deprimido. Eu era *ansiosa* e vivia deprimida. Nós dois tínhamos problemas e magoávamos um ao outro com facilidade. Apesar de nos comunicarmos bem no começo, havia momentos em que Michael tinha acessos de ira e, a meu ver, agia com tal crueldade que eu me afastava por estar magoada demais. Isso o levava a pensar que eu não me importava com ele. Com o passar do tempo, a comunicação tornou-se cada vez mais difícil, e a situação era de total infelicidade.

Quando nosso casamento chegou ao ponto crítico após anos de crises, pensei em sair de casa. Mas, um dia, enquanto orava, o Senhor me mostrou que, se eu orasse por meu marido todos os dias, Deus me usaria como instrumento de cura e libertação para o nosso casamento. Segui a orientação do Senhor e aprendi a orar como ele queria. Enquanto fazia isso, comecei a ver mudanças — principalmente na comunicação entre nós dois. Não houve uma transformação repentina, e sim gradual, dia após dia. Aos poucos, entrei no território que Deus nos havia preparado para conquistar e não desisti, mesmo nas horas mais difíceis.

O sofrimento produzido por um casamento infeliz é terrível, porque não há saída. A não ser que você peça o divórcio e dissolva o casamento, está preso(a) e precisa contornar a situação. Se seu cônjuge não estiver disposto a cooperar, a vida a dois será um pesadelo. Por isso, é muito importante orar pela boa comunicação. Sim, é ótimo ler a Palavra de Deus e freqüentar uma igreja onde existam bons ensinamentos bíblicos, mas tenho visto, mesmo na igreja, muitos casamentos terminarem em divórcio. Tenho visto ótimos professores de ensino bíblico abandonarem o cônjuge. Também tenho visto casamentos sólidos entre pessoas que nunca freqüentaram igreja nem leram a Bíblia. Portanto, para salvar o casamento, não bastam apenas palavras de conforto como "leia a Bíblia e freqüente a igreja". Embora eu acredite que essas ações sejam imprescindíveis, há necessidade de algo mais. Você precisa orar e orar. E precisa orar especificamente sobre a comunicação, porque sem isso seu casamento está em risco. Quero compartilhar algumas das orações que aprendi sobre a comunicação, que fizeram toda a diferença em nosso casamento.

Ore para ser gentil

Quantos casamentos poderiam ser salvos se o marido e a esposa fossem gentis um com o outro? Faz parte dos bons costumes. A Bíblia afirma: "... o amor edifica" (1Co 8:1). O amor constrói e fortalece. O amor não diz palavras humilhantes, sarcásticas ou demolidoras. *O que* dizemos e *como* dizemos pode transmitir amor ou completo menosprezo. Palavras recheadas de críticas e desprovidas de amor destroem o casamento, portanto precisamos saber se a satisfação obtida com essas palavras compensa a mágoa e a destruição que causam. Deus não pensa assim. Ele diz que o amor verdadeiro "não maltrata, não procura seus interesses, não se ira facilmente, não guarda rancor" (1Co 13:5). Não há motivos para tratar o cônjuge com grosseria. Se você quiser melhorar seu casamento, seja gentil. É um bom ponto de partida.

Quando um dos cônjuges é maltratado, ocorre um afastamento, e eles deixam de revelar um ao outro as emoções e os pensamentos íntimos. Isso fecha uma porta importante do relacionamento. Se você é insensível e tem o péssimo hábito de criticar seu cônjuge, arrependa-se imediatamente e peça a Deus que mude seu coração. Se seu cônjuge lhe dirige críticas negativas constantes, ore para que Deus o desperte. Ore para que ele entenda as graves conseqüências dessas palavras impensadas. Essa tentativa talvez seja inútil se o esforço partir apenas de *você*, sem nenhuma colaboração da outra parte. Descobri, porém, que quando agimos corretamente, mesmo quando a outra parte não colabora, Deus *nos* abençoa. E isso faz uma enorme diferença.

Você já viu pessoas casadas parecendo estranhas uma à outra? Conheci um casal que deve ter memorizado o antigo provérbio: "Se não conseguir dizer palavras gentis, não diga nada", porque os dois nunca diziam nada. Pelo menos um ao outro. O casamento deles não tinha vida. Quando um dos cônjuges se distancia emocionalmente e não se comunica, o outro é forçado a suportar tudo sozinho. Se não houver compatibilidade, não haverá com quem compartilhar a vida. E, quando notamos que não podemos confiar no cônjuge como amigo para nos amparar emocionalmente, é muito fácil recorrer a outra pessoa para que nos ampare. Se vocês não conseguirem ser gentis, não serão amigos, e o casamento passará por um duro teste.

Amigos gostam de estar juntos. Não agem como estranhos. Não dizem palavras para humilhar o outro, nem para destruir a esperança ou a alegria. Se você e seu marido (esposa) não são amigos, peça a Deus que os ajude a mudar. Se são amigos, peçam a Deus que lhes mostre como ser mais amigos.

Deus diz que as palavras do homem têm poder. Se "a língua tem poder sobre a vida e sobre a morte" (Pv 18:21), escolha as palavras com muito cuidado. Peça a ajuda de Deus para que você e seu cônjuge dirijam um ao outro palavras gentis, carinhosas, positivas, boas, enaltecedoras, que incentivam e que estimulam. Peça a Deus que tome conta de seu casamento, e ele lhe dirá o que é necessário fazer para transformá-lo em sucesso. Mesmo que, para isso, você precise ser gentil quando não quiser.

Ore para ser sempre confiável e ter sinceridade no coração

É imprescindível que o casamento se baseie na verdade. Se vocês não confiam um no outro, em quem confiarão? Portanto, mentir para o cônjuge é uma das piores coisas que se pode fazer para prejudicar o casamento. A Bíblia diz claramente: "Não mintam uns aos outros, visto que vocês já se despiram do velho homem com suas práticas" (Cl 3:9). Toda mentira tem conseqüências perigosas e de longo alcance. "A testemunha falsa não ficará sem castigo, e aquele que despeja mentiras não sairá livre" (Pv 19:5). A pior conseqüência é que a mentira nos distancia de Deus. "... o mentiroso não permanecerá na minha presença" (Sl 101:7). A mentira também distancia os cônjuges e impede-os de receber as bênçãos que Deus lhes reservou.

No casamento, é muito importante que ambos sejam *confiáveis* e *sinceros*. E há uma diferença entre essas duas palavras. Quando mentimos, não somos confiáveis, mas é possível dizer a verdade e não ser sincero. Isso ocorre quando não dizemos *toda* a verdade. Talvez você não tenha mentido, mas não revelou tudo. No entanto, não é necessário contar absolutamente tudo a cada pessoa que encontrar, porque, nesse caso, ninguém gostaria de estar perto de você. Mas precisa ser sincero(a) com o cônjuge, porque ele estará a seu lado pelo resto da vida.

Você sabe se mentiu ou não, mas às vezes, pode, inadvertidamente, não revelar seus verdadeiros sentimentos por não saber como expressá-los. Quem não compartilha sentimentos e pensamentos não é totalmente sincero. *Quem nunca se comunica com o cônjuge não pode ser totalmente sincero, porque a completa sinceridade exige boa comunicação.* Evidentemente, não é aconselhável expressar sempre todos os pensamentos a seu cônjuge, porque ele também não vai querer estar perto de você. Deus, porém, lhe dará discernimento sobre essa questão, se você lhe pedir.

Aqui estão alguns lembretes sobre sinceridade:

1. Fale com sinceridade sobre como se sente em relação ao que seu cônjuge faz. Você precisa dizer o que sente quando se aborrece com uma falta grave cometida por ele. Se não houver sinceridade, nada mudará. A amargura e a ira se acumularão dentro de você e produzirão ressentimento e dificuldade em perdoar. É necessário saber *o que* dizer e *quando* dizer. E Deus sempre será o melhor juiz nessa questão. Portanto, todas as vezes que precisar dizer alguma coisa importante a seu marido (esposa) que seja difícil de ser ouvida, peça a Deus que lhe mostre o momento certo. Peça-lhe que prepare o coração de seu cônjuge e dê a você as palavras certas para falar "a verdade em amor" (Ef 4:15). A Bíblia afirma que há "tempo de calar e tempo de falar" (Ec 3:7). Peça a ajuda de Deus para entender a diferença.

2. Fale com sinceridade sobre como você vê as coisas. É importante que ambos compartilhem sentimentos, planos, medos, preocupações, esperanças e sonhos. É necessário desabafar as emoções. Jó disse: "Tenho que falar; isso me aliviará" (Jó 32:20). E você também descobrirá isso. Se seu cônjuge é uma pessoa de difícil comunicação, peça a Deus que derrube as barreiras no coração dele. Além de recorrer a um conselheiro capaz de ajudá-los a conversar francamente, você também precisará da ação do Espírito Santo, portanto ore por isso. O marido e a esposa estão sempre se ajustando no casamento, porque não existem duas pessoas *iguais* ou que *permaneçam* iguais (embora haja ocasiões em que nada parece mudar). Os casais, porém, nunca se ajustarão corretamente se não souberem que ajustes precisam ser feitos. Se você não for sincera(o) com seu cônjuge, fará suposições erradas e ajustes incorretos.

3. Fale com sinceridade sobre seu passado. Quando o compromisso entre Michael e eu começou a ficar sério, dei-me conta de que não poderia levar o relacionamento adiante sem revelar a ele tudo sobre o meu passado. Antes, porém, orei para que Deus preparasse o coração de Michael para receber o impacto e que me mostrasse as palavras e o momento certos.

Ele já conhecia a história de minha mãe, mas só entendeu os efeitos de sua doença mental depois que nos casamos e visitamos meus pais em um fim de semana. Havia, porém, muito mais para contar, e eu não sabia se ele me rejeitaria depois disso. Michael aceitou tudo o que lhe contei e disse que nada mudaria entre nós. Foi um grande alívio tirar aquele peso dos ombros.

Conheço outras pessoas que só revelaram os segredos do passado ao cônjuge muito tempo depois do casamento, e essa revelação tardia abalou a confiança entre o casal. Para ter uma vida melhor no presente, é aconselhável revelar toda a verdade sobre o passado, porque nos ajuda a caminhar em direção ao futuro que Deus reservou para nós. Não é bom ficar olhando por cima dos ombros para ver se acontecimentos passados estão voltando para nos assombrar. Quanto mais rápido contarmos a verdade, melhor.

4. Fale com sinceridade sobre tudo o que está fazendo. Conheço um homem que mente o tempo todo para a esposa sobre o que faz. O relacionamento deles não é bom, e essa falta de sinceridade pode levar ao divórcio. A mentira destrói a confiança. E, quando não existe confiança entre o marido e a esposa, o alicerce do casamento desmorona. No entanto, a confiança pode ser restaurada, se quem mentiu confessar a verdade e arrepender-se. Se você precisa mentir sobre o que faz, suas prioridades estão fora de ordem. Não está pondo Deus em primeiro lugar e seu marido (esposa) em segundo, acima de tudo e de todos.

Dez princípios genuínos sobre falar a verdade

1. *Verdade é o que devemos escolher para ocupar nossos pensamentos.* "Finalmente, irmãos, tudo o que for verdadeiro [...] pensem nessas coisas" (Fp 4:8).
2. *Verdade é a decisão de escolher as palavras que dizemos.* "Minha boca fala a verdade, pois a maldade causa repulsa aos meus lábios" (Pv 8:7).
3. *Verdade é a maneira pela qual decidimos caminhar pela vida.* "Escolhi o caminho da fidelidade; decidi seguir as tuas ordenanças" (Sl 119:30).
4. *A verdade liberta.* "E conhecerão a verdade, e a verdade os libertará" (Jo 8:32).
5. *A verdade protege.* "Assim, mantenham-se firmes, cingindo-se com o cinto da verdade, vestindo a couraça da justiça" (Ef 6:14).

6. *A verdade purifica a alma.* "Agora que vocês purificaram a sua vida pela obediência à verdade, visando ao amor fraternal e sincero, amem sinceramente uns aos outros e de todo o coração" (1Pe 1:22).
7. *A verdade agrada a Deus.* "Não tenho alegria maior do que ouvir que meus filhos estão andando na verdade" (3Jo 4).
8. *A verdade pode ser gravada no coração.* "Que o amor e a fidelidade jamais o abandonem; prenda-os ao redor do seu pescoço, escreva-os na tábua do seu coração" (Pv 3:3).
9. *A verdade traz a luz de Deus para quem a pratica.* "Mas quem pratica a verdade vem para a luz, para que se veja claramente que as suas obras são realizadas por intermédio de Deus" (Jo 3:21).
10. *A verdade dá a quem ora a sensação de estar na presença de Deus.* "O Senhor está perto de todos os que o invocam, de todos os que o invocam com sinceridade" (Sl 145:18).

Ore para que o amor de Deus seja derramado em seu coração

A melhor maneira de ter uma boa comunicação com o cônjuge é ter uma boa comunicação com Deus. Se "a boca fala do que está cheio o coração" (Mt 12:34), seu coração precisa receber o amor de Deus em profusão, para você exteriorizar esse amor todos os dias por meio de palavras. A Bíblia afirma que "a língua [...] ninguém consegue domar. É um mal incontrolável, cheio de veneno mortífero" (Tg 3:8). Temos a tendência de dizer palavras ofensivas e destrutivas. A Bíblia também afirma: "Ao homem pertencem os planos do coração, mas do SENHOR vem a resposta da língua" (Pv 16:1). Para preparar o coração, precisamos estar na presença de Deus em oração, em adoração e lendo sua Palavra.

Se seu cônjuge tiver dificuldade de ouvir, peça a Deus que lhe conceda uma porção maior de seu amor, para poder verbalizá-la. Todas as vezes que nos comunicamos com palavras duras, sem amor no coração, ele tem dificuldade de ouvir o que dizemos. Peça a Deus que lhe conceda sabedoria para dizer o que é certo, da maneira certa. "O coração do sábio ensina a sua boca, e os seus lábios promovem a instrução" (Pv 16:23). Quando nos esforçamos para dizer palavras que transmitam amor, o resultado é satisfatório. Agrada a Deus, e a recompensa é sempre grande.

Não permita que a animosidade aumente a ponto de derramar-se sobre seu casamento. Represe as discussões por meio da comunicação sincera e de palavras carinhosas. "Começar uma discussão é como abrir brecha num dique; por isso resolva a questão antes que surja a contenda" (Pv 17:14). Peça a Deus que abasteça seu coração com amor, para que suas palavras sejam como águas terapêuticas de incentivo e restauração em vez de uma comporta aberta, capaz de produzir uma terrível inundação.

ORE PARA ENTENDER OS SINAIS

Temos um cãozinho da raça chihuahua, de pêlos longos e brancos. Na verdade, o cão pertence à minha filha, mas ela não pôde levá-lo quando se mudou, em razão das viagens decorrentes do trabalho. Por isso, ele passou a ser o nosso cão-mor. Seu nome é Wrigley, mas Michael e eu o chamamos "O Grande Eu Quero", porque, quando não está dormindo, Wrigley sempre quer alguma coisa. Para comunicar-se conosco, ele se senta no chão e levanta as patas da frente, uma encostada na outra, como se estivesse implorando. Depois, movimenta as patas para cima e para baixo e começa a ganir sem parar. Ele consegue ficar nessa posição por muito tempo. Às vezes, não damos atenção a seus apelos com as patas, mas é impossível não dar atenção aos ganidos. Eles são capazes de enlouquecer qualquer um. Wrigley só pára de ganir quando começamos a enumerar as coisas que ele geralmente quer, observando quantas vezes ele movimenta as patas para cima e para baixo. Mas, como ele sempre quer *tudo*, as patas sobem e descem pelo menos uma ou duas vezes diante de qualquer coisa que lhe oferecemos. Usamos palavras básicas para nos comunicar com ele, tais como: "Sair?", "Comer?", "Colo?", "Dormir?", "Cobertor?", "Osso?", "Biscoito?", "Brinquedo?", "Passear?", "Carro?". Ele entende tudo perfeitamente.

Você quer *sair*? Quer *comer*? Quer *colo*? Quer um *biscoito*? Quer um *osso*? Quer *passear*? Quer passear de *carro*? Na verdade, aprendemos a não dizer a palavra "carro", a não ser quando temos a intenção de levá-lo conosco. Por mais que ele queira "sair" ou "comer", o passeio de "carro" está sempre em primeiro lugar. E, se pronunciarmos a palavra "carro" e não o levarmos para um passeio, ele é capaz de ganir até morrer.

Quando fazemos essas perguntas a Wrigley, temos de prestar muita atenção para ver quantas vezes ele levanta e abaixa as patas. Uma vez para "osso", duas vezes para "comer", três vezes para "colo", e assim por diante, porque seus desejos são relativos. A palavra que provoca um movimento mais acentuado das patas indica o que ele mais quer. A única palavra a que ele não reage é "banho". Já tentei usar essa palavra várias vezes, mas Wrigley permanece imóvel e em silêncio, com um olhar de quem diz:

"De jeito nenhum. De jeito nenhum". Certa vez, quando queria sair a todo custo, ele movimentou as patas pelo menos seis vezes em questão de segundos. Entendemos que se tratava de uma emergência.

Há um ponto importante: a expressão de Wrigley nunca muda quando ele permanece com as patas levantadas, em sinal de súplica, por isso nunca sabemos o que ele quer. E todos os ganidos têm a mesma intensidade. Precisamos entender os sinais sutis da linguagem do corpo para saber o que ele quer.

A verdade é que, às vezes, também precisamos observar atentamente a linguagem corporal de nosso cônjuge, para entender o que ele quer e o que se passa em seu íntimo. Temos de fazer as perguntas certas e ver como ele reage. Temos de ler nas entrelinhas. Peça a ajuda de Deus para identificar esses sinais vitais em seu marido (esposa). Peça a ajuda de Deus para comunicar-se de forma tão clara que seu cônjuge não necessite observar sinais na linguagem de seu corpo.

Ore para que vocês gostem de realizar atividades juntos

O que você e seu marido (esposa) gostam de fazer juntos? Se conseguir pensar em uma coisa, ótimo. Mas, se não conseguir se lembrar sequer de uma, há um problema em seu casamento. Para ter boa comunicação, vocês precisam encontrar atividades que possam realizar juntos, mesmo que seja algo tão simples como sentar-se para ver o pôr-do-sol, ler livros, caminhar ou jantar fora. Se trabalham juntos, precisam encontrar uma atividade fora do expediente.

Meu marido e eu tentamos jogar golfe juntos por uns tempos. Também tentamos jogar tênis. Mas meu marido queria vencer a todo custo, e eu queria apenas me divertir. Eu não tinha a intenção de arriscar nosso casamento só para me divertir um pouco, por isso desistimos da idéia.

A esta altura da vida, graças à resposta milagrosa às minhas orações por meu marido, nós dois gostamos de futebol americano. (Gostamos de ver, não de jogar.) Ele me trouxe um livro intitulado *Football for Dummies* [Futebol para principiantes], levou-me ao estádio para assistir aos jogos e se dispôs a explicar-me as regras, repetidas vezes, até eu entendê-las. Não foi uma tarefa fácil para um impaciente "grau A" como ele, mas era importante para Michael, por isso ele insistiu. E o resultado valeu a pena, porque passei a gostar muito desse esporte. Hoje, vemos os jogos de futebol juntos pela televisão, e vamos ao estádio assistir ao nosso time. Se você soubesse como sempre considerei tudo isso uma enorme perda de tempo, concluiria que realmente houve um milagre. *Nós dois* oramos para encontrar alguma coisa para fazer juntos. E *ele* venceu. Continuo indo sozinha às compras.

Ore para que se aproximem mais a cada novo estágio da vida

Há vários estágios na vida e no casamento, e você precisa orar para que ambos amadureçam juntos, e não separados. Você não vai querer acordar de manhã, ver uma pessoa estranha a seu lado e se dar conta de que se casou com ela. Às vezes, as situações mudam. Talvez seu cônjuge sempre tenha sido o principal arrimo da família, mas, de repente, por um motivo ou outro, *você* passou a ter essa obrigação. Ou quando os filhos nasceram, o marido perfeito não se tornou um pai perfeito. Ou a esposa perfeita passou, de repente, a ser apenas a *mãe perfeita*. Ou os filhos saíram de casa.

Ou *voltaram* depois de sair de casa. Ou houve troca de emprego, problemas de saúde ou reviravoltas financeiras. Tudo isso afeta a comunicação ou provoca grave falta de comunicação.

Para provar amor por seu cônjuge, disponha-se a fazer mudanças na vida conjugal. Peça a Deus que lhes mostre o que está passando no coração de vocês em cada estágio da vida, e faça os ajustes necessários para uma boa comunicação. Só assim, vocês continuarão a amadurecer juntos.

Ore para que um respeite o outro

Não é horrível estar na companhia de um casal e ver um deles dirigir palavras críticas, degradantes e desrespeitosas ao outro? Não há nada mais desconfortável do que ver um casal trocando insultos diante de nós. A situação torna-se constrangedora e pode *nos forçar* a tomar partido, e não queremos fazer isso, porque ninguém sabe o que se passa no casamento alheio. Às vezes, aquele que parece ser encantador e maravilhoso é, na verdade, o que sempre se mostra simpático com outros, mas nunca com o cônjuge. E o que parece hostil e mal-humorado foi levado a ter esse comportamento em razão do comportamento do outro.

Os maridos são exortados a respeitar a esposa, caso contrário não terão suas preces atendidas. "Do mesmo modo vocês, maridos, sejam sábios no convívio com suas mulheres e tratem-nas com *honra*, como parte mais frágil e co-herdeiras do dom da graça da vida, *de forma que não sejam interrompidas as suas orações*" (1Pe 3:7; grifos da autora). A conseqüência é grave, e o respeito pela esposa deve ser levado a sério.

Os maridos também são admoestados a *amar* a esposa, e as esposas devem *respeitar* o marido e ser *submissas* a ele (cf. Ef 5:22-23).

As esposas devem estar dispostas a ter essa submissão piedosa. Não se trata de uma submissão imposta pelo marido. Isso é escravidão. Submissão é uma forma piedosa de demonstrar respeito pelo marido. E a esposa tem *mais facilidade* de se submeter ao marido quando ele se submete a Deus, da maneira que Deus deseja. Ela tem *mais dificuldade* de se submeter ao marido quando ele não se submete a Deus ou a desrespeita. Peça a Deus que os ajude a sempre demonstrar respeito, apreciação e amor um pelo outro — *principalmente* diante de outras pessoas.

Dez lembretes sobre as palavras que você diz

1. *Escolha as palavras com muito cuidado.* "Nenhuma palavra torpe saia da boca de vocês, mas apenas a que for útil para edificar os outros, conforme a necessidade, para que conceda graça aos que a ouvem" (Ef 4:29).

2. *Palavras brandas têm mais poder que palavras ríspidas.* "... a língua branda quebra até ossos" (Pv 25:15).

3. *Pense antes de falar.* "O justo pensa bem antes de responder, mas a boca dos ímpios jorra o mal" (Pv 15:28).

4. *Não fale muito.* "Quando são muitas as palavras, o pecado está presente, mas quem controla a língua é sensato" (Pv 10:19).

5. *As palavras podem causar tropeços.* "Todos tropeçamos de muitas maneiras. Se alguém não tropeça no falar, tal homem é perfeito, sendo também capaz de dominar todo o seu corpo" (Tg 3:2).

6. *Palavras agradáveis são estimulantes.* "As palavras agradáveis são como um favo de mel, são doces para a alma e trazem cura para os ossos" (Pv 16:24).
7. *As palavras podem causar grande destruição.* "... a língua é um pequeno órgão do corpo, mas se vangloria de grandes coisas. Vejam como um grande bosque é incendiado por uma simples fagulha" (Tg 3:5).
8. *Se quiser ter uma vida agradável, tome cuidado com suas palavras.* "Quem quiser amar a vida e ver dias felizes, guarde a sua língua do mal e os seus lábios da falsidade" (1Pe 3:10).
9. *As palavras podem ter sido sugeridas pelo inimigo.* "Assim também, a língua é um fogo; é um mundo de iniqüidade. Colocada entre os membros do nosso corpo, contamina a pessoa por inteiro, incendeia todo o curso de sua vida, sendo ela mesma incendiada pelo inferno" (Tg 3:6).
10. *Palavras ríspidas são mais prejudiciais a você do que a seu cônjuge.* "Pois por suas palavras vocês serão absolvidos, e por suas palavras serão condenados" (Mt 12:37).

Ore para que ambos saibam ouvir

Há um fator muito importante na comunicação: saber ouvir. Significa não falar o tempo todo. Significa pedir a Deus que lhe dê ouvidos para ouvir e um coração disposto a aceitar as palavras do cônjuge. A Bíblia ordena: "Levem os fardos pesados uns dos outros e, assim, cumpram a lei de Cristo" (Gl 6:2). Para isso, é necessário *ouvir com atenção* as palavras do cônjuge para saber quais são os fardos dele. Se seu marido (esposa) não gosta de ouvir, ou se recusa a ouvir para não deixar transparecer falta de autoridade, ou não valoriza o que você diz, ore para que Deus dê a ele (ela) ouvidos para ouvir. Acredite em mim, há um impacto maior quando Deus condena alguém por não ouvir do que quando *nós* tentamos fazer isso.

Às vezes, *imaginamos* ter entendido o que a outra pessoa queria dizer, mas Deus ordena que não devemos responder antes de ouvir. "Quem responde antes de ouvir comete insensatez e passa vergonha" (Pv 18:13). Ouvir significa não falar enquanto o outro fala. Como podemos nos alegrar com quem se alegra, e chorar com os que choram (cf. Rm 12:15), se não ouvimos atentamente para saber se a pessoa está triste ou alegre? Se seu cônjuge nunca ouve o que você diz — ou se ele diz que *você* nunca ouve o que ele diz —, peça a Deus que dê a ambos o desejo de ouvir. Deus gosta muito de responder a essa oração.

Ore para que o plano do inimigo de destruir a comunicação entre vocês não tenha êxito

Tenha sempre em mente que o inimigo da alma também é inimigo do casamento, e, por conseguinte, inimigo da comunicação entre o casal. Você já deve ter vivido situações nas quais tudo ia bem, mas, de repente, as linhas de comunicação foram interrompidas e houve um enorme distanciamento entre ambos. Num piscar de olhos, houve uma confusão, um questionamento ou uma distorção do que estava sendo dito, e você não entendeu por quê. Uma das táticas mais comuns do inimigo é interromper as linhas de comunicação entre o marido e a esposa. Isso ocorre nos melhores casamentos e sempre de maneira sutil, para que você acredite que a culpa é sua. Peça a Deus que os mantenha alertas para perceber as tentativas do inimigo de provocar brigas e discussões. Não permita que isso aconteça. Se já aconteceu, declare que, com *Deus a seu lado*, ninguém poderá ser contra você — nem contra vocês dois.

Orações pelo casamento

Oração por proteção

Senhor, eu convido tua presença para habitar nosso casamento. Peço-te que protejas meu marido (esposa) e a mim de qualquer tipo de ruptura na comunicação entre nós. Capacita-nos a compartilhar nossos pensamentos e sentimentos, e a dialogar sempre. Ensina-nos a confiar um no outro a ponto de compartilhar todas as nossas maiores esperanças, sonhos, medos e lutas. Ajuda-nos a passar o tempo comunicando-nos *contigo* todos os dias, para que a comunicação entre nós seja sempre satisfatória. Ensina-nos a expressar abertamente o amor que sentimos um pelo outro, e afasta de nós toda indolência e egoísmo capazes de nos impedir de fazê-lo. Ajuda-nos a não proferir palavras destruidoras, mas apenas palavras edificadoras (cf. Ef 4:29).

Livra-nos da tentação de mentir um ao outro sobre qualquer coisa, ou de enganar um ao outro (cf. Lv 19:11). Ajuda-nos a ser totalmente sinceros e francos a respeito de tudo. Ensina-nos a falar com honestidade, sabedoria, instrução e entendimento. Não queremos estar sempre aprendendo e jamais conseguindo chegar ao conhecimento da verdade (cf. 2Tm 3:7).

Ensina-nos a ouvir um ao outro e a identificar os sinais, para haver melhor entendimento entre nós. Ajuda-nos a encontrar atividades para realizar juntos e amadurecer juntos, jamais separados.

Capacita-nos a transmitir amor, apreciação e respeito um ao outro, o tempo todo. Ensina-nos a reconhecer o plano do inimigo de furtar, roubar e destruir nosso casamento. Capacita-nos a identificar os métodos do inimigo e a entender as tentativas dele de provocar brigas e discussões entre nós. Ajuda-nos a ter autoridade instantânea sobre todos os ataques do inimigo sobre nós — principalmente quanto à comunicação. Ajuda-nos a reconciliar as desavenças com amor, transigência e consideração. Capacita-nos a estar sempre em comunhão contigo e fortalece a união entre nós. Oro em nome de Jesus.

Oração por uma profunda transformação em mim

Senhor, eu convido tua presença para habitar em mim e mudarme onde haja necessidade de mudança. Mostra-me as ocasiões em que eu não disse as palavras certas nem comuniquei as coisas certas a meu marido (esposa). Confesso-te estes pecados, porque estou destituída(o) de tua glória (cf. Rm 3:23). Quero aprender a comunicar-me com franqueza e honestidade, para falar palavras importantes, certas e verdadeiras (cf. Pv 8:6-9). Não posso viver em tua presença se não falar a verdade de coração (cf. Sl 15:1-3). Elimina a aparência enganosa de meu coração e a perversidade de minha mente, para que o mal se afaste de mim (cf. Pv 17:20).

Peço que teu amor seja tão grande em meu coração a ponto de transbordar em tudo o que eu disser. Dá-me as palavras certas para cada situação. Ajuda-me a lembrar de demonstrar apreço por meu marido (esposa) pelas boas coisas que ele (ela) faz. Abre meus olhos, se eu não estiver vendo todas elas. Dá-me ouvidos para ouvir o que meu marido (esposa) diz e, assim, tirar um pouco do fardo dos ombros dele (dela). Quero estar pronta(o) para ouvir e ser tardia(o) para falar (cf. Tg 1:19). Concede-me sabedoria para distinguir o momento certo.

Senhor, tu és maior que tudo o que enfrento e mais forte que tudo o que se opõe a mim e a meu casamento. Graças te rendo porque me deste autoridade sobre o inimigo. Oro para reconhecer sempre a mão dele em nossa vida e não permitir que suas intenções malignas nos separem. Oro para que minha boca fale com sabedoria, e a meditação do meu coração traga entendimento (cf. Sl 49:3). Agradeço-te desde já as respostas às minhas orações. Oro em nome de Jesus.

Oração por uma profunda transformação em meu marido (esposa)

Senhor, eu te dou graças por meu marido (esposa) e peço-te que abras o coração dele (dela) para tudo o que tens para nós e para o nosso casamento. Ajuda-o(a) a conhecer-te melhor, a entender os teus caminhos e a ver a vida como tu a vês. Ajuda-o(a) a ver a nossa união sob a tua perspectiva. Realiza as mudanças necessárias nele (nela), para que nada o(a) impeça de cumprir o propósito e o destino que tens para ele (ela) e para nossa vida conjugal.

Senhor, inunda o coração de meu marido (esposa) com teu amor, de modo que esse amor transborde em suas palavras. Ajuda-o(a) a entender as conseqüências das palavras impensadas ou ofensivas. Ajuda-nos a enxergar as mágoas que ferem nossos corações. Fala por nosso intermédio, para que as palavras que dirigimos um ao outro sejam as *tuas* palavras. Ajuda-nos a ser instrumentos de tua paz e graça todas as vezes que dialogarmos. Mostra a meu marido (esposa) as vezes em que ele (ela) me disse palavras ofensivas que não te glorificaram. Capacita-o(a) a falar palavras de vida, não de morte; palavras edificadoras, não destruidoras.

Que ele (ela) conheça melhor os teus caminhos e se recuse a falar coisas negativas. Ajuda-o(a) a se comunicar com franqueza, e não permitas que o silêncio frio se instale entre nós.

Senhor, ajuda meu marido (esposa) a ser sincero(a) em tudo. Condena-o(a) pelas mentiras que contou a mim ou a outra pessoa, e afasta a idéia de que a mentira é aceitável ou que a verdade tenha versões diferentes. Fortalece-o(a) para resistir ao pai da mentira e recusar-se a cair nas tentações de mentir (cf. Jo 8:44). Ajuda-o(a) a livrar-se de todo engano (cf. 1Pe 2:1). Que ele (ela) se recuse a cair na armadilha das próprias palavras (cf. Pv 6:2). Que não haja divisões entre nós, porque temos um só pensamento e um só parecer (cf. 1Co 1:10). Ajuda-o(a) a comunicar agora o que não comunicou satisfatoriamente no passado. Graças te dou porque és a nossa rocha e o nosso redentor, e podes redimir todas as coisas (cf. Sl 78:35). Oro em nome de Jesus.

Verdades nas quais podemos confiar

Que as palavras da minha boca e a meditação do meu coração sejam agradáveis a ti, SENHOR, minha Rocha e meu Redentor!
Salmos 19:14

Ainda que eu fale as línguas dos homens e dos anjos, se não tiver amor, serei como o sino que ressoa ou como o prato que retine.
1Coríntios 13:1

Todos tropeçamos de muitas maneiras. Se alguém não tropeça no falar, tal homem é perfeito, sendo também capaz de dominar todo o seu corpo.
Tiago 3:2

Da mesma forma, os maridos devem amar cada um a sua mulher como a seu próprio corpo. Quem ama sua mulher, ama a si mesmo. [...] e a mulher trate o marido com todo o respeito.

Efésios 5:28,33

Mulheres, sujeite-se cada uma a seu marido, como ao Senhor [...]. Maridos, ame cada um a sua mulher, assim como Cristo amou a igreja e entregou-se por ela.

Efésios 5:22,25

2

Se a ira, a grosseria *ou* a violência envenenarem o casamento

EM TODO CASAMENTO HÁ discussões. Todos nós ficamos irados de vez em quando. Mas é possível discutir sem despejar ira um no outro. É possível manifestar irritação de maneira civilizada e piedosa, sem ofender o cônjuge ou os filhos. Se a ira estiver se acumulando em você ou em seu cônjuge, é sinal de perigo. Ela sempre interrompe a comunicação; portanto, se um dos dois não for capaz de controlá-la, a distância entre vocês está destinada a aumentar. A maneira mais rápida de pôr fim a todas as comunicações importantes e construtivas no casamento é dirigir a ira na direção do cônjuge. Fazer isso muitas vezes causará problemas sérios, não apenas no coração de seu cônjuge, mas no *seu* também.

A ira de que estou tratando neste capítulo não é manifestada em discussões acaloradas ou em desavenças esporádicas. Ela se infiltra na pessoa e parece ter vida própria. Envenena e agita o espírito, e está pronta para vir à tona e atacar a qualquer momento, por qualquer motivo. E o grau de manifestação da ira é desproporcional ao da ofensa. Um pequeno incidente é capaz de acioná-la, e, de repente, ela irrompe quando menos se espera e por uma razão insignificante. A ira procura um motivo e uma forma de atacar e magoar, e parece trazer dentro de si uma grande satisfação, porque vive disso. A pessoa irada tem pouca ou nenhuma noção das conseqüências da ira sobre o outro a quem é dirigida. Na mente da pessoa irada, seu sentimento é sempre justificado, porque ela se acha no direito de irar-se por qualquer motivo.

A ira freqüente pode ser explicada, mas não justificada. Não estou falando de um incidente capaz de provocar ira em qualquer pessoa. Estou falando de alguém com espírito irado e que manifesta esse sentimento porque ele lhe dá a oportunidade de estar no controle, de abrir caminho. A ira força o cônjuge e os filhos a viver pisando em ovos, porque estão sempre com medo do que vai acontecer quando ela surgir novamente. Isso não é vida — principalmente no casamento, porque não há escapatória.

Uma das queixas mais constantes que ouço das mulheres a respeito do casamento é o problema da ira dos maridos. De vez em quando, os homens se queixam das esposas, mas, aparentemente, há um número maior de mulheres sofrendo por isso. Nunca vi nenhum benefício resultante da ira no casamento, mas tenho visto grandes destruições. É por isso que Deus tem muito a dizer a respeito da ira em sua Palavra.

Como herdar vento

A Bíblia adverte: "Quem causa problemas à sua família herdará somente vento" (Pv 11:29). Isso significa que a pessoa que provoca brigas constantes na própria família jamais encontrará todo o sucesso e as bênçãos que Deus lhe reservou. E, mesmo se essa pessoa não fizer nada, o sucesso e as bênçãos lhe escaparão pelos dedos como vento, e ela não será capaz de segurá-los.

Qualquer atitude ou ação que aborreça o cônjuge e os filhos prejudicará seu lar. Fazer uso da ira para controlar o cônjuge cria problemas no lar. Elevar a voz com palavras explosivas e mesquinhas cria problemas no lar. Grosseria e violência criam problemas no lar. Além de ofender a pessoa a quem é dirigida, a ira também acarreta sérias conseqüências para quem se deixa dominar por ela.

A ira de que estou falando pode levar a pessoa a ter um comportamento inaceitável. Esse tipo de ira dirigida ao cônjuge é sempre egoísta, e causa profundos ressentimentos. Ninguém deseja ser dominado pela ira de outra pessoa — principalmente pela ira do cônjuge. Todo acesso de ira dirigido a um membro da família mata alguma coisa nele. Com o passar do tempo, mata o amor, corrói a esperança e destrói o relacionamento.

Podemos ficar irados em razão de um acontecimento fortuito. A ira é sadia quando provocada pela violação dos direitos humanos, injustiça social ou desrespeito a Deus. Não é sadia quando dirigida ao marido (esposa). Podemos sentir ira temporariamente em relação a alguém que nos ofendeu, mas não podemos pecar por causa dela. A Bíblia diz: "Quando vocês ficarem irados, não pequem. Apazigúem a sua ira antes que o sol se ponha, e não dêem lugar ao Diabo" (Ef 4:26-27). Significa não atacar nem ofender.

Quando atingem a alma de uma pessoa da família, mesmo que o corpo não seja atingido, as palavras e ações iradas parecem destruir tudo de bom que Deus planejou para a vida dela. A mágoa é muito grande e suga o amor do coração. Está escrito na Bíblia: "Mas agora, abandonem todas estas coisas: ira, indignação, maldade, maledicência e linguagem indecente no falar" (Cl 3:8). Ore para que você e seu cônjuge não criem problemas na família em decorrência da ira.

Mesmo quando seu amor acaba, o de Deus se mantém

O primeiro mandamento diz que devemos *amar o Senhor Deus acima de tudo*. O segundo diz que devemos *amar o próximo* como a nós mesmos (cf. Mt 22:37-39). E a pessoa *mais importante e próxima de nós* que devemos amar é o *cônjuge*.

O marido deve amar a esposa (cf. Ef 5:25), e a esposa deve amar o marido (cf. Tt 2:4). Amar o cônjuge é uma das maneiras de amar o Senhor e servir a ele. Deus deseja que o marido e a mulher se amem como ele os ama. Mas quem pode amar como Jesus *nos* ama? Jesus deu a vida por nós. Como podemos amar assim todos os dias? Quando nos levantamos todas as manhãs. Quando vemos o cônjuge após um dia árduo de trabalho. Quando um ou os dois não estão em seu melhor dia. *A única maneira de amar um ao outro como Deus deseja e como Jesus demonstrou é renovar-se todos os dias com o poder do Espírito Santo.* O amor altruísta, que é fruto do Espírito, surge quando o Espírito de amor é derramado em nós.

Cristo demonstrou seu amor pela Igreja ao sacrificar-se por ela. (A palavra "igreja" na Bíblia refere-se a todos os que crêem em Jesus, não a um templo.) Ele não se irou com a Igreja, não gritou com a Igreja, não agiu de modo mesquinho com a Igreja, não criticou a Igreja nem a humilhou. Cristo amou a Igreja e entregou-se por ela. Esse é o amor que Deus deseja que você tenha por seu cônjuge. Mas esse amor não pode ser proveniente da carne. É necessário receber o poder do Espírito Santo e abastecer o coração com seu amor.

Não importa o que acontecer em sua vida ou em seu casamento, o Espírito Santo sempre abastecerá seu coração com o amor de Deus, se você lhe pedir. Ou, se passar alguns momentos na presença de Deus em oração, louvor e adoração, e em sua Palavra, você receberá seu amor em abundância. Quando amamos porque Jesus assim nos ordenou e quando o Espírito Santo nos enche o coração com o amor de Deus, a sensação é muito diferente da sensação de tentar produzir um sentimento de amor na carne. Depois de abastecer-se com o amor de Deus — um amor muito maior que o amor humano —, você poderá amar seu marido (esposa) da maneira que Deus deseja, seja qual for a situação.

O amor no casamento aumenta e diminui, vem e vai. O amor humano flui e reflui. Muda de acordo com as emoções, circunstâncias e estações do ano. Deus, porém, deseja que o amor por nosso cônjuge seja sempre firme, à semelhança de uma nascente descendo do céu, caindo na alma humana e transbordando em quem estiver por perto. Mas não podemos amar assim sem a ajuda *de Deus*. É por isso que precisamos estar em comunhão com o Senhor e receber esse amor todos os dias, passando alguns momentos com *ele*. Só há uma forma de demonstrar paciência, bondade e amor e *não irar-se facilmente*: estar em comunhão constante com Deus. Só há uma forma de o amor de Deus fluir constantemente, de você para seu cônjuge: abastecer-se do amor de Deus o ponto de fazê-lo transbordar.

O amor de Deus é a nascente por meio da qual o bom casamento flui. *Amar o cônjuge é a coisa mais importante e a mais próxima do amor de Deus que podemos fazer, porque precisamos ser semelhantes a ele para conseguir isso.* O amor de Deus nos impede de ser egoístas, exigentes, críticos, irados, grosseiros ou violentos. Quando temos o amor de Deus no coração, queremos ser pacientes e bondosos, sem insistir em agir à nossa maneira. Ficaremos felizes em pedir desculpas, e não insistiremos em colecionar um arquivo dos erros cometidos pelo cônjuge. Na carne, isso é impossível, mas com Deus é possível.

Se você quer permanecer em amor com seu cônjuge, permaneça em amor com Deus antes de tudo. Essa corrente de amor encontrada em Cristo poderá tocá-la(o) onde quer que esteja e criar um ambiente de amor, paz e harmonia dentro de você, que transbordará no relacionamento com seu marido (esposa).

Deus se importa com a maneira de tratarmos nosso cônjuge

É importante para Deus como tratamos nosso cônjuge, e teremos de prestar conta disso. Devemos, portanto, observar atentamente o que fazemos e dizemos. Isso nos ajuda a perdoar mais.

Minha reação à ira de Michael era afastar-me dele. Mas, quando Michael colocava para fora toda a *sua* ira, ela se acumulava *em mim*. Com o passar do tempo, depois de enxergar as verdadeiras conseqüências de não tratar meu marido com amor e bondade, comecei a sentir mais pena dele do que de mim. Percebi que, se me arrependesse de não lhe ter perdoado, eu me sentiria mais livre. Haveria conseqüências apenas na vida *dele*, não na *minha*. Orei para que Michael entendesse que sua ira desagradava ao Senhor e enxergasse as conseqüências na vida dele. Embora eu me sentisse magoada todas as vezes que ele se irava, ainda o amava o suficiente para não querer vê-lo sofrer.

Se você se casou com uma pessoa que vive irada e descarrega toda a ira em você, saiba que esse tipo de comportamento é mais prejudicial a ela do que a você. Seus ressentimentos talvez sejam passageiros, mas ele (ela) sofrerá a vida toda, se não dominar a ira. A ira fecha as portas para as bênçãos que Deus deseja para a vida dele (dela). Ele (ela) será prejudicado(a) por isso. "Não permita que a sua boca o faça pecar. E não diga ao mensageiro de Deus: 'O meu voto foi um engano'. Por que irritar a Deus com o que você diz e deixá-lo destruir o que você realizou?" (Ec 5:6). Ore por seu cônjuge, para livrá-lo da ira.

A IRA É OBRA DA CARNE

Não estou dizendo que as pessoas nunca devam irar-se uma com a outra. Mas, se isso ocorrer de maneira ofensiva, haverá necessidade de arrependimento sincero da parte de quem se irou, isto é, ter a intenção de nunca voltar a fazer isso. Também deverá haver perdão completo da pessoa a quem a ira foi dirigida. Se não houver arrependimento e perdão, o estrago provocado pela ira será semelhante ao furo de um projétil no tecido do casamento. Outras perfurações iguais enfraquecerão o relacionamento de tal forma que só um milagre de Deus será capaz de impedi-lo de rasgar-se. Só podemos fugir das conseqüências da ira — desse pecado — mediante o perdão de Deus e o poder do Espírito Santo.

A pessoa irada *pode* livrar-se da ira, porque Deus enviou seu Filho, Jesus, para nos salvar das conseqüências de nossos pecados (cf. Rm 8:2). Quando aceitamos Jesus, o Espírito Santo capacita-nos a não viver "segundo a carne, mas segundo o Espírito" (Rm 8:4). Em outras palavras, se o Espírito Santo habitar em nós, teremos poder para rejeitar todas as obras da carne. Mas precisamos *querer*, porque, se não quisermos, dirigiremos todos os nossos desejos para satisfazer a carne.

Em nenhum momento ou situação, a ira dirigida ao cônjuge agradará a Deus. Ela terá sempre a mentalidade da carne, e Deus odeia isso.

> A mentalidade da carne é morte, mas a mentalidade do Espírito é vida e paz; a mentalidade da carne é inimiga de Deus porque não se submete à Lei de Deus, nem pode fazê-lo. Quem é dominado pela carne não pode agradar a Deus.
>
> Romanos 8:6-8

Ninguém que conhece Deus vai querer estar na posição de não agradar a ele.

Quando abrimos caminho para o *pecado*, convidamos o espírito associado a ele para ocupar um *lugar* em nossa *vida*. Por exemplo, se contarmos mentiras, convidaremos um espírito mentiroso para atuar em nossa vida. Daí em diante, passaremos a mentir, mesmo sem necessidade, e a mentira se tornará um hábito do qual não conseguiremos livrar-nos. Da mesma forma, se dermos lugar a acessos freqüentes de ira para com o cônjuge ou os filhos, teremos um espírito de ira que virá à tona e atacará a qualquer momento. Quando não controlamos a ira, ela passa a *nos* controlar. Somente o poder do Espírito Santo pode livrar-nos do espírito de ira. Não podemos, porém, livrar-nos de algo que não admitimos ter convidado para entrar em nossa vida.

Todos se iram de vez em quando. Algumas pessoas se iram *o tempo todo*. Elas têm um espírito de ira. Não conseguem reprimi-la. A ira dessas pessoas está sempre borbulhando sob a superfície, à espera de uma imperfeição em alguém ou de uma situação para vir à tona. Pode explodir em um momento de fraqueza de quem estiver por perto. Para poder comunicar-se sem ira, a pessoa precisa controlar seu espírito e não ser controlada pela carne. Precisa ser uma pessoa de misericórdia, não uma pessoa de ira. "Quem faz o bem aos outros, a si mesmo o faz; o homem cruel causa o seu próprio mal" (Pv 11:17).

Se vivermos de acordo com a carne — isto é, se dermos à carne o que ela deseja e quando o deseja —, colheremos morte. Morte de nossos relacionamentos e morte do futuro que Deus tem para nós. Se quisermos que nosso casamento viva, teremos de decretar a morte para as constantes satisfações da carne. E ocorre o mesmo quando damos lugar à ira. Se quisermos ver nossos propósitos e futuro cumpridos, teremos de viver de acordo com o Espírito, não de acordo com a carne. "Pois se vocês viverem de acordo com a carne, morrerão; mas, se pelo Espírito fizerem morrer os atos do corpo, viverão, porque todos os que são guiados pelo Espírito de Deus são filhos de Deus" (Rm 8:13-14). Não temos de ser escravos da carne por ter dado lugar à ira. Quando somos conduzidos pelo Espírito de Deus, somos verdadeiramente filhos de Deus, e herdaremos as bênçãos que ele tem para nós.

Sete verdades a respeito da ira

1. *Você pode evitar a ira.* "Evite a ira e rejeite a fúria; não se irrite: isso só leva ao mal" (Sl 37:8).

2. *A ira provoca brigas e conduz ao pecado.* "O homem irado provoca brigas, e o de gênio violento comete muitos pecados" (Pv 29:22).

3. *Quem controla a ira se torna mais forte.* "Melhor é o homem paciente do que o guerreiro, mais vale controlar o seu espírito do que conquistar uma cidade" (Pv 16:32).

4. *É melhor abrir mão de algumas coisas do que se irar.* "A sabedoria do homem lhe dá paciência; sua glória é ignorar as ofensas" (Pv 19:11).

5. *Só os tolos se apressam em irar-se.* "Não permita que a ira domine depressa o seu espírito, pois a ira se aloja no íntimo dos tolos" (Ec 7:9).

6. *Não é bom estar em companhia de pessoas iradas.* "Não se associe com quem vive de mau humor, nem ande em companhia de quem facilmente se ira" (Pv 22:24).

7. *Palavras iradas recrudescem a ira.* "A resposta calma desvia a fúria, mas a palavra ríspida desperta a ira" (Pv 15:1).

Se você for uma pessoa dominada pela ira

Há uma epidemia de ira nos casamentos atuais. Quando manifestada com freqüência, sem arrependimento e perdão, ela corrói tudo o que foi instituído no casamento e constrói um muro entre o marido e a esposa. Ao longo do tempo, esse muro será intransponível. A ira tem conseqüências, e evidencia-se muito mais no casamento.

Se só você tiver problemas com a ira, tome a decisão inteligente de não se deixar dominar por ela. A mágoa infligida na alma de alguém que Deus lhe deu para amar trará conseqüências que você não vai querer enfrentar. Pare de dirigir a ira a seu cônjuge e comece a dirigi-la ao inimigo de sua alma e casamento. Independentemente do que acontecer em sua vida, não reaja com ira. Leve-a a Deus. Descubra de onde parte. Pergunte a Deus se, ao manifestar ira, você o glorifica.

Como acontece com todas as emoções negativas, a ira tem início na mente. O que você faz e diz se origina daquilo que está enraizado na mente. Encha, portanto, a mente de pensamentos edificantes.

> Finalmente, irmãos, tudo o que for verdadeiro, tudo o que for nobre, tudo o que for correto, tudo o que for puro, tudo o que for

> amável, tudo o que for de boa fama, se houver algo de excelente ou digno de louvor, pensem nessas coisas. Ponham em prática tudo o que vocês aprenderam, receberam, ouviram e viram em mim. E o Deus da paz estará com vocês.
>
> Filipenses 4:8-9

Não permita que a ira o(a) domine. Ao contrário, domine-a. Quando nos submetemos ao domínio da ira, culpamos sempre o cônjuge por tudo o que nos aborrece. A ira nos deixa cegos aos sentimentos dos outros. Leva-nos a magoar quem amamos. Quando ficamos irados, não enxergamos nada à frente, a não ser os próprios sentimentos. É por isso que a maioria das pessoas iradas não tem idéia de quanto sua ira machuca e prejudica o cônjuge e os filhos.

Se seu marido (esposa) lhe provoca ira, peça a Deus que lhe mostre se o motivo é justo. Se não for, ore para que ele a leve embora. Feito isso, ore para ter um espírito calmo, dizer as palavras certas e discernir o momento perfeito para conversar com seu cônjuge, de forma piedosa, sobre a causa de sua ira. Depois, com a orientação do Espírito Santo, verbalize seus sentimentos com muita calma, sem ofender o cônjuge. Escreva *antes* seus sentimentos, para ter tempo de apagar as palavras das quais poderá se arrepender.

Tente lembrar-se de que vocês dois estão no mesmo barco e têm um inimigo em comum, portanto dirija a ira ao inimigo. Não tente vingar-se. Só fará mal a você. Cabe a *Deus* castigar o ofensor, se necessário. Deus diz: "A mim pertence a vingança" (Dt 32:35), e ele fará isso. O castigo recai sobre nós quando dirigimos palavras ofensivas ao cônjuge com o desejo de magoá-lo.

Se a ira for problema do cônjuge

O casamento exige cortesia mútua. Por que precisamos ser educados, atenciosos e gentis com outras pessoas, mas somos rudes, desatenciosos e indelicados com nossa família, a quem deveríamos amar? Se seu cônjuge trata um estranho com mais cortesia do que trata você, ele está cometendo um pecado que entristece o Espírito Santo. Não é uma situação confortável de se viver. Se você recebe esse tipo de tratamento, saiba que Deus não deseja que você reaja com ira. Se a ira dele a(o) ofendeu e magoou profundamente, recorra a Deus em busca de cura e libertação e peça que lhe conceda paz.

A maioria das pessoas iradas não enxerga esse problema; para elas, é normal. Consideram-se justificadas no que dizem e fazem por achar-se no direito de sentir ira. E quanto mais egoístas forem, mais alimentarão a própria ira.

Se existe um problema de ira com seu cônjuge, apresente-o a Deus imediatamente. Peça a ele que lhe mostre como agir. Se os acessos de ira forem insignificantes e raros, peça a ajuda de Deus para esquecê-los. Se forem graves, pergunte a Deus como deve enfrentá-los. É perigoso deixar para trás questões não resolvidas — principalmente a ira. Ore para que seu marido (esposa) se liberte dela. Uma das maiores dádivas que você pode oferecer a seu cônjuge é comprometer-se a orar por ele. Suas orações o ajudarão a controlar a ira. "O presente que se faz em segredo acalma a ira" (Pv 21:14).

Quando a ira se torna violenta

Quando alguém abre *espaço* para a ira incontrolável, diz e faz o que quer no momento em que a libera em direção ao cônjuge, está cometendo uma violência. Há uma diferença entre irritar-se com alguma coisa e permitir que a ira se transforme em uma arma capaz de aniquilar o coração da pessoa, abater-lhe o espírito ou em agressão física. Quem deixa a ira chegar a esse ponto sofre de problemas mentais e emocionais, e precisa recorrer a um profissional. E para libertar-se desse tipo de ira e violência, a pessoa necessita, acima de tudo, do poder do Espírito Santo para purificar seu coração e livrar-se da obra egoísta da carne.

Os egoístas amam a ira a ponto de procurar motivos para manifestá-la. A ira torna-os poderosos e alimenta o fogo, cujas chamas eles adoram atiçar. Dá-lhes a sensação de estar no controle. Mas, na verdade, a ira ilustra sua total falta de controle. Usar de violência e gritar com alguém que Deus lhe deu para amar é pecado. Violência é pecado.

Toda palavra proferida com ira explosiva transforma-se em violência. Gritos e palavras ofensivas são capazes de cortar a alma como uma faca. Os acessos de ira são desprovidos de amor e carregados do desejo de ofender. O agressor verbal não enxerga a situação da mesma forma que a pessoa agredida. Não se importa com as conseqüências, porque só se preocupa com os *próprios* sentimentos. Se houve ocasiões em que os acessos de ira de seu cônjuge destruíram alguma coisa dentro de você, ele cometeu uma violência. Ou se houve ocasiões em que suas palavras iradas destruíram alguma coisa dentro de seu cônjuge ou filhos, você cometeu uma violência. A violência destrói vidas.

O casamento é uma batalha contínua, mas não com o cônjuge. Se ele estiver disparando tiros contra você, e for necessário proteger-se, atire *orações* na direção dele, com a melhor pontaria possível. Peça a Deus que liberte seu cônjuge do espírito maligno que o atormenta (cf. 1Sm 16:14-23). Peça a Deus que lhe dê serenidade no meio da batalha. Peça ajuda para não revidar.

Não estou absolutamente dizendo que você deva parar de se defender ou de se proteger, se estiver na linha de fogo. *Não estou dizendo que a esposa deva permanecer no casamento se sua saúde mental ou física estiver em perigo e, acima de tudo, se sua vida estiver em risco.* Violência de qualquer tipo é contrária a Deus e aos planos que ele tem para você. Ninguém é forçado a submeter-se a ela. Se estiver com medo do que seu cônjuge possa fazer para prejudicar você ou seus filhos, planeje uma maneira de sair dessa situação. Encontre um lugar para ir e peça ajuda. Conheço muitas pessoas que esperaram tempo demais e sofreram conseqüências devastadoras. Não aumente essas estatísticas.

Se seu marido a maltrata fisicamente, ligue para uma delegacia de proteção à mulher ou para uma instituição de apoio. Em geral, os telefones estão relacionados nas primeiras páginas da lista telefônica. Essas pessoas entendem a situação e podem ajudá-la a tomar as decisões corretas. Se precisar sair de casa para proteger-se ou proteger as crianças, eles a ajudarão a encontrar abrigo. Mesmo que não decida sair de casa, é aconselhável ter um plano de emergência. Você precisa ter um lugar para onde ir, uma forma de chegar lá, alguém para ajudá-la, um pouco de dinheiro e documentos. Separe os bens materiais que deseja levar.

A violência física não termina automaticamente. Só piora. Se você não quer ajudar-se, pense em ajudar seu marido. Saia de casa e só volte depois que ele encontrar ajuda e curar-se. Ser destruída por alguém com distúrbios emocionais, como ira incontrolável, não é o tipo de auto-sacrifício ou martírio que Deus deseja para você. Não deixe que seu marido sofra as conseqüências do pecado da violência. Ajude-o encontrar a cura necessária para tornar-se um homem de bem.

Não há desculpas para a violência. Nada a justifica. O homem que comete violência emocional ou física contra a esposa é doente e tem um problema sério. Dentre todos os transtornos emocionais, a ira é, de longe, a mais destrutiva. É mais destrutiva do que a depressão, a ansiedade ou o medo, porque quase sempre é dirigida ao cônjuge de forma feroz e demolidora. Não deixe o assunto para depois; é perigoso demais. Seu marido precisa de ajuda profissional, e rápido. O homem que surra a esposa e os filhos deve ser afastado definitivamente. Até mesmo a violência verbal é muito perigosa. Provoca feridas internas e externas. A ira e a violência são problemas da própria pessoa, não de quem as recebe. Nenhuma palavra ou ação sua merece acessos violentos de ira. Não se culpe.

Ninguém é salvo pelo cônjuge ou pelo casamento. Somos salvos por Jesus Cristo. Embora eu não esteja defendendo o divórcio, saiba que não perderá a salvação se precisar divorciar-se. Em situações de violência, você pode perder a vida se não tomar uma atitude.

Procure a ajuda de um bom conselheiro cristão

Se você ou seu cônjuge têm problemas com a ira, mesmo que não atinja o ponto de violência, ambos devem procurar ajuda o mais rápido possível. Em último caso, recorra a um mediador. Se seu cônjuge se recusa a pedir ajuda, busque-a por conta própria. Não despreze os sinais de que algo está quebrado e precisa de conserto. Procure um bom conselheiro cristão que não acredite em idéias como "quem sofre violência é responsável por isso" ou "você precisa continuar a sofrer maus-tratos porque Deus ordenou que fosse submissa a seu marido". São idéias totalmente fora da realidade, cruéis, erradas e sem fundamento bíblico. Procure um conselheiro que conheça os caminhos de Deus e valorize a vida de vocês dois, como Deus a valoriza.

Sete verdades acerca dos tolos

1. *O tolo imagina estar sempre certo.* "O caminho do insensato parece-lhe justo, mas o sábio ouve os conselhos" (Pv 12:15).

2. *O tolo só se importa consigo próprio.* "O tolo não tem prazer no entendimento, mas sim em expor os seus pensamentos" (Pv 18:2).

3. *O tolo gosta de provocar desavenças.* "É uma honra dar fim a contendas, mas todos os insensatos envolvem-se nelas" (Pv 20:3).

4. *O tolo confia plenamente em si mesmo.* "Quem confia em si mesmo é insensato, mas quem anda segundo a sabedoria não corre perigo" (Pv 28:26).

5. *O tolo deixa-se levar pela ira.* "O tolo dá vazão à sua ira, mas o sábio domina-se" (Pv 29:11).

6. *As palavras do tolo o prejudicam.* "As palavras do sábio lhe trazem benefícios, mas os lábios do insensato o destroem" (Ec 10:12).

7. *O tolo destrói a si mesmo.* "A conversa do tolo é a sua desgraça, e seus lábios são uma armadilha para a sua alma" (Pv 18:7).

Se você ama seu chamado, ame também seu cônjuge

Você e seu marido (esposa) foram chamados juntos, e nenhum dos dois cumprirá completamente o grande propósito de Deus para vocês sem a ajuda do outro. Deus fez o homem e a mulher à sua imagem. A imagem de Deus é manifestada no homem *e* na mulher. Quando vocês se tornaram um, começaram a sentir uma dimensão da imagem de Deus que jamais sentiriam completamente sem o outro.

O marido e a esposa foram criados para servir a Deus juntos, mas vocês não precisam andar acorrentados um ao outro. Não precisam ir a todos os lugares juntos, nem participar de todas as atividades juntos. Na verdade, podem estar em extremidades opostas do mundo e, mesmo assim, complementar um ao outro. Vocês continuam a ser pessoas com dons e talentos individuais, mas Deus combinará esses talentos para extrair o melhor de cada um, e um fará parte importante do chamado do outro. Deus criou-os para se completarem. Mas as diferenças de personalidade — especialmente se um for o oposto do outro — serão a maior bênção de sua vida ou a maior batalha, dependendo da decisão que tomaram: viver no Espírito ou na carne. Se ambos reconhecerem que foram chamados juntos, poderão apreciar melhor os dons, talentos, aptidões e pontos fortes do outro, e saberão que irar com o cônjuge é errado.

Orações pelo casamento

Oração por proteção

Querido Senhor, ajuda meu marido (esposa) e a mim a viver "em escravidão à justiça", para que possamos sempre agir corretamente e não nos deixar dominar pela ira (Rm 6:19). Livra-nos de usar a ira como arma para agredir um ao outro e não permitas que isso provoque um abismo entre nós. Enche nosso coração com teu amor e paz, e não deixes espaço para a ira. Ensina-nos a orar a respeito de tudo e a apresentar todas as nossas necessidades diante de ti. Sabemos que, se fizermos isso, tu nos concederás paz, conforme prometeste em tua Palavra (cf. Fp 4:6-7).

Senhor, capacita-nos a ver sempre o que há de melhor um no outro, não o pior. Ensina-nos a encontrar motivos para elogiar um ao outro, sem reclamações, para que haja harmonia entre nós e ti e em nosso casamento (cf. Fp 4:8-9). Ajuda-nos a "promover tudo quanto conduz à paz e à edificação mútua" (Rm 14:19) e dá-nos os meios para isso. Capacita-nos a exibir o fruto do Espírito — "amor, alegria, paz, paciência, amabilidade, bondade, fidelidade, mansidão e domínio próprio" (Gl 5:22-23) — e não o fruto da carne. Afasta toda ira de nós e ensina-nos a amar um ao outro com coração puro e boa consciência (cf. 1Tm 1:5-6). Oro em nome de Jesus.

Oração por uma profunda transformação em mim

Senhor, ajuda-me a pensar nos pontos bons e positivos de minha vida e de meu marido (esposa). Vasculha cada parte do meu ser com tua lâmpada (cf. Pv 20:27). Esquadrinha as profundezas de meu coração e deixa à mostra tudo o que não te pertence, para que eu me livre disso.

Senhor, confesso meu pecado por ter-me irado com meu marido (esposa) ou por ter guardado rancor dentro de mim. Peço-te que me perdoes e leves a ira embora. Cura todas as feridas que infligi a ele (ela) com minhas palavras. Ajuda-me a dizer palavras boas, capazes de curar meu marido (esposa), porque isso te agrada (cf. Pv 15:23). Confesso meu pecado por ter-me irado com outros membros da família. Restaura as situações deterioradas.

Eu te agradeço, Senhor, porque redimiste minha alma da batalha contra mim (cf. Sl 55:18). Creio que tu és o Deus da paz e, em breve, esmagarás Satanás debaixo de meus pés (cf. Rm 16:20). Ajuda-me a viver com retidão, porque sei que existe uma conexão entre a obediência a teus mandamentos e a paz (cf. Sl 85:10). Ajuda-me a afastar-me do mal e fazer o bem, e a buscar a paz com perseverança (cf. Sl 34:14). Graças te dou por levar embora toda a ira que existe em mim, e por guardar-me em perfeita paz, pois tenho os pensamentos concentrados em ti (cf. Is 26:3). Oro em nome de Jesus.

Oração por uma profunda transformação em meu marido (esposa)

Senhor, não quero que minha alma tenha "vivido tempo demais entre os que odeiam a paz" (Sl 120:6). Livra-me da ira de meu marido (esposa). Tua Palavra diz: "O falar amável é árvore de vida, mas o falar enganoso esmaga o espírito" (Pv 15:4). Peço-te que cures as feridas e leves embora minha falta de perdão quando a ira de meu marido (esposa) me magoou ou me destruiu o espírito.

Oro para que livres meu marido (esposa) da ira. Ajuda-o(a) a identificar a ira quando ela vier à tona e a rejeitá-la completamente. Fortalece-o(a) para controlar a mente e as emoções e ajuda-o(a) a lembrar-se de que "nossa luta não é contra seres humanos, mas contra os poderes e autoridades, contra os dominadores deste mundo de trevas" (Ef 6:12). Ensina-o(a) a ser tardio(a) para irar-se (cf. Tg 1:19). Ajuda-o(a) a entender que a ira "não produz a justiça de Deus" (Tg 1:20). Oro para que toda a ira de meu marido (esposa) se evapore pelo poder do Espírito Santo, e que ele (ela) sinta o desejo de rejeitar o lado carnal e concentrar-se nas questões espirituais. Que não haja motivos para eu temer a ira dele (dela) e o que ele (ela) possa vir a fazer. Ajuda-me a deitar-me em paz e logo adormecer, "pois só tu, Senhor, me fazes viver em segurança" (Sl 4.8).

Oro para que tu, o Deus de toda esperança, enchas o coração de meu marido (esposa) de fé e esperança pelo poder do Espírito Santo (cf. Rm 15:13). Peço-te que voltes para ele (ela) o teu rosto e lhe dês a paz (cf. Nm 6:26). Oro para que conduzas o coração dele (dela) "ao amor de Deus e à perseverança de Cristo" (2Ts 3:5). Ajuda-o(a) a fugir da ira e a buscar "a justiça, a piedade, a fé, o amor, a perseverança e a mansidão" (1Tm 6:11). Oro em nome de Jesus.

Verdades nas quais podemos confiar

Quando vocês ficarem irados, não pequem; ao deitar-se reflitam nisso, e aquietem-se.

Salmos 4:4

Meus amados irmãos, tenham isto em mente: Sejam todos prontos para ouvir, tardios para falar e tardios para irar-se, pois a ira do homem não produz a justiça de Deus.

Tiago 1:19-20

Amados, amemos uns aos outros, pois o amor procede de Deus. [...] Nisto consiste o amor: não em que nós tenhamos amado a Deus, mas em que ele nos amou e enviou o seu Filho como propiciação pelos nossos pecados. Amados, visto que Deus assim nos amou, nós também devemos amar uns aos outros.

1João 4:7,10-11

Sobretudo, amem-se sinceramente uns aos outros, porque o amor perdoa muitíssimos pecados.

1Pedro 4:8

Se vocês permanecerem em mim, e as minhas palavras permanecerem em vocês, pedirão o que quiserem, e lhes será concedido.

João 15:7

3

Se for difícil perdoar

Você sabe como é. Já disse para seu cônjuge: "você está perdoado". Já confessou ao Senhor sua dificuldade de perdoar e pediu a ele que limpasse seu coração e a(o) libertasse. Mas continua com aquele sentimento. O sentimento de não ser capaz de desculpar completamente. Você tenta perdoar, mas parece não conseguir. O rancor persiste!

Isso ocorre quando é necessário perdoar o cônjuge várias vezes pelo mesmo erro, e o perdão torna-se mais difícil com o passar do tempo. Onde houver camadas de ofensas acumuladas, haverá necessidade de camadas de perdão. Precisamos entender que na vida — e principalmente no casamento — o perdão é contínuo; às vezes, diário. Precisamos ter um coração sempre *disposto* a perdoar. E somente um coração subjugado pelo perdão de Deus é capaz de perdoar completamente inúmeras vezes.

Temos de perdoar o cônjuge como Jesus nos perdoou (cf. Ef 4:32). Jesus nos perdoou completamente. Sem olhar para trás. Não tente lembrar-se. Significa não manter uma lista dos erros que vocês cometeram. Significa recusar-se a guardar amarguras e ressentimentos. Significa não agir como cobrador de injustiça, com um pé no passado, sempre ruminando coisas que já passaram. Significa viver cada dia, sem más recordações, e olhar para o futuro com esperança. O perdão verdadeiro esquece a ofensa e recusa-se a guardar ressentimentos do ofensor. Esse tipo de perdão é impossível sem o Senhor. Precisamos de Deus para nos ajudar a perdoar todos os dias.

No início do casamento, é fácil perdoar o cônjuge. Mas, depois de perdoá-lo várias vezes, começamos a pensar se não o estamos incentivando com nossa *aparente* tolerância. Às vezes, hesitamos em perdoar por temer que, ao fazer isso, estejamos permitindo que o mesmo erro ocorra novamente. Existe, porém, uma linha clara entre permitir e perdoar. Em outras palavras, podemos continuar a pedir ao cônjuge que mude seu modo de ser, e oramos para que isso ocorra, mas, se ele não mudar, recusamo-nos a deixar isso nos consumir e a nos tornar pessoas amargas. Perdoar não significa dar ao ofensor um passe livre para voltar a cometer os mesmos erros. Não significa convidar a violência para fazer parte de nossa vida nem dar licença ao ofensor para continuar a nos ofender. Não significa que nos tornamos um capacho. *O perdão não torna a outra pessoa certa; nos torna livres.*

Peça a Deus que lhe mostre

Perdoar é uma decisão que tomamos, e *sabemos* se perdoamos ou não. Não perdoamos alguém acidentalmente, sem perceber. Mas é possível *não perdoar* sem perceber. Achamos que perdoamos, mas não é verdade.

Mary Anne, uma conselheira cristã, ajudou-me a confessar a falta de perdão por minha mãe. Meses depois, ela me chamou de volta a seu consultório, porque, a seu ver, eu não havia perdoado meu pai. Não concordei, mas ela disse que eu deveria fazer essa pergunta a Deus.

No caminho para casa, perguntei a Deus: "Senhor, eu ainda não perdoei meu pai de verdade?"

Eu esperava ouvir do Senhor: "Perdoou, sim, minha serva boa e fiel". No mesmo instante, porém, a verdade bateu-me no coração. Deus mostrou-me que eu realmente não havia perdoado meu pai.

"Meu pai?", pensei. "Por que eu precisaria perdoá-lo?"

Naquele momento, o rancor contra meu pai se tornou visível, porque ele não me protegeu de minha mãe durante todos aqueles anos. E só ele poderia ter-me protegido. Papai nunca foi violento comigo, portanto eu não via motivo nenhum para precisar perdoá-lo. Quando, porém, meus olhos se abriram para a verdade, percebi que papai nunca me poupara da insanidade de mamãe, e eu guardava essa mágoa no coração, mesmo sem perceber.

Caí em prantos e chorei tão alto que tive de parar o carro no acostamento da estrada. Confessei a Deus a falta de perdão a meu pai e pedi-lhe que me perdoasse. Ao fazer isso, senti um alívio no espírito como nunca sentira antes. Hoje, ao olhar para trás, duvido que teria conseguido isso sozinha, se não tivesse *pedido* a Deus que revelasse todo o rancor em meu coração. Nem sempre seremos capazes de enxergar nossos rancores, mas Deus nos mostrará a verdade, se lhe pedirmos.

A escolha é sua

Perdoar é uma escolha que precisamos fazer todos os dias. E a escolha deve ser *viver* em perdão. Isso se aplica principalmente ao casamento. Além de *amar* seu marido (esposa), a atitude mais importante que você deve tomar no casamento é *perdoá-lo(a)*.

Até nos casamentos bem-sucedidos, o perdão é sempre necessário. Mesmo que duas pessoas completamente diferentes vivam juntas e em harmonia, sempre haverá decepções, mal-entendidos e mágoas. Precisamos sempre suportar um ao outro e perdoar um ao outro (cf. Cl 3:13). Não podemos esperar o momento em que o cônjuge mereça ser perdoado ou nos peça perdão. A falta de perdão é assassina. Mata o casamento. Mata a saúde. Mata a alegria. E ainda nos impede de caminhar perto de Deus.

Quando os discípulos perguntaram a Jesus se precisaríamos perdoar uns aos outros *sete vezes*, ele disse que *setenta vezes sete* seria mais apropriado (cf. Mt 18:21-22). Fiz a multiplicação, e o resultado foi 490 vezes. A verdade é esta: precisamos perdoar quantas vezes forem necessárias. Talvez você conviva com uma pessoa a quem precisa perdoar 490 vezes por dia, mas é necessário perdoar mais ainda, para que seu coração se liberte.

Na oração que nos ensinou, Jesus disse que devemos *pedir* a Deus que nos perdoe da mesma forma que *perdoamos aos outros*. "Perdoa as nossas dívidas, assim como perdoamos aos nossos devedores" (Mt 6:12). Se pedirmos perdão a Deus pelos nossos erros e nos recusarmos a perdoar o cônjuge, não receberemos todos os benefícios do perdão de Deus. Em outras palavras, se não oferecermos perdão aos outros, não receberemos a libertação necessária para ir adiante. A falta de perdão nos impede de avançar. Ficamos presos aos laços invisíveis do rancor, e, por mais que tentemos, não saímos do lugar e não chegamos aonde deveríamos chegar.

Quando nos sentimos emocionalmente devastados por algo que nosso cônjuge disse ou fez — ou por algo que ele *não* disse ou *não* fez —, a mágoa é tão grande que se torna quase impossível perdoar. O rancor e a amargura criam raízes tão profundas que precisamos da intervenção de Deus até para *querer* perdoar. Se isso acontecer, peça a ajuda de Deus. Diga: "Senhor, ajuda-me a querer perdoar meu marido (esposa). Ajuda-me a perdoá-lo(a) completamente". É necessário fazer isso para "que nenhuma raiz de amargura brote e cause perturbação, contaminando muitos" (Hb 12:15). É difícil livrar-se da amargura, e ela é extremamente prejudicial a *você*.

É importante perdoar o cônjuge, mas é também muito importante perdoar todas as pessoas com quem você convive, para o bem do casamento. Se houver algum rancor em relação a um membro da família, vizinho, amigo, conhecido ou colega de trabalho, sua personalidade será atingida. Você alimentará a amargura, e ela se mostrará no rosto e na voz. Prejudicará seu corpo na forma de doença, mal-estar ou distúrbio. O corpo, a mente e a alma não foram criados para viver mergulhados no rancor. O rancor nos destrói de dentro para fora. É um veneno para o qual o único antídoto é o perdão total. E ele refletirá no casamento, quer você perceba quer não, porque o rancor se manifesta em sua personalidade, e as pessoas percebem isso, mesmo que não saibam do que se trata.

Decida antes

Aprendi que a melhor maneira de viver é decidir *antes* ser uma pessoa que perdoa. A pressão diminui, porque não haverá necessidade de tomar essa decisão todas as vezes que alguém nos ofender e precisarmos nos livrar da decepção, da mágoa ou da própria ira.

Tão logo me convenci de que o rancor destrói e o perdão liberta, decidi perdoar sempre. E, claro, tão logo tomei essa decisão, fui posta à prova. Pouco depois, quando meu marido ficou irado, em vez de reagir de maneira negativa, eu me contive e lembrei da decisão de perdoá-lo, até mesmo no futuro, quando ele agisse daquela maneira. Eu não havia feito nada para merecer aquela ira; portanto, em vez de me afastar, cheia de mágoa, como costumava fazer, pressionei-o para saber por que ele estava irado e aborrecido. A reação dele deu a entender que minha tática funcionou. Quando ele me explicou os motivos, entendi perfeitamente por que ele agira daquela maneira. Eu também teria ficado aborrecida. Só não entendi por que ele achou certo desabafar a ira em cima de mim. Mais tarde, ele reconheceu o erro e desculpou-se.

Depois que perdoei minha mãe completamente pela violência que sofri em suas mãos, quis muito voltar ao tempo em que ela era uma menina de 11 anos, órfã de mãe e sem a companhia do pai. Desejei poder consolá-la e fazer algo para poupá-la do sofrimento. Embora eu soubesse que minha mãe estava com o Senhor, chorei pelas tragédias devastadoras que ela sofreu.

Perguntei ao Senhor: "De que valem estas lágrimas depois que ela se foi e nada pode ser feito?". Tive a impressão de que Deus queria que eu usasse essa tristeza para ajudar as pessoas a entender que todos nós temos uma história pregressa, que nos transformou naquilo que somos. E só Deus conhece a história inteira. Toda pessoa irada e cruel enfrentou algum tipo de violência, sofrimento e tragédia no passado — talvez uma ofensa muito grave, impossível de ser verbalizada ou compreendida — e, por isso, maltrata as pessoas que deveria amar. A necessidade de expressar essa ofensa é maior do que o senso de dignidade ou compaixão. O espírito de vingança parece tomar conta da pessoa, e o sofrimento e a frustração são descarregados em forma de ira. Ela não imagina o sofrimento que causa ao coração ou à alma de quem está do outro lado. Por mais cruel ou mesquinho que alguém tenha sido com você, ofereça o perdão, pois isso liberta *você*. Liberta você para caminhar sem aquela má lembrança que a(o) prende ao passado.

Depois que me libertei verdadeiramente dos efeitos poderosos da ira de meu marido, decidindo *antes* que sempre o perdoaria, comecei a sentir pena de Michael quando ele se irava. Meu marido estava jogando fora as bênçãos de Deus para sua vida, e o perdedor seria ele. Senti pena do menino que se considerava um fracasso por algo que não compreendia e não podia evitar. Lamentei o fato de não ter sido madura o suficiente para entender que sua ira não era dirigida a mim. Houve uma história antes de eu conhecê-lo. Só fui capaz de entender tudo isso depois que Deus incutiu em meu coração o desejo de perdoar completamente.

Você está sendo seguida(o)

Como Deus é um Deus de misericórdia, e sua misericórdia dura para sempre, pode confiar que ele terá misericórdia de você (cf. 1Cr 17:13, RA). Portanto, você pode estender misericórdia a seu cônjuge perdoando-o todas as vezes que ele fizer ou disser algo que a(o) magoe ou aborreça.

Davi disse: "Bondade e misericórdia certamente me seguirão todos os dias da minha vida; e habitarei na Casa do Senhor para todo o sempre" (Sl 23:6, RA). Se a bondade e a misericórdia estiverem nos seguindo, certamente nos protegerão. Quando vemos bondade e misericórdia no espelho retrovisor, é mais fácil estender bondade e misericórdia ao cônjuge. Jesus disse: "Bem-aventurados os misericordiosos, pois obterão misericórdia" (Mt 5:7). Se você quiser continuar a receber misericórdia de Deus, terá de estendê-la aos outros. A maneira de estender misericórdia a seu cônjuge é perdoá-lo todas as vezes.

A misericórdia de Deus é infinita. “Pois como os céus se elevam acima da terra, assim é grande o seu amor para com os que o temem; e como o Oriente está longe do Ocidente, assim ele afasta para longe de nós as nossas transgressões” (Sl 103:11-12). Ela alcança tudo. Sempre teremos dificuldade em estender toda essa misericórdia sem a ajuda de Deus. Em outras palavras, se não conseguirmos encontrar misericórdia em nós para perdoar completamente, Deus nos ajudará, se lhe pedirmos. Há ocasiões em que queremos castigar, vingar ou ofender em vez de ser misericordiosos e perdoar. Mas isso nos aprisiona por dentro, como se estivéssemos em um cárcere. O perdão é a única chave para abrir a porta desse cárcere e libertar-nos. E isso começa com um coração misericordioso.

Sete verdades acerca da misericórdia de Deus

1. *A misericórdia de Deus é grande.* “Pois grande é o teu amor para comigo; tu me livraste das profundezas do Sheol” (Sl 86:13).

2. *Quando temos misericórdia à semelhança de Deus, encontramos vida.* “Quem segue a justiça e a lealdade encontra vida, justiça e honra” (Pv 21:21).

3. *A misericórdia de Deus é abundante.* “O SENHOR é compassivo e misericordioso, mui paciente e cheio de amor” (Sl 103:8).

4. *Perdoar é um ato de misericórdia.* “Pois desejo misericórdia, e não sacrifícios; conhecimento de Deus em vez de holocaustos” (Os 6:6).

5. *A misericórdia de Deus cobre todas as nossas preocupações.* "O que a mim me concerne o SENHOR levará a bom termo; a tua misericórdia, ó SENHOR, dura para sempre; não desampares as obras das tuas mãos" (Sl 138:8, RA).

6. *Quando não somos misericordiosos, não recebemos misericórdia.* "Porque será exercido juízo sem misericórdia sobre quem não foi misericordioso. A misericórdia triunfa sobre o juízo!" (Tg 2:13).

7. *A misericórdia de Deus não tem fim.* "Porque o SENHOR é bom, a sua misericórdia dura para sempre, e, de geração em geração, a sua fidelidade" (Sl 100:5, RA).

Como Deus é misericordioso, não se lembra mais de nossos pecados depois de perdoá-los. "Sou eu, eu mesmo, aquele que apaga suas transgressões, por amor de mim, e que não se lembra mais de seus pecados" (Is 43:25). Se você tem dificuldade de perdoar seu cônjuge, seja sincera(o) com Deus. Em meio ao sofrimento, Jó clamou com sinceridade: "Por isso não me calo; na aflição do meu espírito desabafarei, na amargura da minha alma farei as minhas queixas" (Jó 7:11). Temos um Deus que entende nosso sofrimento quando clamamos.

Se você não consegue perdoar, peça a Deus que derrame seu amor sobre essa dificuldade. Quando precisamos fazer o impossível, Deus nos ensina a fórmula. "Não por força nem por violência, mas pelo meu Espírito" (Zc 4:6). Significa que determinadas coisas não se concretizarão por meio da força humana, mas somente pelo poder de Deus. O Espírito Santo nos capacitará a perdoar até mesmo o imperdoável.

As primeiras coisas em primeiro lugar

A primeira ordem que os discípulos puseram em prática antes de receber o Espírito Santo foi perdoar (cf. Jo 20:21-23). Devemos fazer o mesmo quando nos apresentamos diante de Deus todos os dias. Diga: "Senhor, mostra-me quais são os meus rancores, e eu os confessarei como pecados, para receber libertação". Se você reconhece a existência de rancor em seu coração, diga: "Senhor, tira o peso do rancor de meus ombros e ajuda-me a expulsá-lo, para poder caminhar livremente".

Há uma ordem mais difícil ainda: Deus ordena que abençoemos quem nos ofendeu (cf. Mt 5:43-44). Às vezes, parece que desejar até mesmo a morte a quem nos ofendeu não basta. Deus, no entanto, pede algo mais de nós. Devemos desejar tudo de bom a esse alguém. Devemos mostrar misericórdia a quem, a nosso ver, não merece, da mesma forma que Deus foi misericordioso *conosco* sem merecermos. Lembre-se: devemos perdoar o cônjuge, mesmo que ele não nos tenha pedido perdão ou demonstrado arrependimento. Se esperarmos essa atitude dele, poderemos aguardar a vida inteira por algo que jamais acontecerá.

Apesar de ter sofrido tantas injustiças, José foi um homem incrivelmente clemente. Foi vendido como escravo por seus irmãos invejosos, mas encontrou misericórdia por onde andou. Acabou sendo preso por uma acusação falsa, mas depois foi nomeado o segundo homem no governo do faraó. José sabia que, apesar de haver outras pessoas tramando o mal contra ele, Deus as estava usando para uma boa finalidade (cf. Gn 50:20). Quando temos essa disposição incrível de perdoar, Deus usa nosso ato de perdão para reverter a situação em nosso casamento. Ele restaura até um casamento agonizante, se o marido e a esposa perdoarem um ao outro.

Sete verdades acerca do perdão

1. *O perdão nos traz bênçãos.* "Quanto ao mais, tenham todos o mesmo modo de pensar, sejam compassivos, amem-se fraternalmente, sejam misericordiosos e humildes. Não retribuam mal com mal, nem insulto com insulto; ao contrário, bendigam; pois para isso vocês foram chamados, para receberem bênção por herança" (1Pe 3:8-9).

2. *O perdão abre caminho para sermos perdoados.* "Não julguem, e vocês não serão julgados. Não condenem, e não serão condenados. Perdoem, e serão perdoados" (Lc 6:37).

3. *O perdão nos faz esquecer e prosseguir.* "Irmãos, não penso que eu mesmo já o tenha alcançado, mas uma coisa faço: esquecendo-me das coisas que ficaram para trás e avançando para as que estão adiante, prossigo para o alvo, a fim de ganhar o prêmio do chamado celestial de Deus em Cristo Jesus" (Fp 3:13-14).

4. *O perdão nos liberta para adorar o Senhor de todo o coração.* "Portanto, se você estiver apresentando sua oferta diante do altar e ali se lembrar de que seu irmão tem algo contra você, deixe sua oferta ali, diante do altar, e vá primeiro reconciliar-se com seu irmão; depois volte e apresente sua oferta" (Mt 5:23-24).

5. *O perdão comprova que somos bondosos e compassivos.* "Sejam bondosos e compassivos uns para com os outros, perdoando-se mutuamente, assim como Deus os perdoou em Cristo" (Ef 4:32).

6. *O perdão nos torna semelhantes a Cristo.* "Perdoem como o Senhor lhes perdoou" (Cl 3:13).

7. *Quando perdoamos, encontramos paz e nos livramos da amargura.* "Esforcem-se para viver em paz com todos e para serem santos; sem santidade ninguém verá o Senhor. Cuidem que ninguém se exclua da graça de Deus; que nenhuma raiz de amargura brote e cause perturbação, contaminando muitos" (Hb 12:14-15).

Quando é necessário perdoar a Deus

Culpar Deus por alguma coisa não é a melhor posição a ser tomada. Lembre-se: ele é onisciente. É melhor conversar com ele e dizer-lhe sinceramente como se sente. Diga: "Senhor, confesso estar irada(o) contigo por teres me forçado a casar com alguém que me ofende tanto". Ou: "Senhor, não entendo por que só *eu* devo mudar, e ele (ela) não". Ou: "Senhor, por que meu marido (esposa) não sabe lidar com o dinheiro e por que eu tenho de sofrer por isso?". Ou: "Senhor, por que permitiste que eu me casasse com um(a) alcoólatra igual a meu pai? Já não sofri o bastante?". Ou: "Senhor, por que só eu tenho de ser responsável, e ele (ela) vive despreocupado(a) como uma criança?". Deus entende esses sentimentos e aceita suas palavras sinceras. Tudo o que você diz, ele já sabe. E está apenas esperando que você desabafe, para poder libertá-la(o).

A melhor maneira de eliminar esse rancor é confessá-lo a Deus, pedir perdão e agradecer. E, sempre que sentir rancor por quem está tentando esmagar seu coração, louve a Deus até sentir alívio na alma. Esse ato de louvor transformará seu coração.

E SE NÃO PERDOARMOS?

A falta de perdão interfere na eficácia de nossa vida de oração (cf. Mc 11:25). Significa que nossas orações não serão respondidas. Não receberemos todos os benefícios do perdão de Deus, se não perdoarmos os outros — em especial o cônjuge. Deus reterá suas bênçãos e aguardará até concluirmos essa tarefa.

A falta de perdão leva a alegria embora. Quando não perdoamos, construímos uma barreira e não recebemos a alegria que Deus tem para nós. *Ninguém é verdadeiramente feliz se guardar rancor no coração.*

A falta de perdão enfraquece nosso corpo. Corrói-nos e, ao longo do tempo, destrói nossa vida de dentro para fora. Ficamos enfermos no físico e aleijados no espírito. Quando perdoamos, entregamos o rancor nas mãos de Deus, e somos curados tanto no corpo como na alma.

A falta de perdão abre a porta para o inimigo trabalhar em nossa vida. Precisamos perdoar a fim de que Satanás não tenha vantagem sobre nós (cf. 2Co 2:11). Se guardarmos rancor, convidamos o inimigo a entrar. E, quando tratamos nosso cônjuge como inimigo — ou quando nosso cônjuge nos considera seu inimigo —, entramos em sintonia com nosso verdadeiro inimigo e seus planos para nós.

A falta de perdão contamina a alma. A Bíblia diz que uma fonte de água salgada não pode produzir água doce (cf. Tg 3:11). Se você não for capaz de perdoar, a água de sua alma se tornará salgada.

Sete verdades acerca da falta de perdão

1. *A falta de perdão nos faz sentir torturados.* “Então o senhor chamou o servo e disse: ‘Servo mau, cancelei toda a sua

dívida porque você me implorou. Você não deveria ter tido misericórdia do seu conservo como eu tive de você?' Irado, seu senhor entregou-o aos torturadores, até que pagasse tudo o que devia. Assim também lhes fará meu Pai celestial, se cada um de vocês não perdoar de coração a seu irmão" (Mt 18:32-35).

2. *A falta de perdão provoca sentimentos de vingança.* "Não diga: 'Farei com ele o que fez comigo; ele pagará pelo que fez'" (Pv 24:29).

3. *A falta de perdão nos impede de ser perdoados por Deus.* "Mas se não perdoarem uns aos outros, o Pai celestial não lhes perdoará as ofensas" (Mt 6:15).

4. *A falta de perdão retarda as respostas às nossas orações.* "E quando estiverem orando, se tiverem alguma coisa contra alguém, perdoem-no, para que também o Pai celestial lhes perdoe os seus pecados" (Mc 11:25).

5. *A falta de perdão nos leva a ver as falhas dos outros, mas não as nossas.* "Por que você repara no cisco que está no olho do seu irmão, e não se dá conta da viga que está em seu próprio olho? Como você pode dizer ao seu irmão: 'Deixe-me tirar o cisco do seu olho', quando há uma viga no seu? Hipócrita, tire primeiro a viga do seu olho, e então você verá claramente para tirar o cisco do olho do seu irmão" (Mt 7:3-5).

6. *A falta de perdão nos leva a andar nas trevas.* "Mas quem odeia seu irmão está nas trevas e anda nas trevas; não sabe para onde vai, porque as trevas o cegaram" (1Jo 2:11).

7. *A falta de perdão nos impede de procurar o melhor para o nosso casamento.* "Tenham cuidado para que ninguém retribua o mal com o mal, mas sejam sempre bondosos uns para com os outros e para com todos" (1Ts 5:15).

Conclusão

O perdão tem ligação estreita com *arrependimento* e *amor*. Temos de *amar* nosso cônjuge a ponto de *perdoá-lo* e *esquecer*. Temos de *confessar* nossa falta de perdão como um pecado contra Deus e nos *arrepender*. Temos de lamentar essa falta de perdão diante do Senhor, porque sabemos que isso lhe desagrada. Temos de perdoar porque queremos viver nos caminhos de Deus e isso é o melhor para nós. Quando não perdoamos, afastamo-nos de Deus e não recebemos suas bênçãos. A verdade é esta: *você* não pode ser mudada(o), *seu marido (esposa)* não pode ser mudado(a) e seu *casamento* não pode ser mudado, se você abrir espaço para o rancor no coração.

Sei que é muito difícil orar pelo cônjuge depois que ele nos ofendeu profundamente, mas essa é a vontade de Deus. Deus curará seu sofrimento porque "só ele cura os de coração quebrantado e cuida das suas feridas" (Sl 147:3). Deus a(o) ajudará a perdoar completamente, e você nunca mais se lembrará daquelas ofensas. Enquanto você ora, Deus lhe dará um coração de amor. *E você amará cada vez mais a pessoa por quem ora.* Tente e comprove. A Palavra de Deus diz: "Não retribuam mal com mal, nem insulto com insulto; ao contrário, bendigam; pois para isso vocês foram chamados, para receberem bênção por herança" (1Pe 3:9). Deus não deseja que você perdoe por perdoar, sem esquecer a ofensa recebida. Ele pede que perdoe e esqueça, porque, quando fizer isso, herdará tudo o que ele tem para você.

Deus não interfere no coração da pessoa determinada a ser rebelde e que se recusa a aceitar conselhos, procurar orientação ou receber de braços abertos a obra que ele realiza na vida dela. Mas as orações por seu cônjuge continuarão a ser recompensadas com cura, libertação, força, paz e bênçãos para *você* quando orar por ele, mesmo que não reaja no momento. O Deus de amor dará ânimo ao coração *de vocês* e os fortalecerá para fazerem sempre o bem, tanto em atos como em palavras (cf. 2Ts 2:17).

Perdoar não é uma opção; é uma ordem. É a vontade de Deus para nós todos os dias. Não importa se a pessoa a quem devemos perdoar esteja *arrependida* ou *mereça* perdão. O perdão depende inteiramente *de nós*. É um assunto entre *nós* e *Deus*. Não deixe de perdoar por achar que terá de perdoar outras e outras vezes. Perdoe porque Deus assim o deseja, e receberá muitas bênçãos. Davi disse: "Apesar disso, esta certeza eu tenho: viverei até ver a bondade do SENHOR na terra" (Sl 27:13). Ele queria a presença de Deus em sua vida em qualquer circunstância. Creio que você também tem esse mesmo desejo. Perdoar seu marido (esposa) é o primeiro passo, e o mais acertado.

Orações pelo casamento

ORAÇÃO POR PROTEÇÃO

Senhor, peço-te que ajudes meu marido (esposa) e a mim a perdoar sempre um ao outro. Ajuda-nos a ser humildes o suficiente para pedir perdão quando necessário. E dá-nos um coração que perdoe sem reservas — quer um de nós peça perdão, quer não. Ajuda-nos a crescer "na graça e no conhecimento de nosso Senhor e Salvador Jesus Cristo" (2Pe 3:18), para perdoarmos como tu perdoas. Ajuda-nos a perdoar, para ser perdoados (cf. Lc 6:37).

Protege-nos de nós mesmos, Senhor, para não permitirmos que a carne dite as regras se devemos guardar rancor ou perdoar. Ajuda-nos a amar um ao outro como nos amaste, para que possamos esquecer as ofensas com facilidade. Ajuda-nos a ser misericordiosos um para com o outro, porque tua bondade e fidelidade nos acompanharão todos os dias, conforme prometeste em tua Palavra (cf. Sl 23:6). Somos gratos a ti porque, quando amamos um ao outro como nos ensinaste, tu nos abençoas e mostra-nos teu favor, cercando-nos com um escudo (cf. Sl 5:12).

Senhor, tua Palavra diz: "Se afirmarmos que estamos sem pecado, enganamos a nós mesmos, e a verdade não está em nós" (1Jo 1:8). Ajuda-nos a não ser iludidos por nossos pecados. Ajuda-nos a viver em verdade e a não ser arrogantes a ponto de pensar que não temos pecados. Ajuda-nos a ser prontos para confessar nossos pecados um ao outro e a ti. Oro em nome de Jesus.

Oração por uma profunda transformação em mim

Agradeço-te, Senhor, porque posso fazer *todas* as coisas por meio de Cristo que me fortalece. Só assim tenho forças para perdoar meu marido (esposa) por quaisquer ofensas e decepções. Graças te dou porque és o Deus do perdão. Agradeço tua misericórdia e graça. Agradeço-te porque me ajudaste a oferecer o perdão. Leva embora todo sentimento em mim que me force a pensar que necessito revidar as ofensas. Eu "procuro sempre conservar minha consciência limpa" (At 24:16) diante de ti e de meu marido (esposa). Se fiz algo que ofendeu meu marido (esposa), ajuda-me a desculpar-me e aceitar o perdão dele (dela).

Se eu estiver guardando rancor sem saber, revela-me para que eu o confesse a ti. Sei que "és bondoso e perdoador, Senhor, rico em graça para com todos os que te invocam" (Sl 86:5). Clamo a ti neste dia suplicando que perdoes todo rancor que eu possa ter contra alguém, principalmente contra meu marido (esposa). Só tu, Senhor, conheces a história toda, por isso me recuso a julgar tudo o que se passa com meu marido (esposa). És o Deus que "trará à luz o que está oculto nas trevas e manifestará as intenções dos corações" (1Co 4:5). Elimina todo rancor em mim pelo poder de teu Espírito. Ajuda-me a amar como nos amas, para que eu possa livrar-me desse rancor e ser purificada(o) de toda injustiça. Oro em nome de Jesus.

Oração por uma profunda transformação em meu marido (esposa)

Senhor, elevo meu marido (esposa) a ti em oração e peço-te que o(a) ajudes a livrar-se de todo rancor que ele (ela) guarda dentro de si. Não quero que ele (ela) impeça as bênçãos que tens para sua vida. Ajuda-o(a) a perdoar-me por qualquer coisa que eu tenha feito — ou *não* tenha feito — e que lhe desagradou. Oro para que tu, o Deus paciente e consolador, concedas a meu marido (esposa) "o mesmo modo de pensar"(cf. Fp 2:2) que eu, para que, juntos, possamos glorificar-te "com um só coração e uma só voz" (Rm 15:6). Dá-lhe um coração misericordioso, para que ele (ela) esqueça todas as minhas ofensas.

Tu disseste, Senhor, que, se *não* perdoarmos uns aos outros, tu também *não nos* perdoará (cf. Mt 6:14-15). Ajuda meu marido (esposa) a enxergar que, se ele (ela) ofendeu alguém, deverá perdoar essa pessoa completamente, para receber a restauração que tens para ele (ela). Elimina todos os pensamentos de vingança ou retribuição e torna-o(a) uma pessoa perdoadora. Oro em nome de Jesus.

Verdades nas quais podemos confiar

E quando estiverem orando, se tiverem alguma coisa contra alguém, perdoem-no, para que também o Pai celestial lhes perdoe os seus pecados.
Marcos 11:25

Portanto, confessem os seus pecados uns aos outros e orem uns pelos outros para serem curados. A oração de um justo é poderosa e eficaz.
Tiago 5:16

Portanto, você, por que julga seu irmão? E por que despreza seu irmão? Pois todos compareceremos diante do tribunal de Deus.
Romanos 14:10

Se por estarmos em Cristo nós temos alguma motivação, alguma exortação de amor, alguma comunhão no Espírito, alguma profunda afeição e compaixão, completem a minha alegria, tendo o mesmo modo de pensar, o mesmo amor, um só espírito e uma só atitude.
Filipenses 2:1-2

Sejam todos humildes uns para com os outros, porque "Deus se opõe aos orgulhosos, mas concede graça aos humildes".
1Pedro 5:5

4

Se a depressão *e* as emoções negativas prejudicarem o ambiente

Penso que minha depressão começou naquele cômodo apertado e escuro embaixo da escada, na velha casa de meus pais na fazenda. Lá não havia água corrente, banheiro, eletricidade nem aquecimento para suportarmos o inverno gelado de Wyoming, a não ser um antigo fogão de carvão na cozinha e uma pequena lareira de pedra na sala de estar. Os dois quartos pequenos no pavimento superior eram frios demais, e as cobertas demoravam uma eternidade para nos esquentar. Sementes de ansiedade, tristeza, medo, solidão e rejeição foram plantadas como ervas daninhas e, com o tempo, criaram raízes e alastraram-se ano após ano de minha vida, até sufocar toda a esperança dentro de mim.

Pelo que me lembro, eu já sofria de depressão naquela época, mas não sabia. Imaginava que essa fosse minha maneira de ser. "É assim que eu sou", pensava enquanto crescia. "Sou uma menina medrosa, sem esperança, solitária, magoada, ansiosa e deprimida, e não posso fazer nada a respeito. Ninguém pode, ninguém quer, ninguém vai querer nem vai ser capaz de me ajudar."

Não estou falando de desequilíbrio químico, embora houvesse essa possibilidade. Terror, apreensão, tristeza e estresse são capazes de exaurir a mente, o corpo e a alma até o ponto de causar desequilíbrio físico, espiritual e emocional. E isso é suficiente para deixar qualquer um deprimido. Consultei vários médicos e tomei medicamentos diversos, mas nada surtiu efeito. Eu tinha uma ferida profunda na alma, incurável, a não ser pelo poder de Deus.

Só depois de aceitar o Senhor no coração foi que comecei a entender o plano grandioso que ele tem para cada um de nós. Não fomos criados para ser pessoas deprimidas, ansiosas e medrosas. Depressão, medo e ansiedade não faziam parte do plano do Senhor para minha vida. Ele me prometeu paz, se eu orasse fervorosamente e o adorasse com o coração agradecido.

> Não andem ansiosos por coisa alguma, mas em tudo, pela oração e súplicas, e com ação de graças, apresentem seus pedidos a Deus. E a paz de Deus, que excede todo o entendimento, guardará o coração e a mente de vocês em Cristo Jesus.
>
> Filipenses 4:6-7

Com a ajuda de Jesus, eu me livraria da ansiedade, depressão e medo, se aprendesse a orar a respeito de tudo, orar por toda situação, condição e relacionamento de minha vida. Graças ao poder de Deus operando em mim por meio da oração, com o passar do tempo encontrei libertação e cura para todas as emoções que me enfraqueciam. Às vezes, apenas as minhas orações eram suficientes, mas as súplicas de outras pessoas fervorosas, orando *comigo* e *por* mim, abriram caminho para milagres.

Recorri à igreja em busca de ajuda por sugestão de meu marido. Já estávamos casados há meses, e eu ainda não conseguira afastar-me das garras da depressão, do medo e da ansiedade. A primeira vez que vi Mary Anne, a esposa de pastor e conselheira que mencionei antes, notei que os olhos dela eram lindos e cintilavam como o mar quando o brilho do Sol dança sobre as ondas.

Disseram-me que Mary Anne recebera o dom especial do conhecimento da Palavra de Deus e acreditava no poder da oração; portanto, quando me pediu que jejuasse e orasse durante três dias — uma proeza para alguém como eu que, na infância, ia para a cama muitas noites com fome —, não relutei.

Voltei àquele consultório na semana seguinte, depois de não ter comido nem bebido nada, a não ser água, durante três dias, carregando uma lista, a pedido de Mary Anne, de todos os pecados que eu me lembrava de ter cometido na vida. Felizmente, ela não quis ver a lista. Pediu-me que a apresentasse diante de Deus e confessasse todos eles de uma só vez. Tive também de confessar a dificuldade de perdoar minha mãe e renunciar a meu envolvimento com o ocultismo. Na verdade, eu já havia abandonado completamente todas as práticas de ocultismo quando aceitei o Senhor, mas nunca me apresentara diante dele para contar-lhe que já renunciara a elas.

Assim que confessei meus pecados a Deus e renunciei a tudo, Mary Anne e outra esposa de pastor oraram em meu favor, e eu senti literalmente a depressão sair de mim. Não estou exagerando. Estou sendo comedida nas palavras para que você não tenha dificuldade de acreditar. A depressão, que antes me cobria como um cobertor úmido e escuro, dissipou-se. E a melhor parte da história é esta: ela nunca mais voltou. Não estou dizendo que nunca mais fiquei deprimida. Há muitas situações depressivas na vida. Mas nunca mais caí em suas garras, nem me deixei ser controlada por ela. Sempre recorria a Deus em oração, e ele a fazia desaparecer.

Isso não significa que, se você estiver tomando medicação prescrita por um médico para combater a depressão ou ansiedade, deva interromper o tratamento de repente. Pelo contrário: fazer isso é perigoso. Por outro lado, o tratamento não sentencia uma pessoa a passar a vida inteira tomando remédios. Creio que você poderá ser curada(o) sem tomar nenhum medicamento. Mas não é pecado tomar remédios prescritos pelo médico, se houver necessidade. Quem toma remédio não é menos santo do que quem não toma. Neste mundo em constante redemoinho, com pressões de todos os lados, e os rigores da vida aumentando a cada dia, é fácil perder o equilíbrio emocional. Não há *organismos* iguais. Não há *mente* e *alma* iguais. Toda pessoa tem um passado, e cada uma *reage* de maneira diferente em relação a ele. Algumas nascem com problemas; outras desenvolvem o problema posteriormente. Não importa. O importante é entender que Deus nos pode curar, e orar pela cura. Deus tem uma forma e um tempo certo para curar, e você deve continuar a tomar os remédios até que isso ocorra. Quando chegar o momento de interromper o tratamento, você saberá. O médico poderá ajudá-la(o) a abandonar o medicamento aos poucos, se for esse o seu desejo. Se não, continue a tomar o medicamento e louve a Deus pelos resultados obtidos.

Quer esteja tomando medicamento, quer não, o assunto diz respeito somente a você, Deus e seu médico. Mas eu lhe diria que o medicamento sozinho nunca será suficiente. A única cura total para a depressão que conheço é o amor de Deus e seu poder operando em nós para tirar toda a opressão de nossa vida. E o amor de Deus nos dá esperança. "E a esperança não nos decepciona, porque Deus derramou seu amor em nossos corações, por meio do Espírito Santo que ele nos concedeu" (Rm 5:5).

Quando o problema é depressão

É normal sentir depressão de tempos em tempos pelo que acontece na vida: perda do emprego, de uma pessoa querida, de dinheiro ou bens materiais. Ou, ainda, sensação de fracasso, decepções, enfermidades ou acidentes. Quando, porém, a depressão se instala, torna-se um problema. Não fomos feitos para viver deprimidos. Depressão diária não faz parte do plano de Deus para nossa vida. Quando todos os dias parecem sombrios, cinzentos e sem luz ou alegria, as correntes do inferno querem apoderar-se de nós, e precisam ser quebradas.

Quando aceitei Jesus no coração, finalmente comecei a enxergar uma luz no fim do túnel comprido e escuro de minha vida, mas a depressão persistia. Nasci de novo no reino de Deus quando aceitei Jesus, mas a depressão continuava. Senti esperança pela primeira vez na vida, mas ainda vivia sob o peso da depressão. Nem todos se desvencilham das correntes da escravidão no instante em que aceitam o Senhor. Não tenho dúvida de que podem, e não tenho dúvida de que conseguem, mas não é o que ocorre com a maioria das pessoas. A bem da verdade, há muitos cristãos deprimidos. Há pessoas que acreditam cegamente que o verdadeiro cristão nunca sofrerá de depressão. Permita-me dizer, com todo o respeito, que essas pessoas nunca enfrentaram depressão. A arrogância e a intolerância as tornaram cegas para os problemas dos outros.

Também ouvi dizer que, com base nos versículos a seguir, quem anda verdadeiramente na luz não atravessa o caminho escuro da depressão. "Deus é luz; nele não há treva alguma. Se afirmarmos que temos comunhão com ele, mas andamos nas trevas, mentimos e não praticamos a verdade" (1Jo 1:5-6). Dizem que esses versículos questionam nossa condição de nascidos de novo. Estamos salvos de verdade, mesmo sofrendo de depressão? Por ter sido uma pessoa que sofria de depressão enquanto nascia de novo, posso dizer que essa atitude me irritava. Quero ir direto ao ponto, caso alguém lhe tenha sugerido isso. "Sim, você pode nascer de novo e sofrer de depressão ao mesmo tempo!"

Os versículos mencionados referem-se à *decisão* de caminhar nas trevas. Quem sofre de depressão não *optou* por caminhar nas trevas. Depressão é um mal que pode *atacar* você, uma pessoa crente em Jesus, mas ela não está *em* você. Não pode dominar você. Não pode apropriar-se de você. O Espírito Santo está em você, não a depressão. A depressão não é você. Pode estar em você como uma opressão do inimigo, com a finalidade de roubar-lhe a alegria e a vida, mas não faz parte de você. Você pode ter a luz do Senhor *dentro* de si e, mesmo assim, sentir as trevas da opressão invadir sua vida como um inimigo usurpando o território de seu ser.

Os sintomas da depressão

Caso você nunca tenha sofrido de depressão, eu gostaria de descrevê-la. Talvez a(o) ajude a entender seu cônjuge, se ele um dia vier a sofrer desse mal. Jó descreveu a depressão como uma "terra tenebrosa como a noite, terra de trevas e de caos, onde até mesmo a luz é escuridão" (Jó 10:22). Quando estamos deprimidos, até as boas coisas não são apreciadas, porque estão manchadas pelas trevas da opressão. Ele disse: "Mesmo assim, quando eu esperava o bem, veio o mal; quando eu procurava luz, vieram trevas" (Jó 30:26). Em outras palavras, por mais que a pessoa se esforce, nada melhora.

Talvez ninguém tenha lutado contra a depressão e escrito sobre ela de maneira tão clara quanto o rei Davi. "Minha vida é consumida pela angústia, e os meus anos pelo gemido; minha aflição esgota as minhas forças, e os meus ossos se enfraquecem" (Sl 31:10).

> Volta-te para mim e tem misericórdia de
> mim, pois estou só e aflito.
> As angústias do meu coração se
> multiplicaram;
> liberta-me da minha aflição.
> Olha para a minha tribulação
> e o meu sofrimento,
> e perdoa todos os meus pecados.
>
> Salmos 25:16-18

"Olha para mim e responde, SENHOR, meu Deus. Ilumina os meus olhos, ou do contrário dormirei o sono da morte" (Sl 13:3). "Por que você está assim tão triste, ó minha alma? Por que está assim tão perturbada dentro de mim? Ponha a sua esperança em Deus! Pois ainda o louvarei" (Sl 42:5). Eu, particularmente, gosto da expressão "tão triste" para referir-se a uma alma sobrecarregada de sofrimento. É exatamente como eu me sentia — caindo no poço, sem a possibilidade de voltar a ter esperança.

A solução de Davi para tudo isso foi olhar para o alto e depositar a esperança em Deus. Às vezes, quando caímos em depressão e nossas orações não são respondidas, parece que Deus nos abandonou. Em conseqüência, sentimo-nos afastados dele. Mas Deus *não* nos abandonou, e nos consolará se recorrermos a ele. Paulo escreveu: "Deus, porém, que consola os abatidos, consolou-nos" (2Co 7:6).

Davi declarou: "Alarmado, eu disse: Fui excluído da tua presença! *Contudo, ouviste as minhas súplicas quando clamei a ti por socorro*" (Sl 31:22; grifos da autora). Davi conhecia o significado do desespero profundo e da depressão, mas sabia que sua esperança estava em Deus.

Davi disse: "As cordas da morte me enredaram; as torrentes da destruição me surpreenderam. As cordas do Sheol me envolveram; os laços da morte me alcançaram" (Sl 18:4-5). Mas ele *também* disse: *"Pois tu me livraste da morte, e livraste os meus olhos das lágrimas e os meus pés, de tropeçar"* (Sl 116:8; grifos da autora).

Em meio ao sofrimento, Davi declarou: *"Mesmo quando eu andar por um vale de trevas e morte, não temerei perigo algum, pois tu estás comigo; a tua vara e o teu cajado me protegem"* (Sl 23:4; grifos da autora). *"Verei que nem as trevas são escuras para ti. A noite brilhará como o dia, pois para ti as trevas são luz"* (Sl 139:12; grifos da autora). Deus vê claramente o que nos atormenta na escuridão. Vê a verdade sobre nós e nossa situação, e quer que a vejamos também. Significa: "Não há sombra densa o bastante, onde os que fazem o mal possam esconder-se" (Jó 34:22). É por isso que temos autoridade sobre todo o poder do inimigo.

Quando você se sentir como Davi — "O meu espírito desanima; o meu coração está em pânico" (Sl 143:4) —, repita as palavras dele: *"Responde-me quando clamo, ó Deus que me fazes justiça! Dá-me alívio da minha angústia; tem misericórdia de mim e ouve a minha oração"* (Sl 4:1; grifos da autora).

Para mim, esses são os sintomas da depressão. Sentimo-nos distantes das outras pessoas, como se estivéssemos em outro mundo, apesar de tê-las por perto. Não estamos no mesmo barco quc clas. Estamos na mesma sala, mas parece haver um muro entre nós, impedindo-nos de fazer contato. É como se elas estivessem desaparecendo aos poucos, como se a escuridão ao redor de nós *as* engolisse. Quando falamos, as palavras não parecem vir de dentro. A sensação é a de estar fora do corpo, ouvindo nossas palavras, mas sem nenhuma ligação com a outra pessoa. Há uma barreira impedindo-as de fazer contato conosco. Isso se chama depressão. É descrita em Salmos desta maneira: "Tiraste de mim os meus amigos e os meus companheiros; as trevas são a minha única companhia" (Sl 88:18).

Quando estamos em depressão, é difícil fazer qualquer coisa, até as necessárias. Falta-nos energia. O cansaço é constante, porque é exaustivo lutar contra a ansiedade, o medo e a depressão. Perdemos o interesse pelas atividades normais da vida. Tornamo-nos pessimistas, e a esperança vai embora. A esperança vai embora porque não vemos nenhuma saída. Se acreditarmos que nossa situação deplorável jamais mudará, não teremos motivo para viver. Questionamos: "Por que tentar?". Nos casos mais graves, a depressão leva ao suicídio, porque a única saída que vemos é a morte.

Parece que não podemos fazer nada quanto ao futuro, mesmo se esse futuro for amanhã, portanto vivemos de momento em momento. Não somos capazes de fazer planos. Não pensamos com clareza, e tudo é difícil, até mesmo manter a casa limpa e o armário em ordem. Fazer planos torna-se um problema porque não nos sentimos bem com aquilo que planejamos. Não vemos sentido. A depressão elimina a capacidade de tomar decisões firmes e racionais. As pessoas nos aconselham a tomar uma atitude, mas não temos força. É por isso que dizer ao cônjuge que ele deve "dar a volta por cima" o deixa mais abatido ainda.

A depressão também ocorre em razão de excesso de trabalho, exaustão, má nutrição ou enfermidade. Não há nada mais deprimente que estar enfermo ou sofrendo. E todo tipo de perda também nos deixa deprimidos, como perda do emprego, de uma pessoa querida, de um relacionamento, uma aptidão ou uma parte do corpo. O maior exemplo de sofrimento foi o de Jó. Ele perdeu tudo e disse: "Nunca pára a agitação dentro de mim; dias de sofrimento me confrontam" (Jó 30:27). O modo errado de pensar também causa depressão, porque estamos sempre focalizando o lado negativo de alguma coisa ou de alguém. A sensação de abandono diante de alguma ameaça ou trauma causa depressão.

Quando estamos deprimidos, temos grande necessidade de um toque físico e palavras de ânimo, mas é nesse momento que achamos mais difícil transmitir isso aos outros. É difícil transmitir a necessidade de amor quando nos sentimos desprezados, indignos e incapazes de reagir, mas o amor é a maior de todas as nossas necessidades.

Nunca pense que o sofrimento causado pela depressão pode separá-la(o) de Deus. De jeito nenhum. O inimigo quer fazê-la(o) acreditar que Deus está longe de você, e é por isso que tem de viver nas trevas da depressão. Deus, porém, refere-se aos tesouros das trevas desta maneira: "Darei a você os tesouros das trevas, riquezas armazenadas em locais secretos, para que você saiba que eu sou o SENHOR, o Deus de Israel, que o convoca pelo nome" (Is 45:3). Quando atravessamos os períodos tenebrosos da depressão, somos forçados a caminhar mais perto de Deus. E isso é muito bom. Já passei pela experiência e descobri que o tesouro das trevas é *Deus*. É a promessa da presença de Deus no meio de nossas trevas. Significa que não devemos temer as trevas, porque sua luz iluminará nossas trevas e ele se revelará a nós.

Dez verdades sobre a depressão

1. *Deus está conosco.* "Por isso não tema, pois estou com você; não tenha medo, pois sou o seu Deus. Eu o fortalecerei e o

ajudarei; eu o segurarei com a minha mão direita vitoriosa" (Is 41:10).

2. *Apesar das lutas, não seremos destruídos.* "De todos os lados somos pressionados, mas não desanimados; ficamos perplexos, mas não desesperados; somos perseguidos, mas não abandonados; abatidos, mas não destruídos" (2Co 4:8-9).

3. *Deus ouve quando clamamos a ele.* "Na minha aflição clamei ao SENHOR; gritei por socorro ao meu Deus. Do seu templo ele ouviu a minha voz; meu grito chegou à sua presença, aos seus ouvidos" (Sl 18:6).

4. *O Senhor será uma luz para nós o tempo todo.* "O povo que caminhava em trevas viu uma grande luz; sobre os que viviam na terra da sombra da morte raiou uma luz" (Is 9:2).

5. *Deus nos tirará das trevas.* "Tu és a minha lâmpada, ó SENHOR! O SENHOR ilumina-me as trevas" (2Sm 22:29).

6. *Deus deseja que confiemos nele.* "Quem entre vocês teme o SENHOR e obedece à palavra de seu servo? Que aquele que anda no escuro, que não tem luz alguma, confie no nome do SENHOR e se apóie em seu Deus" (Is 50:10).

7. *Jesus entende nossa tristeza.* Jesus "foi desprezado e rejeitado pelos homens, um homem de dores e experimentado no sofrimento" (Is 53:3).

8. *A presença de Deus nos salvará.* "Em toda a aflição do seu povo ele também se afligiu, e o anjo da sua presença os salvou. Em seu amor e em sua misericórdia ele os resgatou; foi ele que sempre os levantou e os conduziu nos dias passados" (Is 63:9).

9. *Precisamos continuar a orar.* "Dá atenção ao meu clamor, pois estou muito abatido; livra-me dos que me perseguem, pois são mais fortes do que eu" (Sl 142:6).

10. *Jesus tem mais bênçãos para nós.* Jesus disse: "O ladrão vem apenas para roubar, matar e destruir; eu vim para que tenham vida, e a tenham plenamente" (Jo 10:10).

Rejeição, ansiedade, medo, solidão e outras emoções negativas

Os *sentimentos de rejeição* são, em geral, causados por traumas do passado — principalmente na infância. Quem passou por situações difíceis na infância quase sempre tem dificuldade de tocar no assunto, porque isso o torna diferente das outras pessoas. E, quando somos jovens, não queremos ser diferentes. A pessoa que já teve problemas em se aceitar ou ser aceita não quer abrir a possibilidade de ser rejeitada por outras pessoas. Ela tem um turbilhão dentro de si e não conta a ninguém, porque não quer parecer idiota, inferior ou passível de rejeição.

Eu tive profundos sentimentos de rejeição, porque minha mãe me dizia, de tempos em tempos, que eu era muito infantil, não tinha nenhum valor e nunca seria nada na vida. Acreditei nela, e a constante sensação de nunca ter valor — sempre me sentindo mal-amada e desprezada — fez de mim um ímã capaz de atrair todas as emoções negativas.

Ansiedade é a sensação de preocupação e medo intensos de que algum infortúnio esteja prestes a acontecer. Vivemos atormentados e em constante desassossego sobre as conseqüências da maioria dos eventos ou situações. Chegamos ao cúmulo de ficar ansiosos sem nenhum motivo. E pior, a ansiedade produz acessos de pânico, que nos atacam de maneira muito forte. Acreditamos estar prestes a ter um infarto, parar de respirar e morrer.

Aos 20 e poucos anos, quando era cantora, dançarina e atriz na TV, eu tinha acessos de pânico tão fortes que ia ao toalete feminino e me trancava no cubículo. Dobrava o corpo para a frente e me agarrava na porta, com medo de morrer. Se não houvesse ninguém por perto, eu chorava. Se houvesse alguém, eu prendia a respiração, tentava recobrar o controle e respirava fundo. Apesar de não ter comunhão com Deus naquela época, eu dizia: "Deus, ajuda-me". Pedia, mentalmente, que aquele ser tão distante levasse embora a ansiedade — em minha opinião, justificada — porque eu era um grande fracasso. E vivia com medo de que alguém descobrisse que eu era um fracasso. Eu só pedia a Deus que me livrasse da morte. Na época, achava que esse era o prazer de Deus. Achava que a depressão, ansiedade, medo, tendências suicidas e falta de esperança faziam parte de mim, e Deus não poderia fazer de mim uma pessoa que eu não era. O que mais Deus poderia fazer, a não ser manter-me viva?

Esse tipo de ansiedade é, em geral, injustificado ou exagerado diante da verdade. Quando estamos em constante desassossego por imaginar que uma fatalidade pode acontecer, não temos paz, e ninguém gosta de estar perto de nós. Jesus disse que não devemos ser ansiosos (cf. Lc 12:29). Lemos em Provérbios 12:25: "O coração ansioso deprime o homem, mas uma palavra bondosa o anima". *A boa Palavra de Deus diz que não devemos ser ansiosos por nada e que devemos levar nossa ansiedade a ele em oração.*

O *medo* não procede de Deus. "Pois Deus não nos deu espírito de covardia, mas de poder, de amor e de equilíbrio" (2Tm 1:7).

Se levarmos em consideração o *amor*, o *poder* e a *disposição firme* que Deus tem para nós, não haverá lugar para o espírito de medo. Não convidamos o espírito de medo para nos fazer companhia, a não ser quando o medo passa a controlar nossa vida. É bom ter medo do perigo, quando justificado. O medo nos impede de atravessar a rua sem olhar para os lados ou de andar sozinhos à noite em lugares desertos. Mas não é bom conviver com o medo.

Deus não deseja que tenhamos medo nem temor. Só devemos temer a ele (cf. 1Pe 2:17). Temer a Deus não significa ter medo dele; significa ter medo do que a vida poderia ser *sem* ele. Esse temor é um profundo respeito por ele e por quem ele é. Não viva com medo. Deus tem amor, poder e uma disposição firme para lhe dar. Reivindique o que ele tem para você.

A *solidão* é dolorosa. Provoca um sofrimento insuportável no coração. Mas não temos de conviver com ela, porque Deus deseja aproximar-se de nós, se nos aproximarmos dele. Eu senti a dor da solidão, mesmo depois do casamento. Um dia, quando eu atravessava um período terrível de solidão, Deus falou-me ao coração que, quando me sentisse muito sozinha, deveria buscar sua presença, e ele levaria a solidão embora. Fiz isso, e a solidão desapareceu por completo. Hoje, reconheço que as sensações de solidão — atualmente muito raras — são sinal de que necessito estar na presença de Deus. Espero que você também identifique esse sinal. Jesus disse: "Eu lhes asseguro que meu Pai lhes dará tudo o que pedirem em meu nome. Até agora vocês não pediram nada em meu nome. Peçam e receberão, para que a alegria de vocês seja completa" (Jo 16:23-24). Peça a Deus que a(o) liberte da solidão e das emoções negativas.

Doze lembretes a respeito das emoções negativas

1. *Deus sabe o que se passa dentro de nós.* "SENHOR, tu me sondas e me conheces. Sabes quando me sento e quando me levanto; de longe percebes os meus pensamentos. Sabes muito bem quando trabalho e quando descanso; todos os meus caminhos são bem conhecidos por ti. Antes mesmo que a palavra me chegue à língua, tu já a conheces inteiramente, SENHOR" (Sl 139:1-4).

2. *Deus está presente nas horas mais tenebrosas.* "A luz raia nas trevas para o íntegro, para quem é misericordioso, compassivo e justo" (Sl 112:4).

3. *Não temos de viver nas trevas das emoções negativas.* Disse Jesus: "Eu vim ao mundo como luz, para que todo aquele que crê em mim não permaneça nas trevas" (Jo 12:46).

4. *Deus nos resgatará quando clamarmos a ele.* "Na sua aflição, clamaram ao SENHOR, e ele os salvou da tribulação em que se encontravam" (Sl 107:13).

5. *Não devemos ter medo.* "O SENHOR é a minha luz e a minha salvação; de quem terei temor? O SENHOR é o meu forte refúgio; de quem terei medo?" (Sl 27:1).

6. *Deus quebrará as correntes que nos prendem.* "Ele os tirou das trevas e da sombra mortal, e quebrou as correntes que os prendiam" (Sl 107:14).

7. *Se cairmos outra vez, conseguiremos nos levantar.* "Não se alegre a minha inimiga com a minha desgraça. Embora eu tenha caído, eu me levantarei. Embora eu esteja morando nas trevas, o SENHOR será a minha luz"(Mq 7:8).

8. *Temos poder para abandonar as trevas e andar na luz.* "A noite está quase acabando; o dia logo vem. Portanto, deixemos de lado as obras das trevas e revistamo-nos da armadura da luz" (Rm 13:12).

9. *Deus olha por nós quando olhamos firme para ele.* "Mas o SENHOR protege aqueles que o temem, aqueles que firmam a esperança no seu amor, para livrá-los da morte e garantir-lhes vida, mesmo em tempos de fome. Nossa esperança está no SENHOR; ele é o nosso auxílio e a nossa proteção. Nele se alegra o nosso coração, pois confiamos no seu santo nome. Esteja sobre nós o teu amor, SENHOR, como está em ti a nossa esperança" (Sl 33:18-22).

10. *Deus nos resgatará.* "Pois ele nos resgatou do domínio das trevas e nos transportou para o Reino do seu Filho amado" (Cl 1:13).

11. *Deus continuará a nos resgatar até estarmos completamente livres.* "De fato, já tínhamos sobre nós a sentença de morte, para que não confiássemos em nós mesmos, mas em Deus, que ressuscita os mortos. Ele nos livrou e continuará nos livrando de tal perigo de morte. Nele temos colocado a nossa esperança de que continuará a livrar-nos" (2Co 1:9-10).

12. *Deus nos consolará.* "Gritem de alegria, ó céus, regozije-se, ó terra; irrompam em canção, ó montes! Pois o SENHOR consola o seu povo e terá compaixão de seus afligidos" (Is 49:13).

Se o problema for com o cônjuge

Se a depressão não é nem um pouco divertida, também não é nada divertido conviver com uma pessoa deprimida o tempo todo. Se a vida é muito difícil, mais difícil ainda é ter de lidar com problemas alheios. No casamento, porém, os problemas do cônjuge também são seus. Em meu caso, ambos sofríamos de depressão e ansiedade no início do casamento. Eu encontrei cura para esses males no primeiro ano. Michael levou mais tempo.

A pessoa dominada pela depressão, ansiedade ou medo tem a tendência de se concentrar apenas em si própria. É forçada a pensar em si mesma na maior parte do tempo, portanto tem muito pouco a oferecer aos outros — principalmente ao cônjuge. É por isso que a depressão de seu marido (esposa) pode trazer infelicidade a você. E essa infelicidade atinge os filhos, porque eles não entendem o que se passa e se culpam pela situação.

Em geral, todos os pontos fracos, emoções negativas e transtornos emocionais afloram depois do casamento, um atrás do outro. A intimidade entre o casal não permite que permaneçam ocultos. Se isso acontecer com você ou seu cônjuge, não se preocupe. Deus deseja libertá-los dessa preocupação, e quase sempre a libertação só ocorre quando estamos em lugar seguro. O casamento é um lugar seguro — ou pelo menos deveria ser. Significa que você está em companhia de alguém que a(o) ama o suficiente para ter assumido o compromisso de viver a seu lado. Se o problema for com você, Deus não permitirá que persista. Não permitirá que você continue com depressão, ansiedade, medo, amargura, ira ou solidão. Esses problemas serão expostos, porque o brilho do casamento incidirá sobre eles e será impossível ocultá-los. Sua personalidade será revelada. E Deus não quer que você a esconda. Deus quer que você seja livre. Quando esses problemas vierem à tona em você ou em seu marido (esposa), tome a decisão de enfrentar o que foi exposto, sem medo. Não é o fim dos bons tempos; é o começo de tempos melhores. Tome a decisão de fazer o possível para se libertar e ter uma vida plena.

Quando o cônjuge está deprimido, não tocamos em assuntos que precisam ser discutidos. Evitamos conversar com pessoas deprimidas, porque nossas palavras podem piorar a situação. Pessoas deprimidas aparentam fragilidade porque não conseguem fazer o que precisa ser feito, e isso nos obriga a ser fortes e tomar decisões sozinhos. Não podemos recorrer a essas pessoas em busca de segurança para compartilhar pensamentos, esperanças, sonhos e medos, porque elas só se preocupam em conseguir atravessar o dia. A ansiedade as paralisa, da mesma forma que a depressão, porque, no entender dessas pessoas, há sempre uma tragédia prestes a acontecer, e elas não querem tomar nenhuma decisão. Os sonhos para o futuro são deixados de lado. O futuro resume-se apenas no amanhã.

Será muito mais fácil lidar com a depressão de seu cônjuge se você não considerá-lo uma *pessoa deprimida*, sem possibilidade de reerguer-se. Veja-o como uma *pessoa que Deus deseja curar*. Se seu cônjuge estiver tomando medicamentos para combater a depressão, não recomende a interrupção do tratamento. Isso acarretará sérias conseqüências, pois ele poderá sentir-se fracassado se for necessário recomeçar o tratamento. Conforme mencionei antes, ninguém deve sentir-se fracassado por ter de tomar medicamentos prescritos por um médico. Algumas pessoas precisam de tratamento pelo resto da vida, e, se forem crentes em Cristo, com certeza não estão andando nas trevas e irão para o céu. Na verdade, o melhor que você poderá fazer por seu cônjuge é ajudá-lo a encontrar um ótimo médico que prescreva os melhores medicamentos.

Talvez você não saiba como ajudar seu marido (esposa), mas pode orar. E a oração sempre faz uma grande diferença. Pode também oferecer-lhe amor e apoio. Isso é muito significativo para uma pessoa deprimida. Assegure a seu marido (esposa) que a depressão é temporária e terá um fim. "O choro pode persistir uma noite, mas de manhã irrompe a alegria" (Sl 30:5).

Como livrar-se da depressão e de outras emoções negativas

Seja qual for a emoção negativa, se ela tomar conta de você e de sua vida, será necessário fazer o possível para livrar-se de suas garras.

Antes de tudo, leia a Palavra de Deus todos os dias. Leia o mais que puder. Leia em voz alta. Encontre um versículo apropriado e repita-o até gravá-lo no coração e acreditar nele. Diga: "Eu te agradeço, Senhor, porque 'a tua palavra é lâmpada que ilumina os meus passos e luz que clareia o meu caminho' (Sl 119:105). Obrigada(o) pela *disposição firme* que me deste".

Decida tomar conta de sua mente. Recuse-se a permitir que as emoções exerçam controle sobre você. Ao contrário, exerça controle sobre elas. Não permita que pensamentos negativos imponham como você deve agir, o que deve dizer ou não dizer, o que deve fazer ou não fazer. Pense nas coisas boas e positivas de sua vida.

Procure um bom conselheiro cristão. Se as emoções negativas estiverem tomando conta de você, e suas orações não forem respondidas, existem bons médicos, psiquiatras e psicólogos que poderão ajudá-la(o). Não tente sair da situação sozinha(o).

Ore continuamente. Converse sempre com Deus, mas não fale o tempo todo. Ouça também. Deus diz que devemos entregar o fardo de nossa alma inteiramente a ele. Se você orar em vez de se deixar dominar pelas emoções negativas, terá paz no coração, a paz que excede todo o entendimento (cf. Fp 4:7).

Louve e adore o Senhor. É uma das atitudes mais poderosas que você poderá tomar. Na verdade, todas as vezes que começar a sentir uma emoção negativa, adore o Senhor onde estiver, e essa emoção se afastará de você. As fontes da salvação são profundas. O Senhor é a sua salvação. Extraia água espiritual dessas fontes todos os dias e encontrará alegria (cf. Is 12:3).

Os sete "nãos" da depressão e das emoções negativas

1. Não são inevitáveis.
2. Não são uma sentença de morte.
3. Não são sinal de fracasso.
4. Não são julgamentos de Deus sobre você.
5. Não são licença para se afastar do cônjuge.
6. Não são oportunidades para ser rude e cruel com o cônjuge.
7. Não são ferramentas para controlar o cônjuge.

Creio que Deus às vezes permite a depressão e outras emoções negativas na vida de pessoas de grande fé porque isso as força a aproximar-se dele durante o sofrimento. E ele é glorificado quando recebemos cura. Portanto, clame a Deus e suplique seu amor, paz, alegria e poder, sabendo que ele deseja estar com você. Diga: "Eu te agradeço, Senhor, porque me 'deste a alegria da tua presença'" (Sl 21:6).

Você não tem de conviver com emoções negativas e precisa fazer o possível para livrar-se delas. Além de prejudicá-la(o), elas prejudicam seu cônjuge e filhos. Deus lhe mostrou uma forma de livrar-se delas por meio do poder da oração, louvor, sua Palavra, sua presença, e seu amor. Aqueça-se no calor de tudo isso até sentir-se livre. E não perca a esperança. Confie que "aquele que começou a boa obra em [você], vai completá-la até o dia de Cristo Jesus" (Fp 1:6). Deus não desistirá de você, portanto não desista de si mesma(o) ou de seu cônjuge.

Orações pelo casamento

Oração por proteção

Senhor, eu te agradeço porque nos mostraste os caminhos da vida e temos "a alegria plena da tua presença, eterno prazer à tua direita" (Sl 16:11). Eu te agradeço porque, quando nos alegramos em ti, cavalgamos nos altos da terra (cf. Is 58:14). Peço-te que livres meu marido (esposa) e eu de todas as emoções negativas. Ajuda-nos a entender que não temos de conviver com nenhuma delas. Se alguma vez permitimos que a depressão, ansiedade, medo, rejeição ou solidão exercessem influência em nossa vida, livra-nos dessas emoções negativas e afasta-nos delas.

Embora tenhamos de atravessar tempos difíceis e receber pressões de todos os lados, oro para que não desanimemos nem sejamos destruídos (cf. 2Co 4:8). Sempre nos alegraremos em tua Palavra e no conforto de tua presença. Não nos esqueceremos que tens poder para nos libertar.

Teus preceitos são justos e alegram o coração (cf. Sl 19:8). Estávamos nas trevas, mas agora estamos em tua luz. Ajuda-nos a viver como filhos da luz (cf. Ef 5:8). Que possamos descansar sempre em ti e depositar em ti todas as esperanças e expectativas (cf. Sl 62:5). Oro em nome de Jesus.

Oração por uma profunda transformação em mim

Senhor, oro para que me sondes e conheças o meu coração; "prova-me, e conhece as minhas inquietações" (Sl 139:23). Se permiti que as emoções negativas exercessem influência em minha vida, livra-me para sempre delas. Mostra-me se herdei alguma coisa de meus pais — atitudes, medos, preconceitos e depressão — e quebra todas essas correntes. Livra-me de adquirir o hábito de reagir automaticamente em relação à vida. Senhor, oro por cura e libertação da depressão, ansiedade, medo, rejeição, solidão ou outra emoção negativa que queira instalar-se para sempre em meu coração. Agradeço-te porque manténs acesa a lâmpada da minha alma, Senhor, e transformas em luz as minhas trevas (cf. Sl 18:28). Eu te rendo graças porque me darás descanso do sofrimento e da perturbação (cf. Is 14:3).

Senhor, afasta de mim toda tristeza ou desespero. Cura as feridas de meu coração. Envolve-me com um manto de louvor, para que eu te louve o tempo todo, e afasta de mim o espírito deprimido. Transforma-me em uma árvore de força. Planta-me e alimenta-me em tua Palavra, a fim de que tua glória seja revelada em mim. Reconstrói tudo o que foi destruído ou danificado em minha vida. Senhor, "envia a tua luz e a tua verdade; elas me guiarão e me levarão ao teu santo monte, ao lugar onde habitas" (Sl 43:3). Que tua luz em minha vida dissipe todas as nuvens negras ao meu redor, para que não me impeçam de sentir tua presença em minha vida. Oro em nome de Jesus.

Oração por uma profunda transformação em meu marido (esposa)

Senhor, elevo meu marido (esposa) a ti em oração e peço-te que o(a) livres da depressão, ansiedade, medo, rejeição, solidão ou de qualquer outra emoção negativa que se apoderou dele (dela). Agradeço porque prometeste fazer o teu povo "sair cheio de júbilo", e os teus escolhidos, "com cânticos alegres" (Sl 105:43). Eu te louvo porque, graças a ti, Jesus, "as trevas estão se dissipando e já brilha a verdadeira luz" (1Jo 2:8) na vida dele (dela). Ajuda-o(a) a manter os olhos fixos em ti e buscar refúgio em ti, sabendo que não o(a) entregarás à morte (cf. Sl 141:8). Tem misericórdia dele (dela) e sê seu auxílio (cf. Sl 30:10)! Unge-o(a) com o "óleo de alegria" (Sl 45:7). Devolve-lhe "a alegria da sua salvação" e sustenta-o(a) "com um espírito pronto a obedecer" (Sl 51:12). Liberta-o(a) de tudo o que o(a) prende, exceto de ti.

Digo a meu marido (esposa) agora, Senhor, o que disseste a teu povo em tua Palavra: "Seja forte e corajoso! Não se apavore, nem desanime, pois o Senhor, o seu Deus, estará com você por onde você andar" (Js 1:9). O Senhor ama meu marido (esposa) e lhe deu boa esperança pela graça, e dará ânimo ao seu coração e o(a) fortalecerá para ele (ela) fazer sempre o bem, tanto em atos como em palavras (cf. 2Ts 2:16-17). Oro em nome de Jesus.

Verdades nas quais podemos confiar

Pois a nossa luta não é contra seres humanos,
mas contra os poderes e autoridades, contra os

dominadores deste mundo de trevas, contra as forças espirituais do mal nas regiões celestiais.
Efésios 6:12

Pois ele nos resgatou do domínio das trevas e nos transportou para o Reino do seu Filho amado.
Colossenses 1:13

Porque o SENHOR ungiu-me para levar boas notícias aos pobres. [...] e dar a todos os que choram em Sião uma bela coroa em vez de cinzas, o óleo da alegria em vez de pranto, e um manto de louvor em vez de espírito deprimido. Eles serão chamados carvalhos de justiça, plantio do SENHOR, para manifestação da sua glória.
Isaías 61:1,3

No amor não há medo; ao contrário o perfeito amor expulsa o medo, porque o medo supõe castigo. Aquele que tem medo não está aperfeiçoado no amor.
1João 4:18

Tu és o meu abrigo; tu me preservarás das angústias e me cercarás de canções de livramento.
Salmos 32:7

5

Se os filhos começarem *a* dominar os pais

NADA É CAPAZ DE mudar o casamento de maneira mais rápida e drástica do que o nascimento de um filho. Com a chegada dos filhos, a responsabilidade aumenta, e o casal não está preparado para isso. O tempo dedicado inteiramente ao cônjuge passa a ser dividido com a criança. Significa menos tempo para o casal estar a sós. Um dos cônjuges terá de reduzir as horas de trabalho, portanto a renda da família diminuirá. Se ambos continuarem a trabalhar como antes, ficarão exaustos. Será necessário sacrificar todos os prazeres egoístas para dedicar-se à tarefa de ser um bom pai ou mãe, e tudo isso é muito desgastante. Há, porém, uma boa notícia: essa missão nos força a adquirir maturidade, definir prioridades e aprender a cuidar da saúde, porque não podemos adoecer.

Quando a família aumenta, é importante não se esquecer de que, um dia, o casal voltará a viver sozinho, sem a presença dos filhos. Sei que é difícil pensar nisso com tanta antecedência, principalmente quando os filhos são pequenos e ocupam todo tempo e atenção. Aliás, é fácil permitir que as crianças dominem a vida dos pais. E isso pode acontecer sem que vocês percebam. Afinal, os bebês necessitam de ajuda o tempo todo. Em situações normais, o cônjuge é capaz de cuidar de si próprio. Pode alimentarsc, tomar banho e vestir-se sozinho. O bebê não faz nada sem ajuda. Por isso, de repente e por necessidade, os filhos passam a interferir na vida dos pais em razão do tempo que devem dedicar a eles. Isso, porém, não precisa transformar-se em problema. Se os dois dividirem a carga, haverá maior aproximação entre vocês. Alguns pais ou mães se concentram tanto nos filhos que não lhes resta tempo para pensar em mais nada, nem mesmo no cônjuge. Deus deseja que amemos nossos filhos e cuidemos deles com todo o empenho, mas não devemos adorá-los como ídolos. Existe uma linha tênue entre cuidar dos filhos e alimentá-los, para terem boas oportunidades na vida, e o outro extremo de transformá-los em obsessão a ponto de prejudicar o casamento. Se um dos cônjuges permitir que o outro se sinta desamparado, desprezado, insignificante, desnecessário ou irrelevante, o casamento será abalado. E as conseqüências de um casamento desintegrado refletem nos filhos. Todos nós precisamos de sabedoria e revelação divinas para encontrar o ponto de equilíbrio.

A criação dos filhos provoca, às vezes, conflitos sérios entre o marido e a esposa, e o casamento pode terminar em divórcio. Os conflitos não surgem nos primeiros anos de vida dos filhos, mas na fase complicada da adolescência, quando os problemas são muito mais complexos. Aprendi que a melhor maneira de criar os filhos e evitar que exerçam pressão sobre nós é orar por eles em todas as fases da vida. Em meu livro, *O poder dos pais que oram*, o primeiro da série "O poder da oração", apresentei trinta modelos de oração pelos filhos, para que sejam protegidos, sintam-se amados e aceitos, mantenham bom relacionamento com a família, tenham amigos tementes a Deus e de vida exemplar, sintam desejo de aprender, tenham firme disposição, não sejam dominados pelo medo, não se envolvam com drogas, cresçam na fé e se transformem na pessoa que Deus planejou para eles. Não é necessário ser supermãe nem superpai para orar dessa forma pelos filhos, e isso elimina a pressão no casamento. É muito bom o casal orar *junto* pelos filhos, mas a oração de um só também proporciona ótimos benefícios. Apresento a seguir algumas sugestões para você incluir nas orações por seu casamento e pela criação dos filhos.

Ore para haver concordância quanto à disciplina dos filhos

A disciplina dos filhos é uma questão muito importante, e o casal precisa tomar decisões juntos. A disciplina não pode ser unilateral, isto é, um dos cônjuges é rígido, e o outro, tolerante. Se esse for o caso entre vocês, ore para encontrar um meio-termo satisfatório entre indulgência e autoridade.

Peça a Deus sabedoria e harmonização de idéias com seu cônjuge para decidir como vão disciplinar os filhos, quando houver necessidade. Se *você* se recusar a discipliná-los, forçará seu *marido (esposa)* a ser o carrasco. Ele (ela) se cansará de ser o carrasco enquanto você passa a mão na cabeça da criança. Com o tempo, o alicerce do casamento começará a abalar até enfraquecer ou ser destruído. Não pense nem por um instante que esse assunto seja irrelevante. Conheço muitos casamentos rompidos por causa dessa situação tão séria.

Conheço também um ótimo casal, perto de completar bodas de prata, com filhos adolescentes. Pouco tempo atrás, o marido e a esposa entraram em conflito a respeito do que os filhos podiam ou não podiam fazer. A esposa acha que o marido é muito tolerante, e o marido acha que a esposa é muito rígida. Para ela, o marido foi muito condescendente ao descobrir que os filhos haviam experimentado drogas, e considera essa atitude um perigo para eles, com possibilidade de prejudicá-los no futuro. Em razão disso, deram entrada no pedido de divórcio. Nenhum dos dois tem comunhão com o Senhor. Se tivessem, poderiam orar e encontrar uma boa solução. Poderiam resolver o assunto facilmente se fossem humildes, confiassem em Deus e no poder da oração, e amassem verdadeiramente um ao outro.

Entendo o ponto de vista dela, mas seria muito melhor se ambos recorressem a um conselheiro cristão para evitar a dissolução da família. Em caso de divórcio, ela perderá completamente o controle sobre os filhos, se eles ficarem sob a guarda do pai condescendente.

Há, claro, ocasiões em que as ações ou a passividade do pai ou da mãe põem em risco a vida do filho, mas, se ambos forem racionais e sensatos, terão condições de encontrar uma solução. Principalmente se ambos orarem. *Dar prioridade ao cônjuge não significa, de maneira alguma, descuidar dos filhos.* Justamente quando a educação dos filhos cria um problema entre o casal é que os dois devem chegar a um consenso. Isso exige oração.

Ore para haver concordância quanto à permissão concedida aos filhos

Temos *dois* chihuahuas de pêlos longos. Não por opção. Nossa filha nos presenteou com um segundo cão-mor pouco antes de ingressar no segundo ano da faculdade. Cuidar dos dois cãezinhos foi bom para mim na época, porque, ao assumir a custódia desses dois maravilhosos exemplares do senso de humor de Deus, foi mais fácil suportar a ausência de minha filha. Parecia que ela havia deixado um pedaço dela, só que coberto de pêlos. A única coisa que sei sobre os chihuahuas é que são criaturas de hábitos radicais. Quando permitimos que façam alguma coisa, acham que receberam autorização permanente. Os filhos pequenos assemelham-se aos nossos cãezinhos. Por exemplo, acham que, se dormirem em nossa cama *uma* noite, poderão dormir ali *todas* as noites. Quando nosso primeiro bebê nasceu, Michael e eu decidimos que os filhos não dormiriam em nossa cama. Não queríamos que sentissem necessidade de estar o tempo todo perto de nós ou pensassem que os estávamos rejeitando. Decidimos, portanto, que quem a criança escolhesse para deitar-se a seu lado no meio da noite teria a incumbência de carregá-la ou conduzi-la de volta para sua cama, deitar-se ao lado dela até que dormisse ou se sentisse melhor por estar sozinha no quarto. A idéia deu certo com todas as crianças. Depois de algumas idas ao nosso quarto, elas não voltaram mais. E, quando voltavam, sabíamos que o motivo era importante.

É claro que amávamos nossos filhos e gostávamos de estar com eles. Apenas não conseguíamos dormir com eles na mesma cama. Acordávamos exaustos e irritados. Descobrimos, muito tempo atrás, que as noites mal dormidas prejudicam o casamento. Descobrimos também que a "síndrome dos chihuahuas" nas crianças significa que, se não cortarmos o mal pela raiz, ele se tornará um hábito extremamente difícil de abandonar.

Alguns casais gostam de dormir com os filhos todas as noites. Conheço alguns que dormem com os filhos e os cães adultos na mesma cama, e isso não os aborrece. Para mim, é um pesadelo, mas, se eles gostam, ótimo. O importante é que haja acordo entre o casal. Ambos devem concordar com as regras impostas aos filhos. É necessário um consenso para haver equilíbrio entre os limites de cada um.

Ore para que você e seu cônjuge se entendam sobre a criação e a disciplina dos filhos. Se houver forte discordância, ore para que ambos resolvam a questão segundo a mente de Deus. Em geral, não se trata de certo ou errado, mas de preferência pessoal. Portanto, se os dois não chegarem a um acordo, haverá necessidade de concessão de ambas as partes. E, se você achar que nunca chegarão a um consenso, saiba que Deus pode mudar o coração de ambos para agirem corretamente.

Estabeleça regras para seus filhos e explique os motivos. Ensine-os a andar nos caminhos de Deus todos os dias e ore por eles a respeito de tudo. Ajude-os a entender que a oração faz parte da vida e que não devemos recorrer a ela somente em ocasiões de emergência. Quando você permite que os filhos desobedeçam às ordens de seu cônjuge, e continua a agir dessa maneira, está dando prioridade aos filhos. O mais importante de tudo é que seu casamento permaneça firme e que a intimidade entre vocês não seja sacrificada no altar da obsessão de uma criança. É necessário pôr o cônjuge em primeiro lugar e chegar a meio-termo. O divórcio também prejudica os filhos.

Ore para ter tempo de ficar a sós com ele (ela)

Tudo o que fazemos reflete nos filhos. Se você andar nos caminhos de Deus, eles serão beneficiados. "Quem dera eles tivessem sempre no coração esta disposição para temer-me e para obedecer a todos os meus mandamentos. Assim tudo iria bem com eles e com os seus descendentes para sempre!" (Dt 5:29). Quando andamos nos caminhos de Deus, livramos nossos filhos das mãos do inimigo. "O mau, é evidente, não ficará sem castigo, mas a geração dos justos é livre" (Pv 11:21, RA). Da mesma forma, se tivermos uma vida desregrada, os filhos sofrerão as conseqüências de nossos pecados.

Uma das atitudes certas a tomar é esforçar-se para ter um casamento feliz. Embora a criação dos filhos tome a maior parte do tempo, vocês *precisam* encontrar alguns momentos para ficar a sós uma vez por semana, longe das crianças, mesmo que seja por duas horas em um restaurante. Ore para encontrar uma pessoa de confiança, disposta a fazer companhia a seus filhos por algumas horas, uma vez por semana, de modo que vocês dois possam passear e divertir-se juntos. Ou, então, leve as crianças à casa de alguém, para passar alguns momentos românticos com seu marido (esposa) em casa.

Michael e eu somos muito amigos de um casal. Conhecemos Bob e Sally na igreja, logo após o nascimento da primeira filha deles e do nosso. Sally e eu nos revezávamos para cuidar das crianças, e isso era conveniente para nós, porque nossos filhos tinham exatamente a mesma idade e sabíamos como lidar com eles. Eu levava a filha de Sally para passar três horas por semana em minha casa, e ela fazia o mesmo com meu filho. Não havia um horário certo para o revezamento. Podia ser de manhã, à tarde ou à noite. Se fosse à noite, saíamos para jantar fora. Aquele revezamento foi uma tábua de salvação, porque nenhum de nós tinha parentes por perto para nos ajudar, como ocorre com muitas famílias. E todos nós sabemos como é difícil encontrar pessoas confiáveis, com disposição e tempo para cuidar de nossos filhos.

Peça a orientação de Deus para encontrar uma pessoa de confiança que possa cuidar de seu filho durante algumas horas por semana. Se for remunerada, aceitará a tarefa com mais facilidade. Só Deus sabe como é difícil encontrar babás de confiança, portanto ore para que ele lhe dê paz — ou falta de paz, se for o caso

— quando alguém estiver tomando conta de seu filho. Confie nas palavras que o Espírito Santo soprar em sua alma. É melhor ter uma noite romântica em casa, depois que seus queridinhos estiverem dormindo, do que confiar os filhos a uma babá excêntrica.

Ore para que ambos cheguem a um acordo sobre quantos filhos terão — ou sobre não ter nenhum

É importante chegar a um acordo sobre o número de filhos e se haverá espaço para todos no coração de vocês — sempre lembrando que devemos aceitar os planos de Deus e suas surpresas. Tenha em mente que a falta de filhos também cria problemas.

Quando um dos cônjuges não quer ter filhos, ou quando ambos querem, mas por um motivo ou outro não conseguem, a pressão é grande sobre os dois. Conheço um casal que decidiu não ter filhos, porque o marido já havia criado os seus com a primeira esposa e não queria começar tudo de novo. A atual esposa orou desta maneira: "Senhor, elimina meu desejo de ter filhos, se esta for a tua vontade. Se não, leva embora o receio de meu marido de ter outros filhos". Neste caso, a esposa conseguiu aceitar a idéia de que não deveria ter filhos biológicos.

Outra mulher que conheço, na mesma situação, dedicou-se a cuidar de filhos espirituais em vez de ter os próprios. Em outro caso, o marido mudou de idéia, e hoje o casal tem um filho. Seja qual for a sua situação, seja qual for o motivo, ore para que você e seu cônjuge se entendam e fiquem em paz um com o outro a respeito desse assunto tão importante.

Ore para que ambos permaneçam unidos

Os filhos mudam o casamento e a vida do casal. A princípio, vocês terão de aceitar que estarão exaustos quase todos os dias para sentar-se e falar de sentimentos e sonhos. Talvez estejam cansados demais no fim do dia para conversar sobre assuntos que não digam respeito às necessidades das crianças e como lidar com as responsabilidades que lhes foram atribuídas. Peça que Deus *os* ajude a atravessar esse período, a permanecer unidos e a ser bons pais.

Todos nós mudamos no decorrer das fases da vida, e, se você e seu marido (esposa) não tiveram um bom relacionamento ao longo dos anos, a situação será muito mais difícil quando o último filho sair de casa. Ambos se sentirão como estranhos, e a casa ficará vazia. Se vocês passaram anos totalmente concentrados na carreira profissional, na criação dos filhos, no pagamento da casa e em sobreviver, e mantiveram pouco contato um com o outro, saiba que nunca é tarde para restabelecer o entrosamento. Vocês terão de conversar, passar algum tempo juntos e voltar a manter contato.

Se seu cônjuge é uma pessoa teimosa, inflexível, que se recusa a mudar e não aceita opiniões, ore para que Deus o liberte desses defeitos. Para o bem dele, e também para o seu, ore para que Deus o liberte da teimosia. O futuro c a felicidade de vocês depende disso.

Ore para que vocês e seus filhos honrem os pais

O mandamento de Deus para honrar os pais é acompanhado desta promessa: se honrarmos nossos pais, tudo correrá bem para nós e teremos vida longa (cf. Ef 6:1-3). É importante que você honre seus pais, mas deve também honrar *os pais de seu marido (esposa)*, seja qual for a situação. Sua bondade para com eles redundará em bênçãos para você e seus filhos, muito maiores do que possa imaginar. Ajude seu cônjuge a honrar os pais dele, se houver algum empecilho para isso. Tenho sido extremamente abençoada por ter ótimos sogros. Só lamento não morar perto deles. Tenho, porém, ouvido histórias horripilantes que ocorrem na delicada relação entre genro/nora e sogros. Faça o possível para viver em paz com eles. Se já faleceram, faça o possível para honrar a lembrança deles perante seus filhos. Se tem filhos casados, faça o possível para amar seu genro ou nora. Facilite a vida deles, para que também a(o) honrem. Se houver algum mal-entendido no relacionamento entre vocês, ore para que Deus traga paz e amor ao coração de todos.

Se seus pais já faleceram, honre-os contando fatos positivos sobre eles a seus filhos. Honrar os pais significa demonstrar amor a eles. Mesmo que sejam as piores pessoas deste mundo, honre-os pelo fato de lhe terem dado a vida.

Embora seja verdade que precisamos conquistar o respeito dos outros, a regra não se aplica quando se trata de honrar os pais. É uma ordem. Peça a Deus que a(o) ajude a perdoá-los e a curá-la(o) de todas as feridas do passado. Honrar pai e mãe não significa permitir que se comportem de maneira imprópria com você, com seu cônjuge ou filhos. Honrá-los significa estabelecer certos limites em sua vida que eles não podem ultrapassar. Se você honrar seus pais, deixará um legado a seus filhos, e esse legado lhe trará muitos benefícios quando chegar a época em que deverão honrá-la(o).

Se honrarmos nossos pais, teremos vida longa e boa e seremos melhores pais para nossos filhos.

Ore para que vocês não culpem um ao outro em momentos de infortúnio

Jó sempre orava por seus filhos.

> Terminado um período de banquetes, Jó mandava chamá-los [*seus filhos*] e fazia com que se purificassem. De madrugada ele

> oferecia um holocausto em favor de cada um deles, pois pensava: "Talvez os meus filhos tenham, lá no íntimo, pecado e amaldiçoado a Deus". Essa era a prática constante de Jó.
>
> Jó 1:5; grifos da autora

Talvez você esteja pensando: "De que adiantou orar pelos filhos se ele perdeu todos?". Quando todos os seus filhos estavam reunidos em um banquete, um vento muito forte derrubou a casa e eles morreram (cf. Jó 1:19). Jó estava orando pelos filhos e fazendo o que deveria fazer, quando uma desgraça aconteceu. Mesmo assim, sua fé não foi abalada. Ele não culpou Deus.

Quando há um infortúnio com um filho, temos a tendência de culpar Deus. Ou, então, nos culpamos por achar que somos responsáveis pelo que aconteceu. Se o marido e a esposa culparem um ao outro, o casamento será destruído, pois ninguém é capaz de suportar a culpa por algo que aconteceu aos filhos. De qualquer forma, há sempre um sentimento de culpa em relação aos filhos, principalmente quando existe algum problema. Os pais sempre questionam se exageraram a dose para mais ou para menos. E quando algum fato negativo acontece, como notas baixas, indisciplina na escola, um acidente ou uma enfermidade, os pais sempre se culpam por não estarem presentes na hora certa e no lugar certo, para evitar dissabores como esses. E se, para culminar, um cônjuge puser a culpa no outro, a situação ficará insuportável. Em momentos de grande desespero na vida, se seu cônjuge não estiver a seu lado para ampará-la(o) e, pior, se culpá-la(o) pelo infortúnio, o casamento não suportará a carga.

Deus proíbe que seus filhos sofram infortúnios, mas, se isso acontecer, não culpe seu marido (esposa). Não culpe Deus. Culpe o inimigo. Mesmo que seu cônjuge tenha agido de maneira inconseqüente, ninguém em sã consciência é capaz de prejudicar deliberadamente um filho. Confie em Deus e recuse-se a destruir seu cônjuge e o casamento. Não jogue uma carga pesada de culpa em cima dele (dela). Aproxime-se de Deus, e ele se aproximará de você. O Senhor é fonte de cura e restauração, e sua presença solucionará o problema.

Ore para que ambos intercedam a Deus por seus filhos

Sentimo-nos orgulhosos quando nos esforçamos para ser pais perfeitos. E sentimo-nos *mais* orgulhosos ainda quando acreditamos que criamos filhos perfeitos. Mas esse é um terreno perigoso para caminhar, porque Deus abençoa os humildes e se opõe aos orgulhosos (cf. Tg 4:6).

Se você não se considera um bom pai ou mãe, alegre-se. Vai ter de depender de Deus para criar os filhos. E ele sempre responderá às suas orações, porque a oração lhe dará mais autoridade sobre seu filho do que você imagina.

Seu casamento será mais bem-sucedido se você aceitar a idéia de que não é um pai perfeito ou uma mãe perfeita. Só Deus é perfeito. Só ele sabe o que é melhor para seus filhos. Portanto, consulte-o todos os dias e peça ajuda para ser o melhor pai ou mãe que puder. Isso é melhor do que tentar descobrir por conta própria. E o *melhor* que você tem a fazer por seus filhos é orar *por* eles e *com* eles. *Ensine-os* a orar. A oração deve fazer parte do dia-a-dia deles e acompanhá-los durante a vida inteira. Ser um *pai ou mãe que ora* é ser o melhor pai ou mãe do mundo, e a oração eliminará a pressão de tentar ser um *pai perfeito ou uma mãe perfeita*.

Recorra a Deus sempre que o desânimo se abater sobre você enquanto cria os filhos. Deus entende nossas fraquezas e a tentação de desistir. Ele diz que somos bem-aventurados e que o reino dos céus é nosso (cf. Mt 5:3). Deseja que nos aproximemos dele em busca de sua graça e ajuda para solucionar nossos problemas. Quanto mais recebermos o amor e a graça de Deus, mais capacidade teremos de estendê-los aos outros — principalmente ao nosso marido (esposa) e filhos.

Dez lembretes importantes sobre a criação dos filhos

1. *Comece a instruí-los tão logo tenham idade para aprender, para que sejam mais sábios quando envelhecerem.* "Instrua a criança segundo os objetivos que você tem para ela, e mesmo com o passar dos anos não se desviará deles" (Pv 22:6).
2. *Discipline-os quando for necessário.* "A insensatez está ligada ao coração da criança, mas a vara da disciplina a livrará dela" (Pv 22:15).
3. *Ensine um texto da Palavra de Deus a seus filhos todos os dias.* "Que todas estas palavras que hoje lhe ordeno estejam em seu coração. Ensine-as com persistência a seus filhos. Converse sobre elas quando estiver sentado em casa, quando estiver andando pelo caminho, quando se deitar e quando se levantar" (Dt 6:6-7).

4. *Confie que seus filhos não estão destinados a ser infelizes.* "Não labutarão inutilmente, nem gerarão filhos para a infelicidade; pois serão um povo abençoado pelo SENHOR, eles e os seus descendentes" (Is 65:23).

5. *Ore fervorosamente, dia e noite, por seus filhos.* "Levante-se, grite no meio da noite, quando começam as vigílias noturnas; derrame o seu coração como água na presença do SENHOR. Levante para ele as mãos em favor da vida de seus filhos, que desmaiam de fome nas esquinas de todas as ruas" (Lm 2:19).

6. *Instrua-os nos caminhos do Senhor, e não os irrite.* "Pais, não irritem seus filhos; antes criem-nos segundo a instrução e o conselho do Senhor" (Ef 6:4).

7. *Se você agir corretamente, seus filhos serão felizes.* "O homem justo leva uma vida íntegra; como são felizes os seus filhos!" (Pv 20:7).

8. *Continue a orar em meio às dificuldades e não desista.* "Apesar disso, esta certeza eu tenho: viverei até ver a bondade do SENHOR na terra. Espere no SENHOR. Seja forte! Coragem! Espere no SENHOR" (Sl 27:13-14).

9. *Saiba que seus filhos são a recompensa de Deus para você, em qualquer circunstância.* "Os filhos são herança do SENHOR, uma recompensa que ele dá" (Sl 127:3).

10. *Confie que o Senhor ouve todas as orações por seus filhos.* "Era este menino que eu pedia, e o SENHOR concedeu-me o pedido" (1Sm 1:27).

Ore para entregar seus filhos nas mãos de Deus

É importante entregar nossos filhos a Deus. Só assim sentiremos paz, por saber que estão em boas mãos. Em um excerto de *O poder dos pais que oram*, descrevi o que significa entregar a vida de nossos filhos a Deus.

> Não queremos limitar a atuação de Deus na vida de nossos filhos prendendo-os a nós e tentando criá-los sozinhos. Se não estivermos convictos de que é Deus que está mantendo esse controle, seremos regidos pelo medo, e a única maneira de ter certeza que Deus *está* no controle é abrir mão de nossa resistência e permitir que ele tenha pleno acesso à vida deles. E para tanto é necessário viver de acordo com a Palavra e os caminhos de Deus e orar a respeito de tudo. Podemos confiar que Deus cuidará de nossos filhos melhor do que nós faríamos. Quando entregamos nossos filhos nas mãos do Pai e reconhecemos que ele está no controle da vida deles e da nossa, nós e nossos filhos desfrutamos de uma grande paz.

Decida com seu cônjuge que ambos serão parceiros de Deus na criação dos filhos. Quando confiamos nossos filhos a Deus, oramos por eles e pedimos ajuda para criá-los, temos mais paz. A oração tira-nos a sensação de pressão e o peso dos ombros. E, se tivermos mais paz para educar os filhos, teremos mais paz no casamento. Vale a pena orar por isso.

Orações pelo casamento

Oração por proteção

Senhor, oro pedindo proteção para meus filhos e meu casamento. Ensina-nos a orar por nossos filhos, para que nunca deixemos nenhum aspecto da vida deles por conta do acaso. Tua Palavra diz: "Se não for o SENHOR o construtor da casa, será inútil trabalhar na construção" (Sl 127:1). Portanto, convidamos-te neste instante para construir e organizar nossa casa, família e casamento. Peço-te que jamais haja divisões ou contendas entre nós. Concede a mim e a meu marido (esposa) grande sabedoria e mostra-nos como devemos criar nossos filhos. Ajuda-nos a discutir todos os assuntos, principalmente os de disciplina e direitos, e a viver em completa união. Tua Palavra diz que confiarás os teus segredos aos que te temem (cf. Sl 25:14). Revela-nos o que precisamos entender a respeito de nós e de cada filho nosso.

Ajuda-nos a sempre dar prioridade máxima a ti em nossa vida e a dar atenção um ao outro e a nosso casamento, mesmo quando estivermos atarefados cuidando de nossos filhos. Mostra-nos as ocasiões em que nos sacrificamos a ponto de prejudicar o casamento. Sei que estás conosco para nos salvar e que teu amor em nós trará paz e alegria à nossa família (cf. Sf 3:17). Ensina-nos a orar por nossos filhos e a lembrar de tua promessa de que, tudo o que pedirmos em teu nome, tu nos concederás (cf. Jo 16:23). Oro em nome de Jesus.

ORAÇÃO POR UMA PROFUNDA TRANSFORMAÇÃO EM MIM

Senhor, ajuda-me a ter equilíbrio em minha missão de mãe (pai). Ajuda-me a não ter obsessão por meus filhos, mas a entregar o controle da vida deles a ti. Ajuda-me a encontrar o equilíbrio entre concentrar-me exageradamente em meus filhos e, conseqüentemente, desprezar meu marido (esposa), e o outro extremo de desprezar meus filhos por qualquer motivo. Ajuda-me a dar prioridade máxima a ti e, depois, a meu marido (esposa), de modo que a atenção dedicada aos filhos não interfira em meu relacionamento contigo e com ele (ela). Se houver discordâncias entre mim e meu marido (esposa) sobre a forma de educar e disciplinar os filhos, ajuda-nos a ter bom entendimento e a resolver os conflitos que surgirem.

Dá-me tua sabedoria, revelação e discernimento. Dá-me tua força, paciência e amor. Ensina-me a interceder verdadeiramente por meus filhos sem tentar impor minha vontade quando oro. Ensina-me a orar, para que eu possa depositar a carga da criação dos filhos a teus pés, e mostra-me as instruções que devo transmitir a eles sobre o caminho no qual devem andar. Aumenta-me a fé para acreditar em tudo o que incutiste em meu coração para orar por eles. Senhor, sei que não tenho capacidade para ser a mãe (pai) perfeita(o), mas *tu* tens. Entrego meus filhos em tuas mãos e oro para que sejam protegidos e guiados por ti. Ajuda-me a não temer por meus filhos diante de todos os perigos possíveis, mas a viver em paz, confiando que estás no controle. Oro em nome de Jesus.

Oração por uma profunda transformação em meu marido (esposa)

Senhor, peço-te que meu marido (esposa) encontre o equilíbrio perfeito entre concentrar-se demasiadamente nos filhos e o outro extremo de não passar tempo suficiente com eles. Ajuda-o(a) a querer conversar comigo sobre a criação e disciplina de cada filho, para que haja completa concordância em tudo. Que nenhum problema sobre a educação dos filhos mude o coração dele (dela) em relação a mim ou enfraqueça nosso casamento. Ajuda-o(a) a enxergar a necessidade de passarmos alguns momentos juntos, longe das crianças, para que nosso casamento se fortaleça e haja mais união entre nós.

Senhor, disseste em tua Palavra que receberemos tudo o que pedirmos, se obedecermos aos teus mandamentos e fizermos o que te agrada (cf. 1Jo 3:22). Ajuda meu marido (esposa) a obedecer-te e a ser íntegro(a) a teus olhos, para que as orações dele (dela) sejam respondidas — principalmente por nossos filhos. Dá-lhe sabedoria e entendimento acerca de todos os aspectos da educação dos filhos e ajuda-o(a) a ser um ótimo pai (mãe) de nossos filhos. Oro em nome de Jesus.

Verdades nas quais podemos confiar

Mas o amor leal do SENHOR, o seu amor eterno, está com os que o temem, e a sua justiça com os filhos dos seus filhos, com os que guardam a sua aliança e se lembram de obedecer aos seus preceitos.

Salmos 103:17-18

Se vocês, apesar de serem maus, sabem dar boas coisas aos seus filhos, quanto mais o Pai de vocês, que está nos céus, dará coisas boas aos que lhe pedirem!

Mateus 7:11

Pois ele reforçou as trancas de suas portas e abençoou o seu povo, que lá habita.

Salmos 147:13

Mas ele me disse: "Minha graça é suficiente para você, pois o meu poder se aperfeiçoa na fraqueza". [...] Pois, quando sou fraco é que sou forte.

2Coríntios 12:9-10

Todos os seus filhos serão ensinados pelo SENHOR, e grande será a paz de suas crianças.

Isaías 54:13

6

Se as finanças fugirem *do* controle

PODE HAVER MAIOR PRESSÃO no casamento do que ter de enfrentar problemas financeiros? Pode haver crise financeira pior do que afundar em dívidas sem ter condições de pagar as contas? A sensação de estar enredado nesse péssimo hábito, difícil de ser abandonado, é horrível. É assustador e insuportável não ter dinheiro suficiente para pagar aluguel, prestações, conta de energia elétrica ou comprar comida. Quem já passou pela experiência sabe como é importante fazer o possível para não contrair dívidas e viver com os próprios recursos. Quando isso ocorre no casamento, é necessário orar para que você e seu cônjuge tenham o mesmo modo de pensar em relação ao dinheiro.

Alguns especialistas dizem que a causa principal de divórcios hoje em dia relaciona-se a problemas financeiros. Eu entendo por quê. O dinheiro é a fonte da vida. Sem dinheiro, não podemos ter casa, comida, roupas, segurança, nem um bom futuro. Por isso, quando vivemos com um marido (esposa) irresponsável, imprudente, egoísta, tolo ou relapso em assuntos de dinheiro, temos a sensação de estar sendo arrastados pela correnteza da vida. Por mais que trabalhemos duro, parece que nunca conseguiremos ser bem-sucedidos. As dívidas deixam qualquer pessoa desesperada o suficiente para querer, de todas as formas, estancar a hemorragia — mesmo que isso leve ao divórcio.

Se seu cônjuge não tem talento para negócios nem sabedoria para lidar com dinheiro — isto é, se desconhece as operações básicas de matemática e não tem disciplina nem responsabilidade em relação às finanças —, sugiro que você compre uma boa quantidade de almofadas para ajoelhar-se nelas em suas freqüentes vigílias de oração.

Em todo casamento, se um dos cônjuges se esforçar para ganhar o pão de cada dia e cuidar das finanças com sabedoria, e o outro gastar todo o dinheiro rapidamente, haverá problemas. Se um deles economizar dinheiro para o futuro em vez de gastá-lo em futilidades, e o outro comprar tudo o que deseja, sem pensar no futuro, haverá problemas. Se um mentir e manipular o dinheiro a fim de esconder seus gastos para que o outro não descubra, haverá problemas. Se um não se importar com o que o outro quer ou pensa, haverá problemas. Se um for responsável e o outro não, haverá problemas. Esses problemas são suficientes para destruir qualquer casamento.

Não há casamento que resista à tensão causada por dinheiro gasto com imprudência e insensatez, quando as dívidas se acumulam sem haver dinheiro suficiente para saldá-las. Se duas pessoas querem viver juntas e felizes, devem chegar a um acordo quanto ao dinheiro: como será ganho, gasto, economizado, doado ou investido.

A Bíblia diz: "Quem trabalha a sua terra terá fartura de alimento, mas quem vai atrás de fantasias não tem juízo" (Pv 12:11). Correr atrás de caprichos, fantasias e sonhos vãos pode destruir a vida de qualquer um. Algumas pessoas vivem no mundo da fantasia das finanças. Não sabem quanto é dois mais dois. É por isso que a comunicação entre o marido e a esposa a respeito das finanças é muito importante. Ambos precisam ter os mesmos objetivos, o mesmo raciocínio para lidar como dinheiro e viver dentro da mesma realidade.

É necessário haver honestidade no casamento em relação às finanças. Você e seu cônjuge precisam ser francos e honestos um com o outro quanto à entrada e saída do dinheiro. Precisam sempre pensar no outro quando decidirem comprar alguma coisa. Se seu cônjuge gasta dinheiro secretamente, mais rápido do que você ou ele ganha, talvez não tenha nenhuma consideração com seu futuro e sonhos. Essa atitude constrói um muro de separação e destrói o amor entre vocês.

Se vocês têm o mau hábito de acumular dívidas, peçam a Deus que lhes abra os olhos para poderem enxergar a verdade com mais clareza. Orem por discernimento acerca dos gastos desnecessários e peçam a Deus que lhes dê força para resistir ao impulso de comprar. Todos nós já fizemos compras desnecessárias na vida. Já gastamos dinheiro inutilmente e agora gostaríamos de tê-lo de volta. Ore para que Deus lhes dê sabedoria para tomar decisões financeiras e os ajude a ser prudentes nas compras. Peçam-lhe, antes de tudo, que os ajude a evitar contrair dívidas. Se já têm dívidas, peçam que lhes mostre como saldá-las.

Dez pedidos a Deus a respeito de finanças

1. Dar-lhe sabedoria para lidar com as finanças.
2. Ajudá-la(o) a gastar o dinheiro corretamente.
3. Capacitá-la(o) a saldar as dívidas e não contrair outras.
4. Eliminar o impulso de fazer compras desnecessárias.

5. Ajudá-la(o) a planejar as despesas.
6. Capacitá-la(o) a encontrar um trabalho bom e seguro.
7. Abençoar seu chefe ou patrão, para que você também seja abençoada(o).
8. Ajudá-la(o) a contribuir para a obra de Deus, conforme ele instruiu.
9. Mostrar-lhe como ser generosa(a), de acordo com a vontade de Deus.
10. Ajudá-la(o) a confiar que ele suprirá todas as suas necessidades.

Ofertas a Deus

A generosidade é um dos grandes segredos para ter liberdade financeira. O primeiro passo, e o mais significativo, é contribuir para a obra de Deus. Essa é a parte mais importante para manter as finanças sob controle. Apresento a seguir cinco lembretes acerca de *ofertar a Deus*:

1. Se você ofertar a Deus 10% do que ganha, ele derramará bênçãos sobre sua vida.

> "Tragam o dízimo todo ao depósito do templo, para que haja alimento em minha casa. Ponham-me à prova", diz o SENHOR dos Exércitos, "e vejam se não vou abrir as comportas dos céus e derramar sobre vocês tantas bênçãos que nem terão onde guardá-las. Impedirei que pragas devorem suas colheitas, e as videiras nos campos não perderão o seu fruto", diz o SENHOR dos Exércitos.
>
> Malaquias 3:10-11

Além de abençoar suas finanças, Deus não permitirá que o inimigo as roube de você. Deus fará prosperar a obra que você realiza.

Tenha, porém, certeza de que você e seu cônjuge estejam de acordo com isso. Se ele não é crente em Cristo e se recusa a ofertar o dízimo, talvez esse princípio não lhe faça sentido. Nesse caso, pergunte-lhe qual seria a quantia ideal e tente chegar a um acordo. Não permita que esse assunto seja motivo de briga entre vocês. Levá-lo a conhecer Jesus é mais importante que ofertar o dízimo contra a vontade de seu cônjuge. Tenho visto muitas discussões entre marido e esposa por causa desse assunto. Não é correto.

2. Se você não se esforçar para edificar sua casa e não contribuir para a edificação da casa de Deus, terá a sensação de que nunca prosperará.

> "Vocês têm plantado muito, e colhido pouco. Vocês comem, mas não se fartam. Bebem, mas não se satisfazem. Vestem-se, mas não se aquecem. Aquele que recebe salário, recebe-o para colocá-lo numa bolsa furada. [...] Vocês esperavam muito, mas, eis que veio pouco. E o que vocês trouxeram para casa eu dissipei com um sopro. E por que o fiz?", pergunta o SENHOR dos Exércitos. "Por causa do meu templo, que ainda está destruído, enquanto cada um de vocês se ocupa com a sua própria casa."
>
> Ageu 1:6,9

Se você tem a sensação de que, apesar de trabalhar muito, nunca consegue ter nada, ou que o dinheiro está sempre lhe escorregando das mãos, pergunte a Deus se está contribuindo para a edificação de sua Igreja e de seu reino como ele ordenou.

3. Você precisa ser fiel naquilo que já recebeu de Deus, para que ele a(o) abençoe mais ainda. O Senhor disse estas palavras a respeito do servo que investiu sabiamente seu dinheiro: "Muito bem, servo bom e fiel! Você foi fiel no pouco, eu o porei sobre o muito. Venha e participe da alegria do seu senhor!" (Mt 25:21). Se você for fiel e ofertar uma parte de seu dinheiro a Deus, ele será fiel para dar-lhe muito mais.

4. Se você acreditar que tudo o que possui pertence a Deus ou veio de Deus, sentirá o desejo de administrar com sabedoria o que ele lhe deu.

> Teus, ó SENHOR, são a grandeza, o poder, a glória, a majestade e o esplendor, pois tudo o que há nos céus e na terra é teu. [...] A riqueza e a honra vêm de ti; tu dominas sobre todas as coisas. [...] Tudo vem de ti, e nós apenas te demos o que vem das tuas mãos.
>
> 1Crônicas 29:11-12,14

Se você acreditar que tudo o que possui vem de Deus, vai querer devolver a ele.

5. Você sempre receberá mais de Deus do que ofertou. "'Dêem, e lhes será dado: uma boa medida, calcada, sacudida e transbordante será dada a vocês. Pois a medida que usarem também será usada para medir vocês'" (Lc 6:38). A lei de Deus é esta: você colherá grandes bênçãos por ter apresentado uma oferta a ele. Confie nisso.

Doações a outras pessoas

Depois de apresentar ofertas a Deus, sua disposição de ajudar financeiramente quem não tem nada — isto é, não tem meios de sustento e não tem comida, roupas nem abrigo — é extremamente importante para Deus e crucial para você sentir paz e liberdade nas questões financeiras. Não faça doações apenas a causas promovidas por pessoas ricas; faça doações àqueles que não podem fazer nada por você nem por eles próprios. Deus vê essas doações e considera como se fossem feitas a ele. Jesus disse que, quando voltasse, convidaria determinadas pessoas para participarem da herança que lhes estava preparada desde a fundação do mundo. Ele dirá:

> "Pois eu tive fome, e vocês me deram de comer; tive sede, e vocês me deram de beber; fui estrangeiro, e vocês me acolheram; necessitei de roupas, e vocês me vestiram; estive enfermo, e vocês cuidaram de mim; estive preso, e vocês me visitaram." Então os justos lhe responderão: "Senhor, quando te vimos com fome e te demos de comer, ou com sede e te demos de beber? Quando te vimos como estrangeiro e te acolhemos, ou necessitado de roupas e te vestimos? Quando te vimos enfermo ou preso e fomos te visitar?" O Rei responderá: "Digo-lhes a verdade: O que vocês fizeram a algum dos meus menores irmãos, a mim o fizeram".
>
> Mateus 25:35-40

Tudo o que fazemos pelos outros, fazemos para o Senhor, e isso traz grandes recompensas.

Apresento, a seguir, alguns lembretes sobre *doações para outras pessoas*:

1. Peça a Deus que lhe mostre uma pessoa necessitada que você possa ajudar. Você se surpreenderá com o que lhe for revelado. Há sempre pessoas necessitadas ao nosso redor, e nem sempre nos damos conta disso. Deus quer mostrar-lhe quem são. Preste atenção para saber a quem Deus deseja que você doe tempo, esforço e dinheiro.

2. Convide seu marido (esposa) para participar de sua doação, a fim de que ele (ela) também seja abençoado(a). Diga a ele (ela) que está querendo fazer uma doação a alguém e explique por quê. Se ele (ela) hesitar, não deixe de levar adiante a idéia de ajudar os outros. O fato de seu cônjuge não entender que receberá bênçãos de Deus por ter sido generoso com alguém não significa que você deva limitar a obra que Deus deseja realizar por seu intermédio. Há coisas que você pode fazer ou doar, sem prejudicar seu cônjuge.

Por exemplo, você pode doar alimentos, roupas, móveis e utensílios domésticos a pessoas necessitadas. Talvez não tenha nada disso para oferecer a alguém neste momento, mas poderá dar-lhe uma carona, um pouco de ajuda ou assistência, ou uma palavra de incentivo. Você não imagina como essas pequenas ajudas podem transformar-se em bênçãos para outras pessoas. Nunca saberá que alguém foi abençoado, se não prestar esse tipo de ajuda.

3. Divida com os outros o que você tem. Mesmo sem ter muito dinheiro para oferecer, talvez você tenha outras coisas que possam ajudar uma pessoa necessitada; por exemplo, um talento que possa ser útil para abençoar alguém. Peça a Deus que lhe mostre. Se usa seu talento durante quarenta horas por semana, talvez não queira usá-lo fora do expediente. Mesmo assim, peça a Deus que lhe mostre onde existe necessidade de pôr esse talento em prática para abençoar outras pessoas. "Não se esqueçam de fazer o bem e de repartir com os outros o que vocês têm, pois de tais sacrifícios Deus se agrada" (Hb 13:16). *Deus não exige que você dê o dinheiro que não possui.* Se estiver devendo a alguém e tiver condições de saldar a dívida, não é certo dar esse dinheiro a outra pessoa. Pagar as dívidas faz parte da boa administração do dinheiro. Uma das grandes vantagens de não ter dívidas é poder fazer doações aos outros, como Deus ordena.

4. Não tente impressionar os outros com suas ofertas a Deus. Conheço alguém que doou praticamente tudo o que tinha, sem pensar na esposa e nos filhos. A doação, porém, não foi feita para Deus; foi feita para impressionar os outros. Ele queria ser admirado. Jesus disse: "Tenham o cuidado de não praticar suas 'obras de justiça' diante dos outros para serem vistos por eles. Se fizerem isso, vocês não terão nenhuma recompensa do Pai celestial" (Mt 6:1). É bom ter um espírito generoso, mas, quando somos casados, temos de pensar no cônjuge e chegar a um acordo.

5. Para receber, é necessário ter um coração generoso. Se você está necessitando de bênçãos financeiras, ofereça algo de si a outras pessoas hoje. Em geral, esse ato é suficiente para quebrar as correntes que prendem suas finanças. Você sempre terá o suficiente para atender a suas necessidades, se oferecer algo a Deus e aos outros.

> Lembrem-se: aquele que semeia pouco, também colherá pouco, e aquele que semeia com fartura, também colherá fartamente. Cada um dê conforme determinou em seu coração, não com pesar ou por obrigação, pois Deus ama quem dá com alegria.
>
> 2Coríntios 9:6-7

Se doar com generosidade, receberá bênçãos generosas de Deus.

Procure a orientação de especialistas no assunto

Se você e seu cônjuge necessitam de ajuda para lidar com as finanças, consultem um especialista ou profissional do ramo. Há ótimos conselheiros cristãos e também ótimos livros e seminários cristãos sobre o assunto. Se você e seu marido (esposa) puderem comparecer juntos a um desses seminários, será muito vantajoso para ambos. Metade da batalha será ganha se vocês enfrentarem juntos todos os problemas financeiros.

Uma das sugestões apresentadas pelos especialistas é não dividir as despesas em muitas parcelas no cartão de crédito, se for possível. Pague a fatura total do cartão de crédito todos os meses. Sei que há ocasiões em que você vai precisar fazer uma despesa grande e pagá-la em prestações mensais, como comprar uma geladeira nova, pneus para o carro ou reformar a casa. E vai precisar do cartão de crédito para pagar as despesas das férias, porque é perigoso viajar com grandes quantias de dinheiro em espécie. Mesmo em casos como esses, procure dividir as despesas em poucas parcelas. Os juros cobrados sobre parcelamento de dívidas no cartão de crédito são exorbitantes. É o mesmo que jogar dinheiro no ralo da pia. Você não se sentirá bem se fizer compras a crédito e ficar debaixo de uma montanha de dívidas da qual não pode sair. O mesmo se aplica a seu cônjuge, se for ele a causa do problema. Um profissional poderá ajudá-los a enxergar onde cometeram erros e como corrigi-los.

Sete lembretes a respeito do dinheiro

1. *Lembre-se que tudo o que você possui vem de Deus.* "O que você tem que não tenha recebido? E se o recebeu, por que se orgulha, como se assim não fosse?" (1Co 4:7).

2. *Ore por todos os aspectos de suas finanças.* "'Peçam, e lhes será dado; busquem, e encontrarão; batam, e a porta lhes será aberta. Pois todo o que pede, recebe; o que busca, encontra; e àquele que bate, a porta será aberta'" (Mt 7:7-8).

3. *Fuja das dívidas.* "Não devam nada a ninguém, a não ser o amor de uns pelos outros, pois aquele que ama seu próximo tem cumprido a Lei" (Rm 13:8).

4. *Seja fiel com o que recebeu de Deus.* "'Quem é fiel no pouco, também é fiel no muito, e quem é desonesto no pouco, também é desonesto no muito'" (Lc 16:10).

5. *Gaste com prudência.* "Por que gastar dinheiro naquilo que não é pão, e o seu trabalho árduo naquilo que não satisfaz? Escutem, escutem-me, e comam o que é bom, e a alma de vocês se deliciará com a mais fina refeição" (Is 55:2).

6. *Sua generosidade será abençoada.* "... lembrando as palavras do próprio Senhor Jesus, que disse: 'Há maior felicidade em dar do que em receber'" (At 20:35).

7. *Ame o Senhor, não o dinheiro.* "Pois o amor ao dinheiro é a raiz de todos os males. Algumas pessoas, por cobiçarem o dinheiro, desviaram-se da fé e se atormentaram com muitos sofrimentos" (1Tm 6:10).

Aprenda a simplificar

O estresse financeiro sempre deixa marcas profundas no casamento, mas o casal tem duas opções: permitir que os separe ou que os fortaleça. Um dos fatores positivos do estresse financeiro é forçá-los a aproximar-se de Deus, depender dele para atravessar e reverter a situação. Também os encoraja a estar mais perto um do outro e os leva a jogar no mesmo time financeiro.

Outro fator positivo do estresse financeiro é ajudar o casal a aprender a simplificar. Aprender a viver com mais simplicidade tira de vocês a pressão do casamento e a pressão financeira. Deus lhes mostrará como viver sem determinadas coisas e a agir com sabedoria em cada compra. Fui criada em extrema pobreza. Mesmo depois que passei a viver sozinha, tinha de economizar cada centavo para sobreviver. Às vezes, essa economia era a diferença entre ter ou não comida para jantar, poder ou não lavar roupas na lavanderia ou pagar a conta telefônica. Não é uma boa forma de viver, portanto peça a Deus que a(o) livre desse tipo de pobreza terrível. Ele não deseja que seus filhos implorem por um pedaço de pão, mas também não deseja que esgotemos nossas forças no trabalho para adquirir bens materiais (cf. Pv 23:4). Temos de encontrar esse equilíbrio ordenado por Deus. E para encontrá-lo, Deus diz, precisamos entender que não temos porque não pedimos. Deus quer que oremos por tudo de que necessitamos.

Peça a Deus que lhe conceda sabedoria para não fazer compras desnecessárias. Peça-lhe ajuda para abrir uma conta de poupança para despesas de emergência. Peça-lhe orientação *antes* de gastar dinheiro, para não cometer um erro do qual se arrependerá. Lembre-se: não vale a pena prejudicar seu casamento com uma compra que deixará seu cônjuge *extremamente* contrariado. "Cuidado! Fiquem de sobreaviso contra todo tipo de ganância; a vida de um homem não consiste na quantidade dos seus bens" (Lc 12:15).

Você precisa saber apreciar a vida, e, a menos que tenha perdido todo o contato com a realidade, será impossível apreciá-la se estiver mergulhada(o) em dívidas ou lutando para sobreviver. Precisa de dinheiro para viver e passar alguns momentos agradáveis, como tirar um dia de folga ou sair com o cônjuge para jantar fora. Diga não a coisas desnecessárias, para poder livrar-se das dívidas e nunca mais ser escrava(o) delas.

Meu marido e eu estamos sempre tentando simplificar nossa vida. Nem sempre temos sucesso, mas, quando eliminamos algumas coisas inúteis — principalmente agora que estamos envelhecendo —, nossa vida enriquece. "Esforcem-se para ter uma vida tranqüila, cuidar dos seus próprios negócios e trabalhar com as próprias mãos, como nós os instruímos" (1Ts 4:11). Peça a Deus que lhes mostre como esforçar-se para conseguir aquilo que amam e simplificar a vida de vocês.

Jogos de azar

Há muitos tipos de maus hábitos relacionados a finanças, mas nenhum é tão destrutivo quanto os jogos de azar. Quando um dos cônjuges é cauteloso nos gastos, sabe economizar e faz o possível para não entrar em dívidas, e o outro gasta o dinheiro em jogatina, o resultado é uma triste sensação de futilidade. Isso está aumentando de forma epidêmica nas famílias modernas em razão do fácil acesso a jogos na internet e das numerosas opções de jogos espalhadas em quase todas as cidades.

Se você gosta de jogar, lembre-se que está jogando com o dinheiro do Senhor. É difícil pensar que Deus abençoará seus filhos com riquezas que vão parar nas mãos dos proprietários de cassinos. Na verdade, os cassinos apostam que os clientes vão perder, e prosperam porque ganham a aposta. Os jogos são um dos planos do inimigo para sua vida e um abismo que ele preparou para você cair.

Algumas pessoas jogam uma vez ou outra e, quando ganham, parecem ter tomado um elixir que as forças a repetir a experiência para sentir a emoção de ganhar de novo. A verdade, porém, é que elas estão descontentes com o que possuem, e não querem recorrer a Deus para suprir suas necessidades. Deus promete que nunca nos deixará nem nos abandonará, e ele quer dizer que, a seu tempo, também suprirá as nossas necessidades. "Contentem-se com o que vocês têm, porque Deus mesmo disse: 'Nunca o deixarei, nunca o abandonarei'" (Hb 13:5).

A jogatina pode parecer a solução para problemas de dívida, mas nunca é. "Há caminho que parece certo ao homem, mas no final conduz à morte" (Pv 14:12). Mesmo se você ganhar dinheiro, acabará perdendo de qualquer maneira. O dinheiro não será abençoado e lhe escapará pelos dedos, e você não terá motivos para orgulhar-se dele. Nada de bom resultará.

O casamento é uma vida construída a dois — um lar, uma família e um futuro — e nada disso é possível sem segurança financeira. Quando o marido ou a esposa gastam tolamente o dinheiro em jogos, há uma quebra de confiança muito difícil de ser consertada. Se você está tentando construir uma vida e a falta de controle de seu cônjuge está destruindo tudo, a sensação é a de ter um vazio pela frente. Nenhum casamento sobrevive a uma situação como essa.

Vi isso acontecer com uma amiga muito querida. Ela começou a jogar para fugir do vazio existente em seu casamento, e a jogatina tornou-se um problema terrível quando minha amiga perdeu montanhas de dinheiro. Agora ela já entregou sua vida ao Senhor e está livre do vício. Voltou a jogar algumas vezes nos últimos dois anos e quase chegou a desanimar, mas eu lhe garanti que isso acontece com quem abandona qualquer vício. Sabemos que o inimigo não nos deixa com tanta facilidade. Minha amiga teve de se lembrar que *cair* na armadilha do inimigo não é pecado; *pecado é permanecer* nela. Voltar e retomar o passo nos torna vitoriosos.

Portanto, não desanime se você escolheu o caminho da liberdade e voltou a dar um passo em falso. *Existe uma diferença entre dar um passo em falso e optar por seguir o caminho errado.* Declare a liberdade em Cristo que você recebeu e volte a andar no caminho de vida e bênçãos.

Se você ou seu cônjuge tem problema com o jogo, deve permanecer na Palavra de Deus, jejuar e orar até libertar-se do vício. Jesus disse: "Se vocês permanecerem firmes na minha palavra, verdadeiramente serão meus discípulos. E conhecerão a verdade, e a verdade os libertará" (Jo 8:31-32). Você precisa de um milagre de Deus, e, se deixar tudo de lado e buscá-lo para receber esse milagre, ele o realizará em sua vida. Decida buscar o Senhor e tudo o que ele tem para você, muito mais do que a emoção fugaz e ilusória de ganhar no jogo, e sentirá a emoção muito maior de vencer na vida e no casamento.

Contente-se com o que tem e trabalhe muito enquanto aguarda sua situação financeira melhorar

Contentar-se com o que temos não significa pensar que tudo está bom e nada vai mudar. Significa contentar-se com o que Deus nos concedeu, enquanto oramos pelas finanças e aguardamos pacientemente as bênçãos dele. "De fato, a piedade com contentamento é grande fonte de lucro, [...] por isso, tendo o que comer e com que nos vestir, estejamos com isso satisfeitos" (1Tm 6:6,8). Contentar-se com o que temos também não significa ficar de braços cruzados. Trabalhar com garra é uma bênção de Deus.

Trabalhar com garra para sustentar a família não é sinal de amar o dinheiro. Pôr o dinheiro *antes* da família *é*.

Sete lembretes sobre seu trabalho

1. *Antes de iniciar o trabalho, busque o Senhor.* "Em tudo o que ele [Ezequias] empreendeu no serviço do templo de Deus e na obediência à lei e aos mandamentos, ele buscou o seu Deus e trabalhou de todo o coração; e por isso prosperou" (2Cr 31:21).
2. *Dedique seu trabalho ao Senhor.* "Tudo o que fizerem, façam de todo o coração, como para o Senhor, e não para os homens" (Cl 3:23).
3. *Trabalhe com empenho, e seu esforço será recompensado.* "Mas, sejam fortes e não desanimem, pois o trabalho de vocês será recompensado" (2Cr 15:7).
4. *Peça a Deus que consolide seu trabalho.* "Esteja sobre nós a bondade do nosso Deus Soberano. Consolida, para nós, a obra de nossas mãos; consolida a obra de nossas mãos!" (Sl 90:17).
5. *Trabalhe com diligência, e sua riqueza será aumentada.* "As mãos preguiçosas empobrecem o homem, porém as mãos diligentes lhe trazem riqueza" (Pv 10:4).
6. *Descanse um dia por semana.* "Trabalharás seis dias e neles farás todos os teus trabalhos, mas o sétimo dia é o sábado dedicado ao SENHOR, o teu Deus. Nesse dia não farás trabalho algum" (Êx 20:9-10).
7. *Peça a Deus que seu trabalho seja bem-sucedido, e Deus a(o) promoverá.* "Você já observou um homem habilidoso em seu trabalho? Será promovido ao serviço real; não trabalhará para gente obscura" (Pv 22:29).

Livrando-se do peso das dívidas

Só Deus supre todas as suas necessidades e impede que sua vida definhe em razão de um infortúnio atrás do outro. Reconheça sempre de onde vem todo o seu sustento. "O meu Deus suprirá todas as necessidades de vocês, de acordo com as suas gloriosas riquezas em Cristo Jesus" (Fp 4:19).

O devorador, no entanto, vem para roubar e destruir tudo o que você possui. A lista do que ele rouba de sua vida é interminável. Somos passíveis de sofrer um infortúnio atrás do outro: carro quebrado, casa necessitando de reforma, enfermidade e perda de emprego, bem como despesas médicas inesperadas. Quando, porém, cuidamos das finanças segundo a orientação de Deus, ele nos protege disso tudo. Os infortúnios continuarão, mas ele nos abençoará de muitas maneiras, como jamais imaginamos. O Senhor nos abrigará com suas asas e nos livrará das calamidades (cf. Sl 91:1-4).

Jesus disse:

> Não acumulem para vocês tesouros na terra, onde a traça e a ferrugem destroem, e onde os ladrões arrombam e furtam. Mas acumulem para vocês tesouros nos céus, onde a traça e a ferrugem não destroem, e onde os ladrões não arrombam nem furtam. Pois onde estiver o seu tesouro, aí também estará o seu coração.
>
> Mateus 6:19-21

Jesus não disse que não devemos ter bens materiais neste mundo, mas que nosso coração deve estar ligado a ele, não aos bens materiais.

A Bíblia descreve Uzias, um dos reis de Judá, como um homem que "buscou a Deus durante a vida [...]. Enquanto buscou o

Senhor, Deus o fez prosperar" (2Cr 26:5). O mesmo ocorrerá com você e seu cônjuge no casamento. Busque a orientação de Deus para comprar, doar, gastar, poupar e investir. "Se as suas riquezas aumentam, não ponham nelas o coração" (Sl 62:10). Descanse em Deus, confie em sua Palavra, ande em seus caminhos, e ele a(o) fará prosperar.

> Não deixe de falar as palavras deste Livro da Lei e de meditar nelas de dia e de noite, para que você cumpra fielmente tudo o que nele está escrito. Só então os seus caminhos prosperarão e você será bem-sucedido.
>
> Josué 1:8

Ore para que você e seu marido (esposa) pensem de acordo com a *mente de Deus* acerca do dinheiro. Se você tem algum mau hábito em relação às finanças, peça-lhe que transforme seu coração, para conseguir superá-lo. Peça-lhe também que renove sua mente a respeito das finanças, para que suas finanças sejam renovadas. Não viva como o mundo vive, sempre tentando livrar-se das dívidas *de ontem*. Viva o dia de hoje com sabedoria e planeje como vai ser o seu *futuro*. Agradeça a Deus porque ele promete suprir todas as suas necessidades. E, no dia em que fizer uma retrospectiva de sua vida, você comprovará tudo isso.

Orações pelo casamento

Oração por proteção

Senhor, ajuda meu marido (esposa) e a mim a nos lembrarmos que tu nos dás a capacidade de produzir riqueza (cf. Dt 8:18). Que a terra é tua e tudo o que nela existe (cf. Sl 24:1). Que a ti, Senhor, pertencem todos os animais da floresta e "as cabeças de gado aos milhares nas colinas" (Sl 50:10-11). Toda prata, todo ouro e todos os tesouros são teus (cf. Ag 2:8). Tudo o que temos vem de ti, portanto ajuda-nos a ser bons administradores de nossas finanças. Ajuda-nos a ter serenidade e sabedoria para lidar com o dinheiro, para que possamos prosperar e não tomar decisões apressadas, temerárias ou impulsivas (cf. Pv 21:5).

Ajuda-nos a ser diligentes no trabalho, contentar-nos com o que possuímos e aprender a ser generosos (cf. Pv 21:25-26). Ajuda-nos sempre a discernir entre o sonho de ter alguma coisa a mais ou melhor, dentro daquilo que desejas para nossa vida, e a ganância exagerada por bens materiais que contraria a tua vontade. Capacita-nos a não contrair dívidas e a pagar rapidamente as que temos. Ajuda-nos a não ser atraídos pelos padrões do mundo, mas a querer apenas aquilo que satisfaça verdadeiramente a nossa alma (cf. Rm 12:2).

Sei que ter boa saúde, contar com o apoio e o amor da família, ter um casamento estruturado, bons amigos, emprego bom e satisfatório, e o desejo de ajudar os outros são as maiores riquezas da vida. Ajuda-nos a sempre dar atenção a essas prioridades. Senhor, peço-te que supras nossas necessidades básicas e nos ajudes a tomar decisões sensatas sobre como gastar o dinheiro. Dá-nos sabedoria e coragem para não gastá-lo com compras inúteis. Ajuda-nos a dar o dízimo e a ofertar a ti, e mostra-nos como devemos agir quando fizermos doações aos outros. Ajuda meu marido (esposa) e eu a entrar em acordo quanto aos gastos e às doações. Oro em nome de Jesus.

Oração por uma profunda transformação em mim

Senhor, peço-te que me dês sabedoria para lidar com o dinheiro. Ajuda-me a ganhá-lo e a gastá-lo com sabedoria. Ajuda-me a fazer doações de acordo com tua vontade e conforme ordenas. Agradeço-te porque me recompensarás por todo ato de caridade que eu fizer em segredo (cf. Mt 6:1-4). Mostra-me quando eu sentir impulso de comprar algo de que não necessito, para que não venha a arrepender-me mais tarde. Mostra-me a diferença entre desperdiçar dinheiro e gastá-lo com sabedoria. Ajuda-me a não freqüentar determinados lugares que são armadilhas para mim, onde sentirei o impulso de gastar dinheiro com frivolidades. Ajuda-me a não sentir atração por coisas que não acrescentarão nada à nossa vida.

Submeto nossas finanças a ti e peço-te que me reveles tudo o que preciso saber ou fazer. Não quero olhar para trás e me arrepender, mas olhar para a frente e não me preocupar com o futuro. Mostra-me os meus maus hábitos em relação ao dinheiro. Ajuda-me a glorificar-te com meus gastos. Reconheço-te como o Senhor que nos dá a capacidade de produzir riqueza, sem impingir nenhuma carga sobre nós (cf. Dt 8:18). Sei que não posso confiar em riquezas incertas, mas apenas em ti, porque só tu nos provês ricamente, para nossa satisfação (cf. 1Tm 6:17). "Como é grande a tua bondade, que reservaste para aqueles que te temem" (Sl 31:19). Oro em nome de Jesus.

Oração por uma profunda transformação em meu marido (esposa)

Agradeço-te, Jesus, porque tens o poder e a sabedoria de Deus (cf. 1Co 1:24). Oro para que concedas sabedoria a meu marido (esposa) para lidar com as finanças. Ajuda-o(a) a confiar em ti de todo o coração e a não depender do próprio entendimento (cf. Pv 3:5). Ajuda-o(a) a não ser sábio(a) aos próprios olhos, mas a temer a ti e evitar o mal (cf. Pv 3:7). Dá-lhe bom tino comercial e capacidade para ser responsável com o dinheiro. Concede-lhe discernimento para entender tua verdade. Concede-lhe também poder para resistir à tentação quando pensar em fazer gastos desnecessários. Se ele (ela) cometeu erros em relação ao dinheiro, mostra-lhe a verdade.

Se ele (ela) estiver sentindo pressão financeira, oro para que lhe tires esse peso dos ombros. Capacita-o(a) a livrar-se das dívidas e a evitá-las de hoje em diante. Ajuda-o(a) a entender que "nada é difícil demais para ti" (Jr 32:17). Ajuda-o(a) a entender que, mesmo não vendo os frutos de seu trabalho agora, poderá alegrar-se e dizer: "O SENHOR, o Soberano, é a minha força; ele faz os meus pés como os do cervo; faz-me andar em lugares altos" (Hc 3:19). Ajuda-o(a) a não viver ansioso(a), mas a orar e dar graças por tudo (cf. Fp 4:6). Ensina-o(a) a confiar em ti e em tua promessa de não deixar faltar nada para aqueles que te amam e têm os olhos fixos em ti.

Ajuda meu marido (esposa) a ser habilidoso(a) em seu trabalho e ser reconhecido(a) por tudo o que fizer (cf. Pv 22:29). Ajuda-o(a) a ser diligente, fervoroso(a) no espírito e a servir-te em tudo. Consolida a obra de suas mãos (cf. Sl 90:17). Oro em nome de Jesus.

Verdades nas quais podemos confiar

Mantenham o pensamento nas coisas do alto, e não nas coisas terrenas.

Colossenses 3:2

Então, o SENHOR, o seu Deus, abençoará
o que as suas mãos fizerem.
Deuteronômio 30:9

Termine primeiro o seu trabalho a céu aberto; deixe pronta a
sua lavoura. Depois constitua família.
Provérbios 24:27

Provem, e vejam como o SENHOR é bom. Como é feliz o
homem que nele se refugia!
Salmos 34:8

O SENHOR abrirá o céu, o depósito do seu tesouro, para
enviar chuva à sua terra no devido tempo e para abençoar
todo o trabalho das suas mãos.
Deuteronômio 28:12

7

Se os vícios *ou* outros comportamentos destrutivos se manifestarem

O CASAMENTO DIZ RESPEITO exclusivamente a duas pessoas. Com exceção de Deus, qualquer outra interferência no casamento romperá o vínculo entre o casal. Drogas, álcool ou comportamentos destrutivos interferem no casamento. Agem como intrusos na vida conjugal.

Há um preço a ser pago quando contrariamos a vontade de Deus para nossa vida. Deus diz: "Eu sou o SENHOR que sonda o coração e examina a mente, para recompensar a cada um de acordo com a sua conduta, de acordo com as suas obras" (Jr 17:10). Há também uma recompensa por todas as nossas tentativas de agir corretamente. "[Ele] recompensará a cada um de acordo com o que tenha feito" (Mt 16:27).

Comportamentos destrutivos — ou comportamentos constantes que aborrecem nosso cônjuge a ponto de levá-lo ao desespero — são inaceitáveis e sempre acarretam sérias conseqüências ao casamento e à vida pessoal. E toda tentativa de livrar-se desses comportamentos e querer agir corretamente será recompensada.

Talvez você e seu cônjuge não tenham nenhum mau hábito, mas precisam orar sobre o assunto. Há inúmeros casais divorciados porque, em um momento de fraqueza na vida, um dos cônjuges voltou a ter o comportamento destrutivo do qual não conseguiu livrar-se. E o casamento desmoronou.

Por que as pessoas recorrem ao álcool, drogas e outras substâncias destrutivas

Há vícios e abuso de drogas por toda parte, atingindo todos os tipos de pessoas — ricas ou pobres, instruídas ou não, moças ou idosas, e de todas as raças. Vivemos em uma sociedade na qual podemos ter tudo o que queremos e quando queremos. Alguns comportamentos destrutivos não são levados a sério e se tornaram socialmente aceitos. Não precisamos ser dependentes químicos para experimentar substâncias com capacidade para nos prejudicar. Esse tipo de experiência chama-se pôr a vida em risco, isto é, brincar com a saúde, trabalho, relacionamentos, casamento e futuro.

Algumas pessoas começam a tomar drogas ou beber socialmente, apenas para acompanhar a maioria. Algumas fazem isso por desespero, insegurança ou estresse, e a sensação de bem-estar as empolga. Outras querem estar no *controle* da situação, e só se sentem poderosas quando tomam drogas ou bebem. *Perdem* o controle ao fazer o que não devem para sentir-se *no* controle. "Para quem tem fome até o amargo é doce" (Pv 27:7). Pessoas como essas dizem que sentem compulsão por fazer isso. Para mim, é a voz do inimigo seduzindo-as para se afastarem de tudo o que Deus tem para elas.

Em geral, as pessoas usam álcool, drogas ou outras substâncias nocivas como solução rápida para seus problemas. Quando a vida se torna insuportável, elas lançam mão desse recurso para não ter de enfrentá-los. Em geral, têm baixa auto-estima e se sentem inferiorizadas. Querem aprovação e são extremamente sensíveis à rejeição. Enxergam rejeição em tudo, até nos pequenos erros que cometem, e essa reação as estimula a tornar-se cada vez mais autodestrutivas. Desenvolvem hábitos destrutivos para conseguir lidar com o estresse, a solidão e o sofrimento. Querem ser *perfeitas*, mas sentem-se incapazes até de ser aceitas pelos outros. Parece haver um vazio dentro delas que necessita ser preenchido. E elas preenchem esse vazio com substâncias que destroem a vida em vez de dar vida. O uso de qualquer tipo de droga, sem receita médica, é ilegal e, acima de tudo, cada substância desnecessária que as pessoas ingerem cobra um preço muito alto em termos físicos, mentais e emocionais. Esse prazer de curta duração sempre traz desgraça a longo prazo.

A verdade sobre transtornos alimentares e outros comportamentos compulsivos

Não fomos criados por Deus para nos destruir. Fomos criados para preservar a vida. Há um instinto de sobrevivência dentro de nós. Ninguém deseja afogar-se, pular na frente de um trem, saltar de um prédio ou pôr uma arma de fogo na cabeça e apertar o gatilho, a não ser que esteja fora de si ou sob influência de outros fatores estranhos a Deus.

Todo tipo de distúrbio de personalidade tem como origem a escolha. Fazer uma escolha deliberada que prejudique ou destrua nosso corpo é um transtorno da mente. Quem tem esse tipo de transtorno ou comportamento destrutivo não entende perfeitamente o propósito de Deus para nossa vida. Também não entende o poder de Deus para nos libertar. Se você ou seu marido (esposa) enfrenta uma forma qualquer de distúrbio de personalidade — por exemplo, transtorno alimentar —, ore para que o *espírito* de sabedoria e revelação lhe abra os olhos para a verdade. Não estou falando de adquirir sabedoria ou revelação para determinadas coisas. Estou falando de ter dentro de nós o *Espírito* de *sabedoria e revelação*, a fim de entender *tudo* o que for necessário para nos libertar desse distúrbio.

Quando recebemos a *verdadeira revelação de Deus* de que os transtornos alimentares e outros tipos de compulsão ou comportamento autodestrutivo são expedientes do inimigo para nos impedir de compreender o propósito de Deus para nós, todos eles desaparecem. Só voltaremos a pensar em dar lugar a eles em momentos de fraqueza, sob o poder de fogo do inimigo. Peça a Deus que lhe mostre qual é o seu chamado. Talvez não o compreenda em todos os detalhes, mas perceberá que existe um grande propósito de Deus para você. Para isso, será necessário submeter-se a ele, para estar no lugar certo, no momento certo.

Se o problema for com o cônjuge

Todo tipo de comportamento destrutivo que seu cônjuge aparentemente não consegue controlar é difícil de ser eliminado. E se for rotineiro, mesmo sem ser manifestado todos os dias, esse comportamento é um problema a ser enfrentado. E quando exerce influência na qualidade e no desempenho do trabalho ou na saúde física de seu cônjuge; quando ele se comporta de maneira desagradável diante dos outros e demonstra falta de decoro ou controle; quando maltrata você, seus filhos e outros membros da família ou amigos, é sinal de que ele tem problema e necessita de ajuda. Se ele *negar* o problema, ou imaginar que não está fazendo nada de errado, peça a Deus que revele a verdade a ele da maneira mais clara possível.

Se ele não conseguir parar de consumir drogas ou álcool, ou de manifestar qualquer outro vício ou comportamento destrutivo, será necessário procurar *ajuda profissional*. Esse tipo de problema é grave e não desaparece sem a ajuda de um profissional. É uma doença, e precisa ser tratada. Há homens e mulheres usuários — mas não dependentes — de drogas ou álcool que conseguem parar por conta própria, e conheço muitas histórias de sucesso. Quando caíram em si, abandonaram tudo e nunca mais tiveram recaídas. Para os doentes, porém, há necessidade de ajuda externa.

A dependência de álcool e drogas é considerada um transtorno da mente. Todo tipo de dependência é uma forma de doença mental. O usuário de bebida alcoólica ou drogas não tem controle sobre o vício e se preocupa mais consigo mesmo do que com as necessidades da família. O dependente de álcool ou drogas pode até sentir que ama o marido (esposa) e os filhos, mas não dá provas que *realmente* os ama. Não se liberta do comportamento destrutivo para o bem-estar da família e dele próprio. O vício sempre tem prioridade sobre as outras pessoas.

Quando você convive com um marido (esposa) dependente de álcool, drogas ou outros vícios, a *insanidade* dele (dela) passa a afetar a sua *sanidade*, e você tem a sensação de estar perdendo o juízo. É por isso que precisa de ajuda também. Não tente resolver o problema sozinha(o). Seu amor pelo cônjuge, uma pessoa perturbada e doente, precisa ser forte o bastante para não aceitar o inaceitável. Você precisará do apoio e das orações dos outros para atravessar a situação com firmeza até conseguir liberdade e vitória para ambos.

Ninguém muda, a não ser por vontade própria. Ore para que seu cônjuge *queira* mudar. As mudanças permanentes só ocorrem quando entregamos a vida inteiramente a Deus e pedimos que ele reine sobre nós. Quando convidamos o Senhor para realizar mudanças em nós, ele nos torna novas criaturas.

Se o problema for com você

Quando eu tinha 20 e poucos anos, antes de me converter, costumava consumir álcool e drogas para livrar-me da timidez. O álcool e as drogas liberavam minha espontaneidade e meu senso de humor. Eu tinha medo de me sentir inferiorizada e constrangida diante de um grupo de pessoas, e a bebida inibia o medo. Também queria livrar-me do sofrimento e da terrível insegurança que sentia e da ansiedade e medo em relação ao futuro. As drogas e o álcool produziam efeito temporário. E era tão fácil encontrá-los nos círculos de Hollywood que eu freqüentava que eles se transformaram em uma fonte inesgotável. Eu não me sentia todo-poderosa quando bebia; sentia-me *menos fraca*. Agia de maneira idiota e perigosa sob a influência dessas substâncias, e só sobrevivi àquela fase da vida por um milagre. Pelo menos tive juízo suficiente para não beber e dirigir. Nem bebia quando estava sozinha ou trabalhando. Era muito profissional e levava o trabalho a sério. Não queria cometer uma estupidez capaz de prejudicá-lo.

Quando aceitei o Senhor e descobri que Deus tinha um propósito para mim e uma esperança para meu futuro, não voltei a beber como antes, claro. Encontrei em Jesus o que costumava procurar no álcool e nas drogas, Aos poucos, fui perdendo o interesse por essas substâncias. Não queria envolver-me com nada que não fosse da vontade de Deus para mim. Recusei-me a encontrar alívio nos comportamentos autodestrutivos que quase me mataram em várias situações. Senti pela primeira vez que Deus tinha um propósito para eu ter nascido, e queria continuar viva para descobrir qual era.

É possível ser uma pessoa normal e cair na armadilha dos vícios e de outros comportamentos destrutivos. Talvez ela seja adulta e experiente, sem nunca ter tido um problema desse tipo, mas poderá cair na armadilha em um momento de fraqueza e sentir bem-estar, força e alívio para o estresse. Daí em diante, tentará encontrar alívio nessas substâncias em todos os momentos de fraqueza. Com o tempo, precisará aumentar a dose e diminuir os intervalos, pois a tendência é essa quando a pessoa se deixa envolver por esse tipo de comportamento. Da mesma forma que uma pessoa viciada em jogo aposta quantias cada vez maiores na tentativa de reaver o que perdeu, o dependente de drogas necessita de quantidades cada vez maiores para voltar a sentir a euforia, o controle, a liberdade ou outra sensação qualquer que experimentou da primeira vez.

Em alguns casos, ocorre uma alteração da química no cérebro, e, ao longo do tempo, a pessoa desenvolve uma dependência bioquímica. Parece que a ligação entre a sensação de bem-estar e as drogas ou álcool consumidos cria uma espécie de padrão recorrente no cérebro. A pessoa também pode ter uma predisposição para isso ou herdar uma tendência ou fraqueza de um membro da família.

Dizem que é possível ser dependente de mais de uma substância, se a pessoa tiver essa tendência. Em outras palavras, se lhe tirarem uma substância, ela encontrará outra. É por isso que você precisa orar para ser dependente apenas da presença de Deus e de sua Palavra, para libertar-se. Ore para libertar-se da escravidão desse tipo de comportamento; seja escrava(o) apenas de Deus (cf. Rm 6:16).

As pessoas com tendências autodestrutivas estão sempre querendo sentir-se melhor consigo mesmas. Mas a verdade é esta: ingerir substâncias que alteram o humor e nos fazem sentir de bem com a vida significa cair na armadilha das ilusões que nos impedem de sentir a vida plena que *Deus* tem para nós. Todas as pessoas têm fome espiritual. Quer entendam quer não, essa fome só será satisfeita por Deus e nada mais.

Ter uma mãe com doença mental é muito semelhante a ter um pai ou mãe alcoólatra. A mãe de minha melhor amiga no colégio era alcoólatra, e enfrentávamos os mesmos problemas. Por exemplo, aprendemos a não levar nenhuma amiga para casa porque nunca tínhamos idéia do que encontraríamos. A mãe dela poderia estar desmaiada no chão, e a minha, ter um acesso de ira. Nunca podíamos contar com nossas mães, nem nos ligar a elas emocionalmente. Ambas tínhamos pais pacíficos, que trabalhavam muito para sustentar a família, mas não tomavam nenhuma providência para nos tirar das mãos delas. Em razão disso, tínhamos dúvidas sobre nós e temíamos o futuro. Éramos inseguras, mal-amadas e ocas por dentro, e não sabíamos como preencher aquele vazio.

Em casa, essas situações eram varridas para debaixo do tapete. Não conversávamos com nossos pais, familiares ou amigos sobre o assunto. Falávamos apenas uma com a outra. Sentíamo-nos insignificantes, confusas e tristes. Não tínhamos nenhum propósito nem expectativa na vida. Derivei para as drogas e álcool, e ela desenvolveu um transtorno alimentar e morreu. Desde aquele tempo, conheci muitas pessoas com pai ou mãe alcoólatra, e todas sofreram muito por causa disso.

Se você não consegue abandonar um comportamento destrutivo, precisa de ajuda imediata, porque, além de você, sua família inteira sofrerá as conseqüências. Ele sempre se intrometerá no relacionamento com seus filhos, que se sentirão abandonados, imaginando que, se você os amasse realmente, abandonaria tudo por eles. Depois dos maus-tratos, esse tipo de comportamento é o maior causador da destruição dos filhos.

As drogas e o álcool transformam-se em ídolos quando você passa a amá-los mais do que ama *Deus*, que condena essa prática; mais do que ama seu *marido (esposa)*, que lhe pediu para abandonar o vício, e mais do que ama seus *filhos*, que se assustam com seu comportamento. A Bíblia diz que quem se deixa dominar pela embriaguez "não é sábio" (Pv 20:1), não se comporta "com decência" (Rm 13:13), não herdará "o Reino de Deus" (Gl 5:21), e será perdedor (cf. Pv 23:31-32). Ore para que isso não aconteça com você. Se não consegue abandonar esse comportamento por conta própria, procure ajuda profissional imediatamente. Não conviva com esse problema nem mais um dia. Ele não se resolverá sozinho. E não tente lidar com ele sem ajuda. Você precisará de muito amor, apoio e ajuda de outras pessoas.

Cinco sugestões para você superar suas fraquezas

1. *Convide o Espírito Santo a reabastecer seu coração todos os dias.* "Oro para que, com as suas gloriosas riquezas, ele os fortaleça no íntimo do seu ser com poder, por meio do seu Espírito, para que Cristo habite no coração de vocês mediante a fé" (Ef 3:16-17).

2. *Mantenha comunhão com Cristo e crucifique seus desejos carnais.* "Os que pertencem a Cristo Jesus crucificaram a carne, com as suas paixões e os seus desejos. Se vivemos pelo Espírito, andemos também pelo Espírito" (Gl 5:24-25).

3. *Resista às tentações do mundo.* "Ela [a graça de Deus] nos ensina a renunciar à impiedade e às paixões mundanas e a viver de maneira sensata, justa e piedosa nesta era presente" (Tt 2:12).

4. *Não se intoxique com nada, a não ser com o Espírito Santo.* "Não se embriaguem com vinho, que leva à libertinagem, mas deixem-se encher pelo Espírito" (Ef 5:18).

5. *Decida semear diariamente o Espírito, não a carne.* "Quem semeia para a sua carne, da carne colherá destruição; mas quem semeia para o Espírito, do Espírito colherá a vida eterna" (Gl 6:8).

Ore para libertar-se de comportamentos nocivos

Parece tarefa impossível livrar-se de qualquer tipo de hábito destrutivo. A atração é muito forte, e sua força de vontade parece muito fraca. E é exacerbada pelo inimigo sussurrando-lhe à mente: "Vá em frente. Afinal, você merece, depois de tudo que passou". "Você não vai resistir." "Faz parte de você." "Faz parte de seus genes. Faz parte de sua família." "Não há poder maior que este, e você vai ter de render-se a ele." Se identificar essas mentiras e a origem delas, será mais fácil enxergar a situação da perspectiva correta.

Há também o aspecto da rebeldia que não pode ser desprezado. Todas as vezes que *sua* vontade suplanta a vontade de Deus, é sinal de rebeldia contra ele. Talvez a rebeldia não seja acintosa, mas alguma coisa em seu interior levanta-se e diz: "Quem manda em mim sou *eu. Não aceito* receber ordens de ninguém. *Faço o que* quero e *quando* quero". Não estou dizendo que quem não consegue controlar hábitos destrutivos seja necessariamente rebelde. Creio, porém, que toda criança tem um espírito rebelde dentro de si, e, se os pais permitirem esse tipo de rebeldia no comportamento do filho em vez de corrigi-lo, a atitude rebelde fará parte da vida dele e exercerá influência em suas decisões e escolhas dali em diante. Com o tempo, passarão a dizer a si mesmos, sem refletir: "Vou fazer o que eu quero".

Todas as vezes que você *não quer* parar de fazer o que está fazendo, mesmo que seu cônjuge peça isso repetidas vezes, está sendo rebelde. A rebeldia nem sempre é *contra ele*, mas *contra Deus*. A primeira forma de quebrar as correntes da rebeldia é resistir a ela em oração.

Se você e seu marido (esposa) têm hábitos incontroláveis, Deus pode curá-los. Mas, para livrar-se e receber as bênçãos de Deus, você precisa crer que, quando aceitou Jesus como Salvador, ele se tornou seu Salvador *em tudo*. Ele pode salvá-la(o) até de *você mesma(o)*, se lhe pedir. Precisa crer que a Palavra de Deus tem vida e liberdade para vocês. Precisa crer que Deus ouve suas orações e responde a elas. Precisa ter *fé* de que os únicos limites para o que Deus pode fazer em sua vida são os limites que você lhe impõe quando não tem *fé*. Precisa compreender que Deus tem poder para libertá-los de todas as amarras, mas, antes, precisa *pedir* que seu poder se manifeste em vocês.

Quando entendemos quais são os propósitos de Deus para nós, não permitimos que comportamentos destrutivos nos controlem. Fazemos o possível para nos livrar deles. Lembramos que Jesus nos *cura* e nos *liberta*, e não aceitamos outra coisa, a não ser a liberdade que ele tem para nós (cf. Mc 16:17-18).

Se seu pai ou avô era alcoólatra, não significa que você também seja, mas talvez tenha precisado lidar com as conseqüências dos pecados dele. Talvez tenha sofrido, porque o espírito maligno foi convidado a entrar em sua família por meio dos pecados anteriores a seu nascimento. É bem possível que tenha herdado esse tipo de fraqueza. A boa notícia é que Jesus destruiu toda maldição em nossa vida, inclusive as herdadas da família. Temos, porém, de nos esforçar para não fazer nada que destrua a marca de Deus em nós.

Jesus concedeu aos doze discípulos "autoridade para expulsar espíritos imundos e curar todas as doenças e enfermidades" (Mt 10:1). A palavra-chave é: *todas*. Não há doença, enfermidade ou espírito imundo maior que o poder de cura de Deus. Jesus veio ao mundo para nos curar e nos libertar. Ele é o mesmo ontem, hoje e amanhã. Por que se importaria em curar e libertar as pessoas, se elas pudessem ser curadas e libertadas sem sua ajuda?

O QUE FAZER QUANDO FAÇO O QUE NÃO QUERO

Leia esta descrição magistral do apóstolo Paulo sobre ele próprio e veja como se aplica perfeitamente a todas as pessoas que lutaram contra comportamentos destrutivos:

> Não entendo o que faço. Pois não faço o que desejo, mas o que odeio. E, se faço o que não desejo, admito que a Lei é boa. Neste caso, não sou mais eu quem o faz, mas o pecado que habita em mim. Sei que nada de bom habita em mim, [...] isto é, em minha carne. Porque tenho o desejo de fazer o que é bom, mas não consigo realizá-lo. Pois o que faço não é o bem que desejo, mas o mal que não quero fazer, esse eu continuo fazendo. Ora, se faço o que não quero, já não sou eu quem o faz, mas o pecado que habita em mim. Assim, encontro esta lei que atua em mim: Quando

> quero fazer o bem, o mal está junto a mim. No íntimo do meu ser tenho prazer na Lei de Deus; mas vejo outra lei atuando nos membros do meu corpo, guerreando contra a lei da minha mente, tornando-me prisioneiro da lei do pecado que atua em meus membros. Miserável homem que eu sou! Quem me libertará do corpo sujeito a esta morte? Graças a Deus por Jesus Cristo, nosso Senhor! De modo que, com a mente, eu próprio sou escravo da Lei de Deus; mas, com a carne, da lei do pecado.
>
> Romanos 7:15-25

A verdade é que, quando tentamos nos livrar de um vício e agir corretamente, sem a ajuda de outras pessoas, não conseguimos. Mas, com Jesus, podemos fazer tudo o que for necessário, porque ele nos dará força e capacidade para isso (cf. Fp 4:13). E, se Deus é por nós, quem neste mundo poderá ser contra nós? (cf. Rm 8:31). Peça a Deus que lhe mostre os passos a serem tomados para encontrar a cura, a libertação e a plenitude de vida de que você e seu cônjuge necessitam.

Orações pelo casamento

Oração por proteção

Senhor, peço-te que protejas meu marido (esposa) e eu de todos os tipos de comportamento destrutivo. Abre-nos os olhos para enxergarmos se permitimos a entrada de algum hábito nocivo em nossa vida. Esclarece todas as coisas, para que não haja nada oculto entre nós. Se abrimos a porta para hábitos nocivos ou destrutivos, ajuda a nos livrarmos deles. Dá-nos capacidade para lidar com qualquer frustração ou ansiedade e para levar todas as nossas preocupações a ti, discutindo-as entre nós, sem procurar alívio em outros expedientes.

Senhor, prometeste que "se confessarmos os nossos pecados", tu és "fiel e justo para perdoar os nossos pecados e nos purificar de toda injustiça" (1Jo 1:9). Ajuda-nos a confessar qualquer pecado no momento em que o percebermos, para ser purificados antes que ele se instale em nós. Graças te damos porque fomos predestinados para ser "conformes à imagem" de teu Filho (Rm 8:29). É o que desejamos. Ajuda-nos a ser sempre teus escravos, não escravos do pecado (cf. Rm 6:22). Ajuda-nos a entender que o poder que ressuscitou Jesus dentre os mortos é o mesmo poder que nos elevará acima de todas as tentações (cf. Ef 1:19-20). Eleva-nos acima de tudo que queira nos afundar. Oro em nome de Jesus.

Oração por uma profunda transformação em mim

Senhor, oro para que reveles qualquer hábito destrutivo em mim e me ajudes a entender por que o adquiri. Ajuda-me a entender que ele não faz parte de teus planos para minha vida. Destrói todo tipo de rebeldia em mim que me force a sentir que posso fazer o que quero e quando quero, sem me importar com as conseqüências. Capacita-me a entender que minhas ações exercem influência em meu marido (esposa) e família. Se um dia eu desprezei alguma advertência tua ou de outra pessoa — principalmente de meu marido (esposa) ou filhos —, dá-me ouvidos para ouvir. Dá-me forças para arrepender-me diante de ti e deles por ter desprezado aquela advertência.

Ajuda-me a não guardar ressentimento de ninguém que tente inquirir-me a respeito de qualquer problema, principalmente meu marido (esposa). Capacita-me a lembrar que "melhor é a repreensão feita abertamente do que o amor oculto" e que "quem fere por amor mostra lealdade" (Pv 27:5-6). "Sei que desejas a verdade no íntimo; e no coração me ensinas a sabedoria" (Sl 51:6). Ajuda-me a ser uma pessoa que fale a verdade e não tenha uma vida secreta.

Eu te agradeço, Jesus, porque podes curar-me. Tu és o meu refúgio e fortaleza, "auxílio sempre presente na adversidade" (Sl 46:1). Graças te dou, Senhor, porque és meu Conselheiro e Auxiliador. Entrego minhas preocupações a ti, sabendo que me sustentarás, pois disseste que jamais permitirás que o justo venha a cair (cf. Sl 55:22). Ajuda-me a livrar-me de tudo que possa influenciar-me a ter um comportamento destrutivo, a permanecer firme e não me submeter novamente a um jugo de escravidão (cf. Gl 5:1). Apresento-me diante de ti "em escravidão à justiça", não "em escravidão à impureza" (Rm 6:19). Sei que sou humana(o) e dependo da excelência de teu poder para libertar-me (cf. 2Co 4:7).

Eu te agradeço porque fui crucificada(o) com Cristo. "Assim, já não sou eu quem vive, mas Cristo vive em mim. A vida que agora vivo no corpo, vivo-a pela fé no filho de Deus, que me amou e se entregou por mim" (Gl 2:20). Portanto, mesmo que eu seja fraca(o), o Jesus que vive em mim é forte para libertar-me e para eu resistir a todas as tentações. Eu te agradeço porque "tudo posso naquele que me fortalece" (Fp 4:13). Peço-te que me restituas tudo o que o inimigo roubou de minha vida (cf. Jl 2:25). Oro para que reconstruas as velhas ruínas e restaures os alicerces de meu passado (cf. Is 58:12). Minha alma espera ansiosamente por ti para salvar-me (cf.Sl 62:1). Oro em nome de Jesus.

Oração por uma profunda transformação em meu marido (esposa)

Senhor, oro para que meu marido (esposa) tenha olhos para ver a verdade e ouvidos para ouvir tua voz falando a ele (ela). Que tua vontade seja feita na vida dele (dela). Eu o(a) entrego a ti e peço-te que o(a) libertes de qualquer hábito destrutivo. Entendo que não posso controlar a situação, nem quero. Desisto de qualquer necessidade de tentar corrigir o problema ou de ter controle sobre ele. Desisto de qualquer desejo de fazer meu marido (esposa) mudar. Eu o(a) entrego em tuas mãos e peço-te que realizes todas as mudanças necessárias nele (nela). Oro para que tu, "o Deus de nosso Senhor Jesus Cristo, o glorioso Pai" concedas a meu marido (esposa) o espírito de sabedoria e de revelação no pleno conhecimento de ti, que os olhos do coração dele (dela) sejam iluminados, que ele (ela) conheça a esperança para a qual Deus o(a) chamou, as riquezas da gloriosa herança dele nos santos e a incomparável grandeza do seu poder para com os que crêem, conforme a atuação de tua poderosa força na vida dele (dela) (cf. Ef 1:18-19).

Ajuda-o(a) a enfrentar todos os problemas e a entender que são superáveis, não insuperáveis. Capacita-o(a) a assumir responsabilidade por suas ações, e não negá-las. Ajuda-o(a) a ser capaz de avaliar seu trabalho ou progresso sem mágoas. Ajuda-o(a) a assumir responsabilidade por sua vida e não culpar os outros por tudo o que lhe aconteceu. Oro para que ele (ela) seja sempre sincero(a) comigo em tudo o que fizer. Que não haja nenhum segredo. Destrói todas as paredes que se ergueram entre nós.

Ajuda-o(a) a compreender seu valor diante de teus olhos, e a enxergar que sua vida é muito importante para ser desperdiçada. Ajuda-o(a) a aproximar-se de ti em busca de cura e libertação, para encontrar total restauração em ti. Digo a meu marido (esposa) que o pecado não o dominará, porque ele (ela) não está debaixo da lei, mas debaixo da graça (cf. Rm 6:14). Digo que Deus tem libertação e cura para sua vida. Digo que "o Deus da paz esmagará Satanás debaixo dos pés" dele (dela) (Rm 16:20). Digo que foi para a liberdade que Cristo o(a) libertou, e que ele (ela) deve permanecer firme e não se deixar submeter novamente a um jugo de escravidão (cf. Gl 5:1). Oro em nome de Jesus.

Verdades nas quais podemos confiar

Tudo posso naquele que me fortalece.
Filipenses 4:13

Não se amoldem ao padrão deste mundo,
mas transformem-se pela renovação da sua mente,
para que sejam capazes de experimentar e comprovar a boa,
agradável e perfeita vontade de Deus.
Romanos 12:2

"Tudo me é permitido", mas nem tudo convém. "Tudo me é permitido", mas eu não deixarei que nada me domine.
1Coríntios 6:12

Estou convencido de que aquele que começou boa obra em vocês vai completá-la até o dia de Cristo Jesus.
Filipenses 1:6

Finalmente, fortaleçam-se no Senhor e no seu forte poder. Vistam toda a armadura de Deus, para poderem ficar firmes contra as ciladas do Diabo.
Efésios 6:10-11

8

Se as influências externas contaminarem o relacionamento sexual *de vocês*

NÃO PENSE DE MANEIRA alguma que pode pular este capítulo por ter uma vida sexual perfeita com seu marido (esposa) ou que nenhum de vocês teve problemas nessa área, por menor que fosse. Não pense que sua mente nunca foi contaminada pelo fato de jamais ter visto nada que beirasse a pornografia. A verdade é que o inimigo de sua alma, de seu propósito na vida e de seu casamento também é inimigo de sua intimidade conjugal. Quando você injeta no casamento influências externas que distraem, imagens sexuais que contaminam e atitudes mundanas e egoístas que destroem, a vida sexual com o cônjuge deixa de ter a finalidade para a qual foi planejada.

O sexo no casamento não foi planejado por Deus para vocês passarem uma tarde esplêndida juntos antes de ter filhos. Nem para fugir das tensões de um dia agitado. Nem para você se sentir bem consigo mesma(o) e com seu cônjuge. Nem para ter filhos. O sexo no casamento foi planejado para unir dois corpos, dois corações, duas mentes e duas almas e quebrar as correntes preparadas pelo inimigo para destruir o relacionamento. O sexo no casamento reforça a unicidade, a intimidade e a proximidade do casal. Serve sempre para dar vida ao relacionamento, porque, sem ele, a indiferença começa a instalar-se sutilmente.

O inimigo menospreza a união de vocês e faz o possível para enfraquecê-la. É por isso que, por todos os lados que você olha, há atrações sexuais para tirá-la(o) dos trilhos — em ação ou, pelo menos, em pensamento. O mundo glorifica a promiscuidade. Justifica a tentação. Aceita o sexo fortuito. O sexo *fora* do casamento é mais exaltado que o sexo dentro do casamento. Vemos imagens sexuais em locais inofensivos, como em *outdoors*, enquanto dirigimos o carro pelas ruas, ou até mesmo em revistas comuns, programas populares de televisão ou em filmes que deveriam ser decentes. Tudo isso não passa de armação preparada pelo inimigo para enfraquecer o impacto da vida sexual de vocês, tornando-a menos interessante. Ou pior, *mais* interessante do que deveria ser. O sexo nunca foi planejado para ser ídolo, mas é o que ocorre em nossa cultura.

O sexo é exaltado a tal ponto que, se os momentos de intimidade entre o casal não forem sempre românticos, gratificantes e arrebatadores, deve haver algo errado com um ou com outro. Nossa sociedade é tão obcecada pelo sexo que chega a confundir nossa mente, causando ansiedade e dúvidas. Aquilo que Deus planejou para ser significativo e prazeroso passou a ser uma pressão a mais, para incutir dúvidas em você ou em seu cônjuge.

Mantenha os olhos afastados do inimigo

O que você considera inocente pode exercer influência negativa no relacionamento sexual. Você já teve a oportunidade de estar assistindo a um filme classificado como decente e, de súbito, aparecerem algumas cenas indecentes diante de seus olhos? E mesmo que feche os olhos imediatamente, a cena lhe voltará várias vezes à mente e contaminará sua alma. As sensações podem ser várias — susto, repulsa, excitação, culpa, revolta ou atração —, todas abrindo caminho para ocupar espaço em sua mente. Desse momento em diante, você gastará tempo e energia para lidar com pensamentos e sensações que jamais teria se não tivesse visto aquelas imagens. Vai ter de recorrer a Deus para purificar sua mente, para que a infecção não se espalhe. Esse tipo de assalto a nossos sentidos disseminou-se de tal forma que nos acostumamos a ele cada vez mais.

Deus nos adverte repetidas vezes em sua Palavra que devemos fugir dessas tentações. Devemos dar as costas a elas. Mude de canal assim que aparecerem na tela. Levante-se e saia do cinema. Feche a revista. Desvie o olhar do *outdoor*. "O prudente percebe o perigo e busca refúgio; o inexperiente segue adiante e sofre as conseqüências" (Pv 27:12). Deus quer que a pureza domine o relacionamento sexual de vocês. Significa não permitir que influências externas o contaminem e o infeccionem.

Qualquer desvio do caminho que Deus estabeleceu, para que a relação sexual se restrinja ao casamento, será uma cilada para sua alma, mesmo que ocorra apenas em pensamento. Não caia na cilada de olhar para qualquer forma de sexo mostrado em fotografias e filmes, porque terá de lidar com ela no âmbito espiritual, para voltar a pisar em solo firme. Mesmo que, na ocasião, você não se dê conta de que estava desobedecendo às leis de Deus, sua alma arcará com as conseqüências daquela transgressão involuntária.

Cinco coisas para as quais você nunca deve olhar

1. *Não olhe para nada que a(o) impeça de obedecer a Deus.* "E se o seu olho o fizer tropeçar, arranque-o e jogue-o fora.

É melhor entrar na vida com um só olho do que, tendo os dois olhos, ser lançado no fogo do inferno" (Mt 18:9).

2. *Não olhe para coisas inúteis.* "Desvia os meus olhos das coisas inúteis; faze-me viver nos caminhos que traçaste" (Sl 119:37).
3. *Não olhe para as atrações do mundo.* "Pois tudo o que há no mundo — a cobiça da carne, a cobiça dos olhos e a ostentação dos bens — não provém do Pai, mas do mundo" (1Jo 2:16).
4. *Não olhe para o lado escuro da vida.* "Os olhos são a candeia do corpo. Quando os seus olhos forem bons, igualmente todo o seu corpo estará cheio de luz. Mas quando forem maus, igualmente o seu corpo estará cheio de trevas" (Lc 11:34).
5. *Não desvie o olhar do caminho de Deus para você.* "Olhe sempre para frente, mantenha o olhar fixo no que está adiante de você" (Pv 4:25).

Não faça comparações

Uma das grandes ameaças à vida sexual é preencher a mente com visões de pessoas perfeitas fazendo sexo perfeito. Essas imagens são ilusórias e montam a armadilha perigosa da comparação, na qual podemos cair. Quando comparamos nosso cônjuge ou nós mesmos às imagens que vemos, temos a tendência de pensar que nos falta alguma coisa ou que estamos deixando de aproveitar algo muito melhor.

Vou contar-lhe uma experiência pessoal sobre olhar para os outros e sentir-se inferior a eles. Na adolescência, eu costumava ver fotografias de gente bonita e me achava feia. Depois de completar 20 anos, comecei a trabalhar na televisão ao lado das atrizes mais famosas da época, e vi como realmente eram quando chegavam ao estúdio pela manhã, antes da maquiagem. A visão era chocante. Compreendi rapidamente que qualquer pessoa pode ser bonita, desde que tenha um bom maquiador, um ótimo cabeleireiro, um especialista em massagem facial, um *personal trainer*, um nutricionista, dinheiro suficiente para alimentar-se bem, um excelente fotógrafo que entenda de iluminação, um estilista famoso, um cirurgião plástico competente (que deixe o rosto do paciente com aparência descansada e feliz, não esticado demais e distorcido) e uma babá para os filhos (que cuide deles enquanto a pessoa se embeleza). Eu garanto que, se você puder contar com tudo isso durante um mês, terá uma aparência maravilhosa. Essa "gente bonita" consegue tudo isso porque tem boa estrutura física, carisma e um pouco de talento.

Não estou dizendo que não existam pessoas bonitas naturalmente. Existem. São, no entanto, muito mais raras do que você imagina. E até elas vêem defeitos em si mesmas. Como ocorre a todos nós, há sempre alguma coisa de que elas não gostam no corpo, no rosto ou nas aptidões e talentos. O ponto a ser destacado é este: o fato de ver a maioria das pessoas como *realmente* era ajudou-me a não ser muito severa comigo mesma. Ajudou-me a parar de procurar defeitos em mim.

Não se deixe levar por comparações negativas. Não permita que fotografias, filmes, revistas e *outdoors* exerçam influência sobre sua auto-imagem. Os defeitos que você vê em seu corpo, rosto, cabelos, personalidade ou talento podem prejudicar sua vida sexual com o cônjuge. Faça o possível para sentir-se bem consigo mesma(o). Não se prenda a padrões de beleza de revistas, filmes e televisão. Não acrescente pressão à sua vida, porque essas imagens não são reais e só servem para enfraquecer o relacionamento sexual entre você e seu marido (esposa).

Tenham consideração um pelo outro

A respeito do relacionamento sexual, Deus diz: "A mulher não tem autoridade sobre o seu próprio corpo, mas sim o marido. Da mesma forma, o marido não tem autoridade sobre o seu próprio corpo, mas sim a mulher" (1Co 7:4). O texto não diz que seu marido (esposa) tem o direito de ser violento com você. Nem que você pode forçar o cônjuge a fazer o que ele não quer. E nenhum dos dois deve exigir que o outro pratique abstinência mais do que ele (ela) gostaria. Significa que seu cônjuge precisa ter intimidade com você, e você deve fazer a vontade dele ou dar uma boa explicação. É necessário ter consideração pelas necessidades do cônjuge antes de se preocupar consigo mesma(o).

Para quem não leva em conta os preceitos do Senhor, o sexo gira em torno do "*eu* primeiro", ou seja, *eu* quero *me* sentir bem. Mas, no Senhor, precisamos sempre pôr o outro em primeiro lugar. Portanto, se você não quer ter intimidade porque seu cônjuge lhe causou mágoa ou decepção a ponto de não querer ser mais tocada(o) por ele, diga não. Se não disser nada e tentar forçar a intimidade, só piorará a situação. Diga-lhe que precisa conversar com ele antes para desabafar seus sentimentos. Por outro lado, a resposta "não estou a fim" não é uma boa desculpa. Parte do sucesso de qualquer coisa que realizamos é fazer o que precisamos fazer quando precisamos fazer, não importa se o momento nos seja favorável ou não.

Há ocasiões, é claro, em que realmente estamos exaustas(os), sem disposição, mas isso não pode transformar-se em rotina. A Bíblia diz: "Não se recusem um ao outro, exceto por mútuo consentimento e durante certo tempo, para se dedicarem à oração. Depois, unam-se de novo, para que Satanás não os tente por não terem domínio próprio" (1Co 7:5). Quando seu cônjuge sinalizar que é chegado o momento, não deixe de atendê-lo, a não ser que esteja jejuando e orando. O maior problema com a abstinência é que, se for muito longa ou muito freqüente no casamento, o marido e a esposa estarão mais suscetíveis à tentação.

Quando o marido põe a esposa em primeiro lugar, e vice-versa, ambos se protegem contra as tentações. Sempre que você se recusa a ter relações sexuais com seu marido (esposa), existe a possibilidade de o inimigo colocar uma cilada diante dele (dela) no dia seguinte. Talvez essa cilada não seja em forma de gente, mas as imagens sexuais espalhadas por toda parte têm um impacto maior. Se, todavia, as necessidades sexuais de seu marido (esposa) já tiverem sido atendidas, ele (ela) não estará vulnerável quando a tentação surgir.

As tensões da vida, como seguir uma carreira profissional, constituir família, criar os filhos, lidar com doenças, mágoas, problemas financeiros, desavenças e discussões, podem afetar a vida sexual. Se a esposa perceber que o marido só se interessa por ela para fazer sexo, ela perderá o entusiasmo. Se o marido perceber que só voltará a ter intimidade com a esposa se for o marido perfeito no dia-a-dia, ficará ressentido. Mas, se um puser o outro em primeiro lugar, terão uma vida sexual ativa e manterão o casamento vivo. Ambos se sentirão rejuvenescidos. Pensarão com mais clareza. Resolverão os problemas com mais facilidade. Esqueçam das contas, das desavenças, das crianças, dos problemas no trabalho, e concentrem-se um no outro. Se você pensar em termos de "o que posso fazer para tornar a vida dele (dela) melhor?" em vez de "o que posso extrair para mim?", sua vida sexual será plena. Destruirá os planos do inimigo todas as vezes que fizer isso.

Esqueça o passado

É importante apresentar diante do Senhor qualquer relacionamento sexual que você teve no passado e arrepender-se para que isso não prejudique seu casamento. Mesmo que não tenha tido nenhum relacionamento sexual antes, se você cometeu algum deslize que possa ter contrariado a vontade de Deus, confesse-o diante do Senhor. Se foi vítima de violência sexual, peça a Deus que elimine a lembrança de sua mente. Se não fizer isso, as lembranças daqueles momentos surgirão como fantasmas todas as vezes que fizer amor com seu marido (esposa). Estarão presentes no quarto. Não permita que Satanás o acorrente dessa maneira. Quebre essas correntes da alma imediatamente. Peça a Deus que lhe traga todas à mente, para que possa confessá-las a ele e libertar-se. Se era virgem antes do casamento, renda graças a Deus por não ter de conviver com essas tristes lembranças nem precisar livrar-se delas uma a uma.

Ore para resistir à tentação

Por mais que você tente ter uma vida santificada, sempre haverá algum tipo de tentação. E é necessário lembrar que, quando ela vier, não é obra de Deus para ajudá-la(o) a encontrar um prazer maior. É obra do inimigo tentando destruí-la(o). Deus, porém, lhe mostrará uma saída. Você deve *submeter-se a ele* e *resistir ao*

Diabo, e, quando fizer isso, o inimigo irá embora (cf. Tg 4:7). Se você se sentir tentada(o), resista à inclinação de ceder, humilhe-se diante de Deus e ore até que o inimigo seja forçado a fugir.

O importante no casamento é guardar o coração para que ele não se desvie do caminho (cf. Pv 4:23). Não tenha pensamentos sexuais com outra pessoa, a não ser com seu marido (esposa). O inimigo sempre tentará desviar sua atenção com a finalidade de aprisioná-la(o) com um sentimento de culpa paralisante. Não lhe dê essa oportunidade. Se você convive com uma pessoa e a considera atraente, force-se a pensar nela como uma irmã ou irmão em Cristo. Peça ajuda a Deus para que você e seu cônjuge mantenham os olhos fixos um no outro, e ponha a intimidade sexual entre vocês em primeiro lugar.

A ameaça da pornografia

Os dois problemas mais comuns no casamento de inúmeras pessoas que conheço ou de quem ouvi falar são: infidelidade e pornografia. Francamente, causa-me espanto o número cada vez maior de crentes que enfrentam esses problemas. A pornografia é, hoje, uma das táticas mais insidiosas do inimigo para destruir vidas e casamentos. E é muito fácil ter acesso a ela na internet. Bastam alguns cliques. A queixa mais comum que ouço das mulheres cujos maridos estão mergulhados na pornografia é que eles assistem juntos a essas cenas, na esperança de melhorar a vida sexual. Mas o efeito é oposto: a pornografia destrói o casamento.

Esse hábito terrível começa aos poucos. A visão de uma capa sugestiva de revista no aeroporto, no posto de gasolina ou no supermercado planta uma semente no cérebro da pessoa e se transforma em pensamento pernicioso. Quanto mais a pessoa vê essas imagens, mais as sementes se aprofundam e crescem. De repente, sente-se atraída por elas e começa a procurá-las. A pessoa torna-se reservada e retraída, não se apresenta com o rosto inteiro diante do Senhor. Seus olhos perdem o brilho. A cegueira encobre-os, e ela não enxerga a verdade.

Quando eu era jovem, ganhei um estojo de pirogravura. Ligava o "pincel elétrico" na tomada, e todas as vezes que o pressionava contra a madeira, ele queimava o local, formando um desenho permanente. A pornografia é assim. Grava uma imagem permanente no cérebro. Passa a ser uma obsessão até o ponto de provocar insanidade mental. Não destrói apenas a alma; deixa a pessoa mentalmente desequilibrada.

Qualquer um pode ser suscetível a ela, seja moço, seja velho. Quando são expostas às crianças, as imagens pornográficas plantam uma semente no cérebro delas, que continua a crescer por muito tempo. E, em algum estágio da vida adulta, vêm à tona. É por isso que por trás de todo pensamento lascivo há um espírito sedutor que deseja afastar a vítima de Deus e atraí-la para o mal, para a destruição. E ele continua esperando silenciosamente para vir à tona em um momento de fraqueza. Vem direto do inferno com o propósito de seduzi-la(o) e destruir sua vida.

Mesmo que você e seu cônjuge não estejam nem um pouco interessados em pornografia, há inúmeras imagens sexuais diante de seus olhos, espalhadas por toda parte, e isso basta para abrir a porta ao problema. Tenho visto revistas comuns exibindo propagandas com imagens quase pornográficas. Há programas de televisão, filmes e vídeos com materiais sugestivos. Não estou falando de ir a uma banca de jornal e comprar uma revista envolta em plástico opaco. Não estou falando de clicar um *site* pornográfico na internet. Estou falando de imagens picantes e explícitas em comerciais de televisão, propagandas impressas, vídeos e filmes. Quando vemos essas imagens ou ouvimos um diálogo sugestivo, nossa mente se contamina. Quando nos acostumamos a isso, permitimos que o inimigo lance seu anzol em nossa alma. E quanto mais materiais desse tipo nós vemos, mais fundo o anzol penetra.

Jesus disse que o pecado ocorre apenas pelo olhar (cf. Mt 5:28). Mas ele também apresentou a solução: "Se o seu olho direito o fizer pecar, arranque-o e lance-o fora. É melhor perder uma parte do seu corpo do que ser todo ele lançado no inferno" (Mt 5:29). Portanto, se surgir uma imagem tentadora na tela da televisão, desligue-a. Se houver uma cena desse tipo no filme, saia do cinema. Não fixe o olhar nem por um instante. Tenha uma reação instantânea. Não permita que o inimigo lhe acorrente a alma. Há um espírito maligno por trás de tudo o que é sexualmente explícito. É por isso que você deve recuar todas as vezes que vir algo que dê idéia de pornografia.

Cinco advertências sobre a luxúria

1. *A luxúria sempre se opõe à vontade de Deus.* "Para que, no tempo que lhe resta, não viva mais para satisfazer os maus desejos humanos, mas sim para fazer a vontade de Deus" (1Pe 4:2).

2. *A luxúria no coração é adultério.* "Mas eu lhes digo: Qualquer que olhar para uma mulher para desejá-la, já cometeu adultério com ela no seu coração" (Mt 5:28).

3. *A luxúria sempre destrói a paz em nossa alma.* "Amados, insisto em que, como estrangeiros e peregrinos no mundo, vocês se abstenham dos desejos carnais que guerreiam contra a alma" (1Pe 2:11).
4. *A luxúria guerreia contra o nosso espírito.* "Pois a carne deseja o que é contrário ao Espírito; e o Espírito, o que é contrário à carne. Eles estão em conflito um com o outro, de modo que vocês não fazem o que desejam" (Gl 5:17).
5. *A luxúria no coração prepara uma armadilha para nossa alma.* "A justiça dos justos os livra, mas o desejo dos infiéis os aprisiona" (Pv 11:6).

SE O PROBLEMA FOR COM SEU CÔNJUGE

Às vezes, é difícil identificar um problema de pornografia em seu cônjuge, porque vocês vivem atarefados demais, dão plena liberdade um ao outro e acreditam um no outro. Se, porém, notar algo errado e não souber o que é, confie em seus instintos e peça a Deus que lhe mostre a verdade. Conheço situações nas quais a esposa notou alguma coisa errada, embora não tivesse provas concretas. Apenas percebeu as atenções divididas do marido e viu o brilho dos olhos dele desaparecer. São sinais de problema grave.

Muitas vezes, não vemos o que está errado porque *não queremos* ver. Queremos ver o que é *certo*. Queremos ver o que é *bom*. Queremos pensar no melhor. Não queremos ver o que tememos porque não suportaríamos. Entendemos que tudo em nossa vida será atingido, e não temos condições de encarar o problema. Mas há uma boa notícia: você nunca está só quando tem Jesus, o Emanuel, que significa Deus conosco. Ele enviou o Espírito Santo para ser seu Auxiliador e Conselheiro, para guiar você em tudo — até para enfrentar a ameaça da pornografia em seu casamento.

Quando a esposa descobre que o marido está envolvido com pornografia, ela se sente traída, inferiorizada, sem atrativos, cheia de dúvidas, triste, ofendida e fracassada. Mas a verdade é uma só: ela não tem culpa. Não falhou de maneira alguma. Ninguém força outra pessoa a perverter-se. O inimigo plantou a semente da luxúria na carne do marido dela — na infância ou na fase adulta — e prendeu-o na armadilha.

Portanto, se seu marido (esposa) estiver envolvido(a) com pornografia, saiba que a culpa não é sua. Você não falhou. Está arrasada(o), porém não é responsável por isso. Mas não abandone seu cônjuge se ele estiver disposto a livrar-se do problema. Ele necessita de sua ajuda mais do que nunca. Isso não significa que você tenha de abafar sentimentos de ira e decepção, mas não permita que esses sentimentos e a dificuldade de perdoar atrapalhem as respostas às suas orações.

Talvez você se zangue por ter de pensar em todo esse problema, porque não gosta de ocupar a mente com pensamentos tão asquerosos e se sente desnorteada(o) por ter de adivinhar se o problema foi realmente resolvido. Não é errado achar que as pessoas devam ter decoro, e, quando constatamos essa falha em nosso cônjuge, lastimamos ter-nos casado com ele. Você tem o direito de zangar-se e entristecer-se, mas lembre-se que o problema é com seu cônjuge e você faz parte da solução. Suas orações poderão ajudá-lo a libertar-se, e você deve aconselhá-lo a procurar ajuda de um profissional. Os especialistas sabem o que fazer, e seu cônjuge deve dar explicações de seus atos a outra pessoa além de você.

Depois que a pornografia invade a vida do casal, é difícil voltar à situação anterior, como se nada houvesse acontecido. Vocês precisam esforçar-se para reconstruir uma nova vida juntos. Procurem ajuda com conselheiros tementes a Deus e com parceiros de oração. Comprometam-se a orar juntos. Não há força do inferno capaz de enfrentar o poder de Deus manifestado em favor de um casal que ora junto.

Se seu marido (esposa) for vítima das artimanhas do inimigo, o poder de suas orações por ele (ela) será muito maior se você *jejuar* e orar. Um simples jejum de 24 horas, durante o qual você bebe apenas água e ora todas as vezes que sente fome, será suficiente para Deus operar milagres. Deus diz que jejuar é "*soltar* as correntes da injustiça, *desatar* as cordas do jugo, *pôr em liberdade* os oprimidos e *romper* todo jugo" (Is 58:6; grifos da autora). É exatamente disso que você necessita para combater um problema de tal magnitude.

Se o problema for com você

Todos nós temos um ponto fraco, um ponto vulnerável, e o inimigo sabe disso. Se você tem o hábito de ver imagens carregadas de sexualidade, saiba que elas ficam gravadas no fundo de sua mente, coração e alma. Mesmo que sejam vistas por acaso, permanecem dentro de você para sempre. Um dia, as fantasias tornam-se realidade, e o sexo no casamento jamais será suficiente.

A pornografia é feita de uma série de mentiras nas quais a pessoa acredita. Tão logo plantadas, suas sementes se espalham como ervas daninhas com espinhos capazes de sufocar a vida e o potencial que existem em você. Se sua mente ocupar-se por muito tempo com pensamentos pervertidos, inúteis e desprezíveis, você colherá frutos pervertidos, inúteis e desprezíveis na vida.

Quando o espírito de luxúria controla seus pensamentos, tudo o mais na vida começa a desmoronar, porque a luxúria destrói a alma e a mente. Se você derivar os pensamentos para o que é mau aos olhos de Deus, passará a viver nas trevas. Será uma pessoa oca, desvinculada de todas as outras partes de seu corpo. "Pois o preço de uma prostituta é um pedaço de pão, mas a adúltera sai à caça de vidas preciosas. Pode alguém colocar fogo no peito sem queimar a roupa?" (Pv 6:26-27). O espírito de luxúria corrói a essência de quem você é e de quem virá a ser. Destrói o sexo saudável e prazeroso entre o marido e a esposa. Se vocês não encontram satisfação um no outro, não resolverão o problema assistindo a vídeos de outras pessoas fazendo sexo. Na verdade, o problema piorará. Você não achará seu cônjuge atraente se procurar sensações mais agradáveis em outras pessoas atraentes.

A Bíblia diz: "Repudiarei todo mal" (Sl 101:3). A pornografia é um mal. É um ato de luxúria, não um ato de amor. A luxúria gira em torno do "eu" e do que "eu quero". Não se importa em repartir amor nem em construir um alicerce de amor. A luxúria nunca se satisfaz. Sempre quer mais.

Por detrás de todo pecado, há um espírito maligno à espreita para acorrentar a pessoa. Todas as vezes que ela dá lugar a esse pecado, as correntes tornam-se mais fortes. Ninguém pode ser possuído pelo demônio se tiver aceitado Jesus como seu Senhor e Salvador, mas pode convidar o inimigo para fazer parte de sua vida por meio do que faz e do que permite, e isso o impede de ter a vida plena que Deus reservou para ele. Essa pessoa pode ir para o céu, mas terá de atravessar o inferno neste mundo antes de chegar lá. Deus infligirá sofrimentos terríveis à sua alma, porque deseja que ela pare de adorar no altar da luxúria e comece a adorá-lo.

Uma vida secreta de luxúria entristece o Espírito Santo e zomba de um Salvador que entregou sua vida para que fugíssemos do pecado e de suas conseqüências. É como se ele nos tivesse libertado em vão, porque não aceitamos a dádiva que nos foi oferecida. A luxúria ofende o Senhor quando seus filhos decidem aceitar aquilo que os separa dele.

Os vídeos e imagens pornográficos ficam gravados na mente e no coração todas as vezes que os vemos, e nos atraem como ímã. Ficamos estimulados cada vez mais pelas fotografias e imagens dos outros e cada vez menos por nosso cônjuge. Podemos nos libertar disso, mas antes temos de parar de ver esses vídeos e imagens. Temos de nos livrar de qualquer pecado secreto. O primeiro passo para a purificação e a libertação é reconhecer que pecamos *contra* Deus. O passo seguinte é confessar o pecado *diante* de Deus.

Jesus disse: "Se alguém quiser acompanhar-me, negue-se a si mesmo, tome a sua cruz e siga-me" (Mt 16:24). Para negar a si mesma(o), tomar *sua* cruz e segui-lo, você precisa recusar-se a ver imagens explícitas de sexo. Faça o possível para evitar esse desejo. Se sentir qualquer tipo de tentação, livre-se dela. Jogue fora vídeos ou revistas com imagens explícitas de sexo e palavras relacionadas a ele. Isso inclui a palavra com "F", uma linguagem explícita de sexo. Tudo não passa de uma cilada, portanto faça o possível para não cair nela. Pare de ir a cinemas que exibem filmes pornográficos, não os veja na internet e desligue a televisão, se estiver hospedada(o) em um quarto de hotel sozinha(o), ou mande bloquear os canais para adultos assim que entrar no quarto. Livre-se de tudo que não é de Deus. Tome as providências necessárias. Elimine a causa de tudo o que a(o) fizer pecar.

A boa-nova é que a morte de Jesus na cruz quebrou o poder do inimigo de nossa vida. Ele tentará convencê-la(o) do contrário e fará de tudo para controlar sua vida, se você não puser em prática a autoridade que Deus lhe deu para dominá-lo. Você tem acesso ao poder que pode libertá-la(o) de tudo o que tentar envenenar sua vida e alma.

Quando passamos a depender do Senhor em tudo, principalmente para nos libertar de coisas que não temos coragem de mencionar diante dele, somos libertados e não temos mais do que nos envergonhar. "Os que olham para ele estão radiantes de alegria; seus rostos jamais mostrarão decepção" (Sl 34:5). A Bíblia afirma que nos devemos arrepender e nos voltar para Deus, e praticar obras que mostrem nosso arrependimento (cf. At 26:20). Praticar obras que mostrem arrependimento significa parar de fazer o que nos provocou arrependimento e viver de acordo com a vontade de Deus.

Se você ocupa um cargo de liderança cristã ou tem uma posição de influência e destaque, ou trabalha para a glória de Deus e de seu reino, também sofrerá tentações. Não tente enfrentá-las sozinha(o). Todos nós precisamos de duas ou mais pessoas de grande fé a nosso lado constantemente, para resistirmos aos planos do inimigo de destruir nossa vida. Quanto mais pessoas, melhor. "Um homem sozinho pode ser vencido, mas dois conseguem defender-se. Um cordão de três dobras não se rompe com facilidade" (Ec 4:12). Tente encontrar pessoas cristãs, crentes em Cristo e firmes na Palavra, de vida piedosa e discretas, para orar por você e seu cônjuge. "Portanto, confessem os seus pecados uns aos outros e orem uns pelos outros para serem curados. A oração de um justo é poderosa e eficaz" (Tg 5:16).

Você também precisa estar ligada(o) ao Corpo de Cristo por meio de sua igreja (cf. 1Co 12:12). Você só estará totalmente sob a proteção de Deus se estiver ligado a um grupo de crentes devotos. Quando não se está conectado a um grupo, perde-se o poder da união. Não estou falando de manter o controle sobre a mente; estou falando de permitir que seu coração encontre um abrigo na igreja, de cuja família você faz parte. Não vá à igreja apenas para saber das novidades. Vá à igreja para estar em comunhão com Deus. Faça contato com os fiéis e participe dos trabalhos da igreja. Isso lhe servirá de proteção.

O poder da Palavra de Deus para fortalecer

Aprendi, anos atrás, que citar textos bíblicos, principalmente nas orações, é a única forma poderosa capaz de silenciar as vozes do desespero e da falta de esperança. As palavras da Bíblia têm poder, mas, quando as repetimos em voz alta, aumentam nossa fé e nos dão força. A Bíblia tem o poder de nos libertar de tudo o que nos aprisiona. Nossa mente é renovada e transformada quando lemos a Palavra de Deus porque ela forra o nosso coração e mente com o coração e a mente de Deus. Quando *não* fazemos isso, afastamo-nos dele sem saber. E esse afastamento é sutil e quase imperceptível até o dia em que caímos e Deus não está presente para nos levantar do chão — porque caímos fora dos parâmetros estabelecidos por Deus.

Embora o aconselhamento seja extremamente importante e faça grande diferença, somente Deus pode curar nossas feridas internas. Os conselheiros nos ajudam apenas a mudar de comportamento — que, é claro, precisa ser mudado —, mas não nos transformam nas pessoas que Deus planejou para nós. Somente o Espírito Santo pode realizar essa obra. Além do aconselhamento, precisamos ter um relacionamento mais profundo com Deus. Precisamos permanecer em sua Palavra e ter comunhão com ele por meio de oração, louvor e adoração. "Antes de ser castigado, eu andava desviado, mas agora obedeço à tua palavra" (Sl 119:67). Não pare de orar enquanto não conseguir a libertação de que necessita.

Orações pelo casamento

Oração por proteção

Senhor, oro para que abençoes nosso casamento de todas as formas e, especificamente, que protejas nosso relacionamento sexual. Ajuda-nos a sempre pôr o cônjuge em primeiro lugar e nunca sacrificar um ao outro por egoísmo. Desvia-nos o olhar de qualquer coisa que possa comprometer nosso casamento. Não permitas que nosso coração caia no engodo da sedução, para nos afastar um do outro. Ajuda-nos a andar corretamente, não em imoralidade sexual e depravação (cf. Rm 13:13). Capacita-nos a viver sempre no Espírito, para não satisfazermos os desejos da carne (cf. Gl 5:16). Abre-nos os olhos para reconhecermos tudo o que é perverso e mundano, pois só assim não cairemos em tentação e aprenderemos a andar nos teus caminhos.

Senhor, ajuda-nos a ser inteiramente submissos a ti e que nada seja mais importante para nós do que viver em obediência aos teus preceitos. Capacita-nos a ver o mundo sob tua perspectiva. Ajuda-nos a identificar o que poderá levar-nos a cair em tentação e sempre fazer o possível para evitá-la. Ajuda-nos a não pousar os olhos em qualquer coisa de natureza explícita capaz de nos fazer cair em tentação. Expõe todos os nossos pecados sob tua luz, para que nenhum de nós tenha uma vida secreta. Revela em nós tudo o que precisamos conhecer.

Se fomos cegos à natureza das coisas que nos permitimos ver, abre-nos os olhos para enxergarmos a verdade. Se nos tornamos prisioneiros de desejos lascivos, liberta-nos. Se estamos habitando na escuridão, ilumina com tua luz nossa atração para a desobediência (cf. Is 42:5-7). Sei que "a mentalidade da carne é morte, mas a mentalidade do Espírito é vida e paz" (Rm 8:6). Sei que, se vivermos na carne, não te agradaremos (cf. Rm 8:6). Ajuda-nos a aprender a viver de maneira que te agrade. Oro em nome de Jesus.

Oração por uma profunda transformação em mim

Senhor, oro para que faças de mim a esposa (marido) que planejaste. Ajuda-me a satisfazer sexualmente meu marido (esposa). Ensina-me a prestar atenção a suas necessidades e desejos, e a pôr as necessidades dele (dela) antes das minhas. Que sempre sintamos atração um pelo outro.

Senhor, peço-te que sondes meu coração e reveles os pensamentos maus, atrações ou fantasias, para que eu me liberte deles completamente (cf. Sl 139:23-24). Mostra-me onde está a raiz de qualquer tipo de problema em mim, para que eu possa eliminá-lo. Se achei outro homem (mulher) atraente, confesso esse pecado diante de ti. Mesmo que tenha sido apenas em pensamento, sem nenhuma ação de minha parte, sei que é pecado aos teus olhos. Liberta-me dessa prisão. Quebra o poder do inimigo sobre mim (cf. Rm 7:15-21). Eu amo tuas leis, Senhor, e não quero ter conflitos na mente que me façam cair na escravidão do pecado. Eu te agradeço, Jesus, porque posso libertar-me da carne, da prisão da lei do pecado, para ser escrava(o) da tua lei (cf. Rm 7:22-25).

Senhor, a ti levanto os meus olhos e os desvio das coisas terrenas (cf. Sl 123:1). Conforto-me por saber que és meu refúgio, e posso recorrer a ti quando sentir a tentação de olhar para o que não te agrada (cf. Sl 141:8). Afasta de mim tudo o que mantém a porta aberta para pensamentos pecaminosos e lascivos. Ajuda-me a ser uma esposa (marido) fiel em pensamentos e ações. "SENHOR, tu me sondas e me conheces. [...] de longe percebes os meus pensamentos" (Sl 139:1-2). "Mostra-me, SENHOR, os teus caminhos, [...] e a minha esperança está em ti o tempo todo" (Sl 25:4-5). Oro em nome de Jesus.

ORAÇÃO POR UMA PROFUNDA TRANSFORMAÇÃO EM MEU MARIDO (ESPOSA)

Senhor, oro para que a mente de meu marido (esposa) seja protegida das mentiras de Satanás e aberta à tua verdade. Tira todas as vendas dos olhos dele (dela) para que possa enxergar o verdadeiro significado do abismo da luxúria. Ajuda-o(a) a entender completamente os perigos que a luxúria, em qualquer proporção, representa para o nosso casamento quando ele (ela) se deixa dominar por essa tentação. Abre seus olhos para esses perigos e dá-lhe força para fugir de situações e pessoas que possam arrastá-lo(a) para a luxúria novamente.

Capacita-o(a) a entender que pornografia ou imagens explícitas de sexo são pecados aos teus olhos. Desvia os olhos dele (dela) das coisas inúteis (cf. Sl 119:37-39). Ajuda-o(a) a entender a grandeza de teu poder em defesa dele (dela) (cf. Ef 1:17-19). Se ele (ela) cair em tentação, ajuda-me a voltar a confiar nele (nela).

Ajuda-me a querer ter intimidade com ele (ela) sem ressentimentos, suspeitas ou ciúmes por causa de seu mau passo. Ajuda-me a não me sentir traída(o). Mostra-me tudo o que posso fazer para ajudá-lo(a).

Senhor, entrego meu marido (esposa) a ti completamente, para que ele (ela) enxergue a verdade sobre tudo o que faz. Incute amor em seu coração por mim, e mantém seus olhos, coração e mente afastados de outras atrações. Mostra-lhe todas as mentiras com máscara de verdade. Ajuda-o(a) a abandonar toda conduta que não esteja em harmonia com tua vontade e a rejeitar toda corrupção que procede de "desejos enganosos" (Ef 4:22). Não permitas que ele (ela) siga o caminho que conduz à morte e ao inferno (cf. Pv 5:3-5). Liberta-o e diremos: "Isso vem do SENHOR, e é algo maravilhoso para nós" (Mc 12:11). Ajuda-o a resistir a todas as tentações. Dá-lhe o "espírito de sabedoria e revelação", para que os olhos de seu coração sejam iluminados e ele (ela) conheça a esperança de seu chamado (cf. Ef 1:17-18). Oro em nome de Jesus.

Verdades nas quais podemos confiar

Não se amoldem ao padrão deste mundo, mas
transformem-se pela renovação da sua mente, para
que sejam capazes de experimentar e comprovar a boa,
agradável e perfeita vontade de Deus.
Romanos 12:2

Como pode o jovem manter pura a sua conduta? Vivendo de acordo com a tua palavra. Eu te busco de todo o coração; não

permitas que eu me desvie dos teus mandamentos. Guardei no coração a tua palavra para não pecar contra ti.
Salmos 119:9-11

Pois a sabedoria entrará em seu coração, e o conhecimento será agradável à sua alma. O bom senso o guardará, e o discernimento o protegerá. A sabedoria o livrará do caminho dos maus, dos homens de palavras perversas.
Provérbios 2:10-12

Veja bem por onde anda, e os seus passos serão seguros. Não se desvie nem para a direita nem para a esquerda; afaste os seus pés da maldade.
Provérbios 4:26-27

O SENHOR detesta os perversos de coração, mas os de conduta irrepreensível dão-lhe prazer.
Provérbios 11:20

9

Se o endurecimento *do* coração matar *o* amor

Preciso dar um aviso. Em geral, todos os casamentos chegam a um ponto em que a vida se torna monótona. Perdemos a paciência depois de esperar tanto tempo por uma mudança em nosso cônjuge. Perdoamos infinitas vezes e cansamos de lutar. Tentamos de várias formas mudar a situação para melhor. Não agüentamos mais ser ofendidos, sempre aguardando uma transformação que nunca chega. O coração começa a fechar a porta que um dia foi aberta para receber nosso cônjuge. O tempo causou impactos negativos, e no subconsciente (ou no consciente) decidimos abandonar a luta. Não amamos nosso marido (esposa) como antes, e não nos esforçamos para reverter a situação.

Isso pode ocorrer em qualquer casamento no qual um dos cônjuges se esforça para melhorar o ambiente e o outro não faz absolutamente nada. Nosso coração torna-se frio e duro como pedra, e temos a sensação de que o amor morreu. Há, porém, uma boa notícia: Deus tem poder para dar uma guinada em nossa vida. Ele é o Deus de milagres e restauração, e faz novas todas as coisas. Jesus — a fonte suprema do poder da ressurreição — pode ressuscitar o amor e ajudar-nos a voltar a amar nosso cônjuge. Jesus dá vida nova ao casamento, e isso pode ocorrer rapidamente.

Destrancando as portas do lar de seu coração

Quando nos casamos, nosso coração encontra um lar. Mas ele também é um lar que acolhe tudo o que deixamos entrar. O lar de nosso coração pode ser frio, desagradável, infeliz e árido. Ou pode ser repleto de calor, luz, amor e vida. Às vezes, esse lar permanece trancado, impedindo a entrada do Senhor ou de nosso cônjuge. Mas podemos destrancar as portas se tivermos a chave certa. Jesus disse: "Eu lhe darei as chaves do Reino dos céus; o que você ligar na terra terá sido ligado nos céus, e o que você desligar na terra terá sido desligado nos céus" (Mt 16:19). O Senhor deu-nos as chaves da autoridade e do poder para mudar o que está errado — inclusive nosso coração.

É muito importante que você sempre se lembre de que, quando algo vai mal no casamento — seja qual for o problema —, Jesus lhe deu poder e autoridade para assumir o controle da situação na esfera espiritual, por meio da oração. Não estou dizendo que você deva tentar dominar seu cônjuge ou dar-lhe ultimatos de forma cruel. Estou dizendo que deve reconhecer as pegadas do inimigo e assumir o controle da situação. Ore para que o amor e o poder de Deus destruam as barreiras de seu casamento e a situação em que seu coração se encontra. Enquanto ora, abra a porta e deixe-o entrar, para receber cura, libertação, transformação e renovação.

Se houver brigas, ira, ansiedade, tristeza, desespero, falta de esperança, ressentimento ou amargura em seu casamento, exerça sua autoridade sobre os espíritos por trás dessas emoções negativas. Diga-lhes que seu coração e seu lar foram criados para glorificar a Deus, e que o inimigo não tem o direito de estar ali porque você tem plena autoridade sobre ele. Se ele atormentá-la(o) tentando sugerir que sua autoridade está comprometida porque você não tem ido à igreja, não tem lido a Bíblia nem obedecido a todas as leis de Deus, declare: "Esses assuntos devem ser tratados entre mim e o Pai celestial, e minha autoridade vem do que *Jesus* fez, não do que *eu* faço". A seguir, convide o Espírito de amor, alegria, paz, perdão e esperança para ser o hóspede de honra em seu coração e casamento.

Cabe a você fazer o possível para não permitir que esses problemas endureçam seu coração, porque os infortúnios certamente surgirão. "Como é feliz o homem constante no temor do SENHOR! Mas quem endurece o coração cairá na desgraça" (Pv 28:14). Se você endurecer o coração com seu cônjuge, também o endurecerá com Deus. Esse é um terreno perigoso de se caminhar.

Não confie em seu coração, porque ele poderá endurecer com algo que, em sua opinião, é completamente justificável. "Quem confia em si mesmo é insensato, mas quem anda segundo a sabedoria não corre perigo" (Pv 28:26). Para Deus, a dureza de coração nunca é justificada, porque, quando você aceitou o Senhor, ele enviou o Espírito Santo para habitar em seu coração e abrandá-lo. "Darei a eles um coração não dividido e porei um novo espírito dentro deles; retirarei deles o coração de pedra e lhes darei um coração de carne" (Ez 11:19). Permitir que o coração seja duro como pedra significa não dar liberdade ao Espírito Santo para reinar nele. Quando convidamos o Espírito Santo para fluir livremente em nós, todas as pessoas ao nosso redor são irrigadas — principalmente o cônjuge e os filhos.

O ARREPENDIMENTO E O PERDÃO SUAVIZAM A TEXTURA DO CORAÇÃO

Você se lembra da atitude extraordinária do povo amish ao perdoar imediatamente o assassino de suas filhas em uma escola?[2] Que grande amor havia no coração daquele povo para conseguir dizer "eu perdôo você" depois daquela tragédia indescritível! Por certo, eles precisarão reunir muitas camadas de perdão nos próximos anos — conforme as conseqüências desses crimes se apresentarem. Talvez o perdão deva ser renovado em cada aniversário que não pôde ser comemorado, em todas as reuniões familiares às quais as crianças nunca comparecerão. As famílias jamais poderão assistir ao casamento das filhas, não verão o nascimento dos netos, e os sonhos para elas nunca se transformarão em realidade. Certamente ainda haverá muito perdão a ser oferecido ao longo do tempo. E estou certa de que o povo amish conseguirá isso, graças à sua grande fé e pureza de coração.

A verdade é que nem sempre o perdão é concedido de uma só vez. Existem camadas de perdão que precisam ser reconhecidas em cada situação — principalmente no casamento. Às vezes, pensamos ter perdoado, mas não temos idéia de quantas camadas existem. E, se não lidarmos com cada uma delas, a dureza do coração poderá instalar-se e aumentar em proporções assustadoras.

O rei Davi descreveu seu coração várias vezes, dizendo palavras como estas: "Meu coração palpita" (Sl 38:10), "meu coração perdeu o ânimo" (Sl 40:12), "meu coração está acelerado" (Sl 55:4), "eu clamo a ti, com o coração abatido" (Sl 61:2), "meu coração está

[2] Tragédia ocorrida em 02/10/2006, quando o atirador Charles Carl Roberts IV matou cinco meninas em uma escola do vilarejo de Nickel Mines, nos Estados Unidos, e em seguida cometeu suicídio (N. do T.).

abatido" (Sl 109:22), "meu coração está em pânico" (Sl 143:4) e "a zombaria partiu-me o coração" (Sl 69:20). Quando sofre com um problema duradouro e não resolvido, nosso coração endurece. Mas o coração de Davi não endureceu, porque estava repleto de *arrependimento* e *adoração* a Deus. O arrependimento e a adoração sinceros sempre amaciam o coração ou o impedem de endurecer.

A dureza do coração não ocorre de um dia para o outro. Ocorre aos poucos, uma camada por vez, até formar uma couraça aparentemente impenetrável, destinada a protegê-lo de ser transpassado ou destruído novamente. Às vezes, a dureza do coração só se manifesta plenamente depois de algum tempo. Ou, então, o coração é machucado tantas vezes que o perdão não consegue ultrapassar a grossa casca de ferida que se formou ao redor dele, tornando-o endurecido.

Há, porém, uma boa notícia: mesmo estando ali há muitos anos, essas cascas de ferida podem ser removidas completamente, se estivermos na presença de Deus. "O SENHOR está perto dos que têm o coração quebrantado e salva os de espírito abatido" (Sl 34:18). Às vezes, precisamos de camadas de perdão para remover as camadas de rancor que se acumularam, mas isso só pode ser feito com um coração arrependido e perdoador que diga: "Confesso que muitas vezes não tive um coração perfeito em relação a ti, Senhor, nem a meu marido (esposa), e me arrependo disso. Tu me perdoaste, por isso tenho o dever de perdoá-lo(a) também".

POR MAIS ENDURECIDO QUE SEU CORAÇÃO ESTEJA, DEUS PODE SUAVIZÁ-LO

Deus perguntou a Abraão: "Existe alguma coisa impossível para o SENHOR?" (Gn 18:14). Ele queria saber se Abraão duvidava do que o Senhor poderia fazer. Nosso coração endurece porque duvidamos que Deus fará o impossível por nós e por nosso casamento. Quando começamos a acreditar que Deus não é capaz de mudar a situação, mudar nosso cônjuge ou de nos mudar, ocorre o desânimo, e a dureza instala-se no coração.

A Bíblia conta a história de Raquel ao dar à luz, dizendo que ela teve "grande dificuldade" (Gn 35:16). Às vezes, temos grande dificuldade de dar vida nova ao casamento. Os anos passam, e parece que nada muda. Nosso coração começa a endurecer quando temos grande dificuldade e não vemos nenhuma vida nova. Raquel, porém, deu à luz um ser maravilhoso. Seu nome era Benjamim, e ele se tornaria líder de uma das doze tribos de Israel. Infelizmente, Raquel morreu durante o parto. Em geral, nós também morremos ao longo do processo de dar à luz algo grandioso. Não morremos fisicamente porque Jesus morreu em nosso lugar, mas nosso egoísmo e orgulho precisam morrer.

Os israelitas tornaram-se rancorosos por ter vivido sob dura escravidão. Todo o trabalho deles era difícil e infrutífero, e eles se sentiam derrotados. Não tinham nenhuma esperança. Talvez você se sinta da mesma maneira. Esforçou-se muito para ter um casamento de acordo com a vontade de Deus, mas sente-se derrotada(o) por não ver resultados. Embora você considere justos esses esforços, Deus diz que não é correto pensar assim. Seu coração não foi criado para carregar fardos de desânimo ou amargura. Além de endurecer o coração, eles prejudicam a saúde.

Se Deus foi capaz de criar os céus e a terra pelo poder de seu braço estendido, também poderá estender o braço em sua direção e suavizar-lhe o coração num piscar de olhos. Quando o desânimo se abater sobre você, diga ao Senhor: "Nada é difícil demais para ti" (Jr 32:17), e peça-lhe que suavize seu coração.

Como posso manter o coração brando?

1. Peça todos os dias a Deus que lhe fale por intermédio de sua Palavra. Às vezes, temos dificuldade de ouvir a Palavra de Deus, e, quando isso ocorre, nosso coração endurece. Quando fechamos os ouvidos à verdade de Deus, temos dificuldade de entender. Quando não abrimos o coração para ouvir a voz de Deus por meio de sua Palavra, perdemos a oportunidade de receber bênção e cura. A Palavra de Deus também revela o que se passa em nosso coração. "Pois a palavra de Deus é viva e eficaz, e mais afiada que qualquer espada de dois gumes; ela penetra até o ponto de dividir alma e espírito, juntas e medulas, e julga os pensamentos e intenções do coração" (Hb 4:12). Você não entenderá o que realmente se passa em seu coração se não permitir que a Palavra de Deus se revele.

2. Prepare seu coração, buscando a presença de Deus todas as manhãs. A Bíblia narra que Roboão, um dos reis de Judá, "agiu mal porque não dispôs o seu coração para buscar o Senhor" (2Cr 12:14). Deus procura quem o busque com fé, para defendê-lo com seu poder. "Pois os olhos do Senhor estão atentos sobre toda a terra para fortalecer aqueles que lhe dedicam totalmente o coração" (2Cr 16:9). Prepare seu coração convidando-o para reinar poderosamente em você todos os dias. Se você o procurar de toda a sua alma, Deus o encontrará e ele mudará seu coração (cf. Dt 4:29).

3. Peça a Deus que lhe dê um coração sábio e capaz de discernir (cf. 1Rs 3:12). Deus pôs sabedoria no coração de Salomão, porque ele pediu (cf. 2Cr 9:23). Se você quer ter um coração de amor, compaixão, sabedoria e discernimento, Deus lhe dará. Basta pedir. Deus leva embora toda a dureza de coração e a substitui por um coração brando. Não importa em que condição ele esteja, Deus pode repará-lo (cf. 1Cr 29:18).

4. Peça a Deus que lhe dê um coração arrependido, para poder enxergar rapidamente seus pecados. Davi cometeu pecados terríveis. Os piores foram adultério e assassinato. Mas ele disse: "Pois eu mesmo reconheço as minhas transgressões, e o meu pecado sempre me persegue. Contra ti, só contra ti, pequei e fiz o que tu reprovas, de modo que justa é a tua sentença e tens razão em condenar-me" (Sl 51:3-4). Deus viu arrependimento no coração de Davi, abençoou-o e perdoou-lhe. Deus sempre vê o nosso coração, mesmo quando cometemos erros acidentais ou propositais. "O SENHOR não vê como o homem: o homem vê a aparência, mas o SENHOR vê o coração" (1Sm 16:7). Se você não quer que Deus veja uma pedra no lugar de seu coração, tenha um coração arrependido, sempre disposto a dizer: "Sei onde me desviei do caminho que traçaste para mim, e peço perdão".

5. Peça a Deus que elimine toda a tristeza de seu coração. Quando o alicerce se abala e tememos pelo futuro, o medo derrete nosso coração. "Como água me derramei, e todos os meus ossos estão desconjuntados. Meu coração se tornou como cera; derreteu-se no meu íntimo" (Sl 22:14). Mas "o SENHOR está perto dos que têm o coração quebrantado e salva os de espírito abatido" (Sl 34:18). Quando nosso coração está quebrantado de tristeza, isso afeta nosso espírito. Se você permitir que a amargura se instale, seu coração ficará endurecido (cf. Ec 7:3-4). Mas, se recorrer ao SENHOR, a tristeza será eliminada e seu coração ficará mais puro e mais forte. Ore para que Deus leve embora toda a tristeza de sua vida.

6. Peça a Deus que a(o) instrua, até durante o sono. Se lhe pedir, Deus a(o) ensinará durante a noite, e você acordará de manhã com um coração diferente (cf. Sl 16:7-9). Tenho visto isso acontecer muitas vezes em minha vida, quando vou dormir ressentida com meu marido. Confesso esse pecado a Deus e peço-lhe que o leve embora. Acordo de manhã sentindo-me renovada. Só Deus pode mudar o coração dessa maneira. A Bíblia afirma que Deus mudou o coração de Saul (cf. 1Sm 10:9). Se você pedir a Deus, ele também mudará o seu.

7. *Louve o Senhor ao longo do dia, em qualquer circunstância.* Quando adoramos o Senhor, nós o convidamos para estar presente em nossa vida. Na presença dele, nosso coração muda. Sempre! A dureza derrete. "Os sacrifícios que agradam a Deus são um espírito quebrantado; um coração quebrantado e contrito, ó Deus, não desprezarás" (Sl 51:17). Quando temos um coração puro em relação a Deus, podemos permanecer em sua presença e receber dele um novo coração (cf. Sl 24:3-5).

Dez maneiras de promover mudança no coração

1. *Creia em Deus.* "Quem crer em mim, como diz a Escritura, do seu interior fluirão rios de água viva" (Jo 7:38).
2. *Aproxime-se de Deus de todo o coração.* "Este povo me honra com os lábios, mas o seu coração está longe de mim" (Mt 15:8).
3. *Confesse todos os seus pecados ao Senhor.* "... tranqüilizaremos o nosso coração diante dele quando o nosso coração nos condenar. Porque Deus é maior do que o nosso coração e sabe todas as coisas. Amados, se o nosso coração não nos condenar, temos confiança diante de Deus" (1Jo 3:19-21).
4. *Busque a Deus de todo o coração.* "Como são felizes os que obedecem aos seus estatutos e de todo o coração o buscam!" (Sl 119:2).

5. *Ore sempre.* "Então Jesus contou aos seus discípulos uma parábola, para mostrar-lhes que eles deviam orar sempre e nunca desanimar" (Lc 18:1).

6. *Confie em Deus mais do que em sua intuição.* "Confie no SENHOR de todo o seu coração e não se apóie em seu próprio entendimento" (Pv 3:5).

7. *Valorize Deus acima de tudo.* "Pois onde estiver o seu tesouro, aí também estará o seu coração" (Mt 6:21).

8. *Derrame o coração diante do Senhor.* "Confie nele em todos os momentos, ó povo; derrame diante dele o coração, pois ele é o nosso refúgio" (Sl 62:8).

9. *Louve o Senhor de todo o coração.* "SENHOR, quero dar-te graças de todo o coração e falar de todas as tuas maravilhas" (Sl 9:1).

10. *Diga a Deus que o ama com todas as forças de seu ser.* "Respondeu Jesus: 'Ame o Senhor, o seu Deus, de todo o seu coração, de toda a sua alma e de todo o seu entendimento" (Mt 22:37).

A ORAÇÃO ABRANDA O CORAÇÃO

Você sabe como se sente mal quando guarda rancor de seu cônjuge no coração. Somente um "coração em paz dá vida ao corpo" (Pv 14:30). Se não houver paz em seu coração, ele endurecerá e lhe tirará a alegria de viver. Quando temos um coração endurecido e impenitente, sentimos que algum infortúnio acontecerá, se não tentarmos abrandá-lo (cf. Rm 2:5).

Erramos ao acreditar que nossos pensamentos são inofensivos. Não são. Imaginamos que ninguém seja capaz de saber quanta amargura eles abrigam. Mas nossos pensamentos são um poço profundo, do qual podemos extrair vida ou veneno. "A mente e o coração de cada um deles o encobrem!" (Sl 64:6). Deus conhece os segredos de nosso coração (cf. Sl 44:21). A verdade é que somos aquilo que pensamos (cf. Pv 23:7). Se nossos pensamentos forem rancorosos, seremos pessoas rancorosas. Eles exercem influência em nossa personalidade.

Sempre que você quiser destruir qualquer tipo de dureza no coração, jejue e ore. O jejum libera o poder de Deus para quebrar as correntes que prendem seu coração.

> "Agora, porém", declara o SENHOR, "voltem-se para mim de todo o coração, com jejum, lamento e pranto." Rasguem o coração, e não as vestes. Voltem-se para o SENHOR, o seu Deus, pois ele é misericordioso e compassivo, muito paciente e cheio de amor; arrepende-se, e não envia a desgraça.
>
> Joel 2:12-13

O coração muda quando jejuamos. É incrível como algo tão simples pode ser tão poderoso.

Quando paramos de nos preocupar com o cônjuge, para não acumular ressentimento no coração todas as vezes que nos sentirmos rejeitados, criamos uma couraça para enfrentar as próximas ofensas. O coração endurecido passa a ser um lugar seguro, um cobertor impenetrável, uma armadura para nos proteger das flechas inevitáveis. Com o passar do tempo, o coração endurece cada vez mais até não haver nada capaz de abrandá-lo, a não ser o toque do Espírito Santo.

Quando nosso coração endurece, não estendemos graça nem misericórdia. Tornamo-nos justos a nossos próprios olhos. Somos os donos da verdade. Construímos um muro intransponível entre nós e nosso cônjuge, e pior, entre nós e Deus. Na verdade, culpamos Deus, porque nossa vida está arruinada. "É a insensatez do homem que arruína a sua vida, mas o seu coração se ira contra o SENHOR" (Pv 19:3). Não amamos ninguém. Não podemos amar a Deus e guardar rancor de nosso marido (esposa). É pecado. Se você tem algum pecado que não confessou a Deus e do qual não se arrependeu, o Senhor não ouvirá suas orações. "Se eu acalentasse o pecado no coração, o Senhor não me ouviria" (Sl 66:18). É imprescindível receber respostas às orações.

Quando somos ofendidos, precisamos de muita coragem para enfrentar novas ofensas, para nos preparar para ser ofendidos outra vez. Mas, quando queremos abandonar a dureza de coração e confessamos esse pecado a Deus, ele o muda. Somos o barro; Deus é o oleiro, e ele nos modelará à sua maneira, se nos submetermos inteiramente a ele (cf. Is 64:8). Jesus censurou "a incredulidade e a dureza de coração" dos discípulos (Mc 16:14). Você não há de querer que ele a(o) censure por isso. Ore para nunca ter um coração endurecido.

Peça a Deus que lhe mostre o que está em seu coração e não deveria estar, e o que não está e deveria estar. Depois, peça-lhe que faça do lar de seu coração um local agradável para abrigar seu amor.

Orações pelo casamento

ORAÇÃO POR PROTEÇÃO

Senhor, eu te agradeço porque és "sol e escudo" para nós e porque nos concedes "favor e honra" e não recusas "nenhum bem aos que vivem com integridade" (Sl 84:11). Oro para que protejas meu casamento de qualquer dureza de coração que se desenvolva entre nós. Oro para que nosso coração nunca endureça.

Ajuda-nos a não ser obstinados nem rebeldes, e que nosso coração seja leal para contigo (cf. Sl 78:8). "Ensina-nos a contar os nossos dias para que o nosso coração alcance sabedoria" (Sl 90:12). Leva embora toda perversidade em nosso coração, para que nenhuma atitude nociva crie raízes em nós (cf. Sl 101:4). Leva embora todo o orgulho ou amargura em nós, porque não queremos te desagradar.

Se nosso coração endureceu, amacia-o. Peço que os rios de tua água viva fluam constantemente em nós e através de nós, para que nosso coração seja abrandado, corrigido e restaurado (cf. Jo 7:37-38). Conserta as trincas, para que o dano não seja irreparável, e elimina todas as cicatrizes. Peço-te que sempre sintamos amor um pelo outro em nosso coração. Oro em nome de Jesus.

Oração por uma profunda transformação em mim

Senhor, confesso-te o pecado da dureza de meu coração em relação a meu marido (esposa). Derrete-o como gelo sob o Sol causticante. Lanceta todos os gânglios compactos, incrustados e inflamados dentro de mim, até verterem água diante de ti. Troca meu coração de pedra por um coração de amor e compaixão. Destrói o terreno baldio onde nada de bom cresce e que só serve para sufocar a vida. Confesso meus pecados de ira, ressentimento, falta de perdão ou crítica em relação a meu marido (esposa). Perdoa-me e purifica-me completamente o coração.

Senhor, oro para que me dês um coração puro, para que eu possa "entrar em teu Santo Lugar". Dá-me "mãos limpas" e um "coração puro, que não recorre aos ídolos nem jura por deuses falsos", para que eu receba tudo o que tens para mim (Sl 24:3-5). Tu conheces todos os segredos de meu coração (cf. Sl 44:21). Leva embora todos os pensamentos e sentimentos negativos, e transborda meu coração com coisas boas (cf. Sl 45:1). Que minha boca fale com sabedoria, sem proferir palavras ásperas (cf. Sl 49:3). "Cria em mim um coração puro, ó Deus, e renova dentro de mim um espírito estável" (Sl 51:10). Quero apresentar diante de ti o sacrifício de um coração quebrantado e contrito (cf. Sl 51:17).

Não permitas que meu coração seja obstinado. Quero andar nos teus caminhos, não nos meus. Elimina todas as decepções com meu casamento e mostra-me se culpei meu marido (esposa) sem saber que também era culpada(o). Remove todo o orgulho, para que eu possa livrar-me das conseqüências do pecado e ouvir melhor o que tens para me dizer. Muda-me pelo poder de teu Espírito. Afasta de meu coração tudo o que não te pertencer. Ajuda-me a amar-te e a servir-te de todo o coração e de toda a alma (cf. Js 22:5). Mostra-me como guardar o coração e a alma com diligência (cf. Pv 4:23).

Dá-me sabedoria para tomar decisões certas, para eu viver de coração íntegro em minha casa (cf. Sl 101:2). Destrói toda dureza de coração em mim, e eu me arrependerei dela. Restaura o amor no coração por meu marido (esposa), se um dia deixei de amá-lo. Eu te busco de todo o coração e peço-te que me ajudes a guardar "no coração a tua palavra para não pecar contra ti" (Sl 119:11). "Dá-me entendimento, para que eu guarde a tua lei" (Sl 119:34). Capacita-me a confiar em ti de todo o coração e a não depender de meu entendimento limitado.

Creio que verei a tua bondade em minha vida, portanto não desanimarei. Esperarei em ti, Senhor, e serei forte, sabendo que me fortalecerás o coração (cf. Sl 27:13-14). Graças te dou porque és o Deus de novos começos. Ajuda-me a ter atitudes que signifiquem um novo começo em mim hoje. Oro em nome de Jesus.

Oração por uma profunda transformação em meu marido (esposa)

Senhor, oro para que dês a meu marido (esposa) um coração que te conheça melhor, para que seu coração seja abrandado em relação a ti e a mim. Se esse coração já endureceu, oro para que ele (ela) se volte para ti de todo o coração e te encontre (cf. Jr 29:13). Abre o coração dele (dela) para ouvir as tuas palavras (cf. At 16:14).

Senhor, oro para que o(a) ajudes a ter um coração pleno da verdade, não um coração receptivo às mentiras do inimigo. Impede-o(a) de ter um espírito rebelde e um coração obstinado, e que ele (ela) não siga os próprios planos (cf. Sl 81:12). Dá-lhe um coração firme na fé, para que ele (ela) não tema o futuro (cf. Sl 112:7). Dá-lhe um coração de amor por mim. Ressuscita esse coração se ele (ela) achar que está morto.

Senhor, sei que o orgulho é abominação a ti, por isso oro para que elimines todo o orgulho do coração de meu marido (esposa), para que ele (ela) não seja punido(a) por isso (cf. Pv 16:5). Sei que "o ganancioso provoca brigas, mas quem confia no Senhor prosperará" (Pv 28:25). Não permitas que o orgulho em nós provoque brigas em nosso casamento. Ajuda-o a prosperar, porque confiamos em ti.

Senhor, ajuda-me a ser sensível à opressão no coração de meu marido (esposa). Mostra-me as cargas que ele (ela) carrega e como eliminá-las. Ajuda-me a incentivar e apoiar suas decisões. Oro para que o coração de meu marido (esposa) confie em mim, para que nosso casamento seja abençoado (cf. Pv 31:11). Oro em nome de Jesus.

Verdades nas quais podemos confiar

O coração é mais enganoso do que qualquer outra coisa e sua doença é incurável.
Jeremias 17:9

Acima de tudo, guarde o seu coração, pois dele depende toda a sua vida.
Provérbios 4:23

Espere no SENHOR. Seja forte! Coragem! Espere no SENHOR.
Salmos 27:14

Darei a vocês um coração novo e porei um espírito novo em vocês; tirarei de vocês o coração de pedra e lhes darei um coração de carne.
Ezequiel 36:26

E não nos cansemos de fazer o bem, pois no tempo próprio colheremos, se não desanimarmos.
Gálatas 6:9

10

Se um dos dois *deixar* de ser prioridade máxima para o outro

Quando se trata de prioridades, Jesus deixou bem claro quais devem ser as nossas. Ele disse que devemos amar a Deus em primeiro lugar e, depois, os outros (cf. Mt 22:37-40). Pôr Deus em primeiro lugar não significa desprezar o cônjuge e os filhos. Não significa abandonar a família e passar o tempo todo na igreja. Não significa gritar com o cônjuge e os filhos, dizendo que devem cuidar deles próprios porque vamos trabalhar em um campo missionário. Jesus disse: "Se vocês me amam, obedecerão aos meus mandamentos" (Jo 14:15). Pôr Deus em primeiro lugar significa amá-lo o bastante para obedecer-lhe sempre. Depois de amar a Deus, o mandamento mais importante é amar os outros (cf. 1Jo 3:10-18).

Há, também, prioridades dentro do mandamento de "amar os outros". Antes de tudo, devemos amar nosso marido (esposa), e depois os filhos. A explicação é simples: se não dermos prioridade ao cônjuge, provavelmente o perderemos, e isso não será bom para os filhos.

Quando amamos a Deus acima de tudo, ocorre um fato extraordinário: todas as outras prioridades se encaixam perfeitamente. Amar a Deus não significa ter sentimentos de amor esporádicos por ele. Significa amá-lo com todo o nosso ser. Significa manter o coração em comunhão constante com ele.

Até Dalila sabia que o amor não é verdadeiro se o coração não estiver com a pessoa amada. Quando Sansão não quis revelar seu segredo, ela o inquiriu: "Como você pode dizer que me ama, se não confia em mim? Esta é a terceira vez que você me fez de boba e não contou o segredo da sua grande força" (Jz 16:15). A princípio, Sansão estava vivendo em pecado e não era casado com Dalila, portanto não deveria ter-se colocado em posição de ser pressionado para revelar a verdade. E esse foi seu último passo em direção ao abismo. Mas o ponto central aqui é: Dalila sabia que o coração inteiro dele deveria estar com *ela*, ou, então, não seria amor. O mesmo se aplica a você. Seu coração inteiro deve estar com Deus. E precisa estar com seu cônjuge também. Você não pode titubear quando se trata de dar prioridade ao casamento depois de dar prioridade a Deus, caso contrário perderá completamente o rumo na vida. Quando amamos a Deus de todo o coração, amar o cônjuge como deveríamos torna-se tarefa simples.

Antes da chegada dos filhos, não é difícil manter essas prioridades. Depois, a situação torna-se mais complexa. Talvez vocês dois tenham de trabalhar para sustentar a família, e o tempo é escasso para criar os filhos e manter a casa em ordem e bem administrada, sem falar de outras coisas, como cuidar da saúde, freqüentar a igreja e manter contato com amigos e familiares. Como dar conta disso tudo sem violar sua prioridade máxima? A sensação é a de que você está sempre negligenciando alguma coisa ou alguém. É mais provável que esteja negligenciando o cônjuge em favor dos filhos. Ou negligenciando a família em favor do trabalho. Mas não precisa ser assim.

Jesus disse a um dos mestres da lei, que demonstrou entender esse princípio de amar a Deus e amar o próximo como a si mesmo:

"Você não está longe do Reino de Deus" (Mc 12:34). Estaremos o mais perto possível do reino de Deus aqui na terra se também entendermos esse princípio.

Tudo flui do amor

Sentimo-nos bem quando obedecemos às leis "mais importantes" de Deus e desobedecemos apenas a algumas. Mas não devemos obedecer parcialmente às leis, favorecendo uma em detrimento de outra (cf. Ml 2:9). Não podemos dizer: "Vou obedecer a esta lei, não àquela". Deus ordena que obedeçamos a todas, e a única forma de conseguir isso é amá-lo acima de tudo e, depois, amar os outros.

Todas as leis de Deus estão repletas de amor. O amor nos leva a obedecer a Deus em primeiro lugar. A Bíblia afirma: "O amor não pratica o mal contra o próximo. Portanto, o amor é o cumprimento da Lei" (Rm 13:10). Fomos criados com *amor* para *amar* e ser *amados*. No entanto, nosso amor e afeição precisam ser direcionados a Deus em primeiro lugar. Não devemos amar nada *acima* dele. O primeiro dos dez mandamentos diz que devemos ter um só Deus, o nosso Deus. Ele deseja que o amemos de *todo* o coração, alma e entendimento, e que o reconheçamos em tudo. Significa amá-lo com todo o nosso ser, e não apenas em palavras. Significa louvá-lo *com tudo o que somos*, porque o amamos *com tudo o que existe em nós*.

Quando amamos a Deus, somos capazes de resistir a todas as tentações que procuram afastar-nos do que é mais importante. Quando Deus é nossa primeira prioridade, não permitimos que nada enfraqueça ou contamine nossa comunhão com ele. Não permitimos que os gritos de coisas menos importantes nos chamem a atenção.

Esses gritos para chamar a atenção são semelhantes aos comerciais na televisão. São muito mais altos que os programas normais e nos forçam a pegar o controle remoto para diminuir o som. Não sei quanto a você, mas, se eu tiver de pegar o controle remoto para diminuir o som de um comercial, prefiro mudar de canal ou desligar a televisão. Não sei como os programadores de televisão ainda não se deram conta de que temos controles remotos. Talvez imaginem que continuaremos sentados, ouvindo aquele som tão alto. Eu faço o mesmo quando o programa é inconveniente. Não permito que nenhum tipo de contaminação invada minha vida. Desligo o aparelho.

Se você ama a Deus e vê o inimigo tentando contaminar sua vida de todas as formas, pegue seu controle remoto sagrado e desligue o inimigo. Recuse-se a ouvi-lo, porque você tem o poder de mudar de canal. Pode diminuir o volume da voz de sua carne que grita: "Eu quero porque quero". Ponha Deus em primeiro lugar, porque o ama acima de tudo. Se seu coração estiver dividido — em outras palavras, se estiver sendo puxado para outra direção, forçando-a(o) a amar outra coisa que não Deus — seu amor pelo Senhor está fraco.

Se você é mulher, pode pôr Deus em primeiro lugar quando vai às compras. Diga: "Senhor, mostra-me o que devo e o que não devo comprar. Não quero desperdiçar o dinheiro que me deste, comprando algo desnecessário ou que não vou usar, e, acima de tudo, não quero comprar nada que não te glorifique. Torna-me sensível à tua vontade neste exato momento". Tão logo comecei a orar assim, cometi menos erros e deixei de fazer compras desnecessárias. Se você puser o amor a Deus em primeiro lugar e o amor ao cônjuge em segundo, não haverá erro.

Se você é homem e adora esportes, por exemplo, peça a Deus que o ajude a não pôr a programação esportiva antes da programação de Deus e do povo de Deus. Se gosta de assistir ao jogo no local ou pela televisão, não grite para sua esposa: "Estou vendo o jogo. Não converse comigo até o fim da tarde!". Ao contrário, diga alguns dias antes: "Haverá um jogo no domingo à tarde. Vamos assistir ao culto na igreja de manhã e almoçar fora. Se houver alguma coisa que eu possa fazer para ajudá-la antes do jogo, me avise". Assim, você terá certeza de que tudo o que fizer fluirá do amor de Deus e do amor de sua esposa. Essas são as prioridades certas.

Ao dar esses dois simples exemplos, não estou dizendo que você não deva fazer compras ou assistir a eventos esportivos. Estou apenas dizendo que deve perguntar a si mesma(o): "O que estou fazendo ocupa um lugar mais importante em meu coração que Deus ou meu marido (esposa)? Isso se origina de um coração que ama a Deus e minha família?". Tudo o que você faz precisa fluir de seu amor por Deus.

Demonstrar amor pelo marido (esposa) é uma das formas de demonstrar amor por Deus. "Se alguém afirmar: 'Eu amo a Deus', mas odiar seu irmão, é mentiroso, pois quem não ama seu irmão, a quem vê, não pode amar a Deus, a quem não vê" (1Jo 4:20). Jesus ensinou que devemos amar o próximo como *amamos a nós mesmos*. Existe, porém, o amor egoísta, orgulhoso e ganancioso. Esse amor não provém do amor por Deus e pelos outros. Esse tipo de amor é corrupto, é a raiz do pecado. O tipo de amor a que Jesus se refere valoriza os dons, talentos e singularidades que Deus nos concedeu e a maneira extraordinária com que nos criou. E isso nos motiva a ser bons administradores de nosso corpo, mente, alma e vida. Será mais fácil amar os outros mais do que a nós mesmos se aprendermos a amar segundo a vontade de Deus.

Nada é mais importante que amar a Deus e o próximo — irmãos e irmãs no Senhor —, e é seu cônjuge quem está mais próximo de você. Se amar seu cônjuge como ama a si mesma(o), jamais fará com ele (ela) o que não deseja que façam com você.

Onde está seu tesouro

A melhor maneira de pôr em prática esses dois mandamentos mais importantes, que englobam todas as leis de Deus, é ter comunhão com ele todos os dias, para ser conduzida(o) pelo Espírito. Se não ouvir a orientação de Deus, acabará confundindo as prioridades. Somente Deus pode dizer como as prioridades devem ser postas em prática no dia-a-dia. Ele diz que devemos buscar seu reino em primeiro lugar, e todas às outras coisas nos serão acrescentadas (cf. Lc 12:31). Quando o buscamos em primeiro lugar, tudo o mais se encaixa. Recebemos tudo de que necessitamos.

Confundimos as prioridades quando buscamos outras coisas antes de Deus. Jesus disse: "Não se preocupem com sua própria vida, [...] pois foi do agrado do Pai dar-lhes o Reino" (Lc 12:22,32). Disse também que devemos guardar um tesouro nos céus que não se acabe, porque onde estiver o nosso tesouro, ali também estará o nosso coração (cf. Lc 12:33-34). Você guarda um tesouro nos céus quando seu coração está com Deus e com seu cônjuge. Se considerar seu casamento como o maior tesouro, menor apenas que seu relacionamento com Deus — um tesouro no qual você investirá o coração inteiro —, seu casamento será transformado. Se puser o cônjuge logo abaixo de Deus, seu casamento será forte, sem brigas e mais agradável em todos os aspectos. E isso redundará em maiores bênçãos para seus filhos.

Para deixar de lado o orgulho, o egoísmo e a sensibilidade exagerada e pecaminosa, você precisa pedir a ajuda de Deus para ser humilde, altruísta e bondosa(o). Significa exibir o fruto do Espírito. E não poderá fazer isso se não viver *no* Espírito diariamente. Todas as manhãs, ao acordar, você precisa dizer: "Enche-me com teu Santo Espírito, Senhor, e ajuda-me a ser conduzida(o) por ele hoje. Ajuda-me a exibir o fruto de teu Espírito em tudo o que eu disser e fizer".

Nove maneiras de exibir o fruto do Espírito em meu casamento

O fruto do Espírito é:	Em relação a meu casamento:
1. Amor	Mostrarei amor por meu cônjuge todos os dias.
2. Alegria	Convidarei a alegria do Senhor para morar comigo todos os dias.
3. Paz	Viverei em paz, não em estresse.
4. Paciência	Terei paciência com meu cônjuge todos os dias.
5. Amabilidade	Serei amável com meu cônjuge em qualquer circunstância.
6. Bondade	Serei bondosa(o) com meu cônjuge de todas as maneiras.
7. Fidelidade	Serei fiel a meu cônjuge em tudo o que fizer.

8. Suavidade	Serei gentil com meu cônjuge.
9. Autocontrole	Não perderei o controle com meu cônjuge.

GÁLATAS 5:22-23

QUANDO VOCÊ SENTE QUE DEIXOU DE SER PRIORIDADE PARA O CÔNJUGE

Se você acha que seu compromisso com o casamento permanece firme, mas o de seu cônjuge não, a situação é terrivelmente dolorosa e decepcionante, mas isso não deve torná-la(o) uma pessoa ressentida. Isso só vai piorar as coisas, e você ficará mais magoada(o) que seu cônjuge. Talvez pronuncie palavras das quais se arrependa, aumentando a distância entre um e outro.

Peça a Deus que lhe mostre qual é o problema verdadeiro. Seu marido (esposa) trabalha demais, está cuidando da carreira profissional, da educação dos filhos ou colaborando ativamente na igreja ou na comunidade? Está preocupado(a) com outros interesses, esportes, pessoas ou passatempos? Demonstra *desatenção* ou *desorientação*? Será que ele (ela) não se importa realmente com nada ou não consegue enxergar a situação?

Conversem sobre o assunto e discutam as prioridades *do momento* e definam quais *deveriam ser*. Decidam o que precisa ser mudado. É necessário haver completo entendimento da situação em que se encontram. O mais importante de tudo é chegar a um acordo. Por exemplo, algumas etapas na vida profissional exigem mais do que outras, e talvez vocês dois concordem que, nesse período de grande agitação, haverá necessidade de trabalhar mais.

Decidam o que poderão fazer para compensar o tempo perdido entre vocês. Se chegarem a um acordo, não haverá nenhum prejuízo ao casamento.

Outro exemplo é quando os filhos são pequenos e ainda não começaram a freqüentar a escola. Quanto menos idade tiverem, mais atenção exigirão. Converse com seu cônjuge e diga-lhe que essa fase não deixa muito tempo livre para vocês, e que se esforçará para encontrar alguns momentos preciosos para estar a sós com ele.

Há ainda outro exemplo quando você tem um projeto ou tarefa com data marcada para entregar e precisa terminá-lo, porque seu sucesso depende dele. Ou quando há interesses especiais em jogo do tipo "faça agora ou perderá a oportunidade". Diga algo mais ou menos assim: "Preciso trabalhar firme neste projeto, mas vou terminá-lo em oito semanas. Depois disso, ficarei mais tempo em casa". Ou se estiver preocupada(o) com a ausência prolongada de seu cônjuge, diga algo mais ou menos assim: "Enquanto as crianças não forem para a escola, vamos ficar juntos em casa o maior tempo possível, para o bem delas". Se você conseguir comunicar-se satisfatoriamente com seu marido (esposa) e ambos chegarem a um acordo, deixará claro que sua prioridade continua a ser Deus, o cônjuge e os filhos. Isso resolverá a situação de uma vez por todas, na mente e coração de vocês.

Outra coisa que sempre lhe desviará a atenção das prioridades certas é o orgulho. Ele nos leva a fazer escolhas erradas. "O orgulho só gera discussões, mas a sabedoria está com os que tomam conselho" (Pv 13:10). "O orgulho vem antes da destruição; o espírito altivo, antes da queda" (Pv 16:18). Deus não quer que você pense ou aja como se fosse melhor que os outros, principalmente melhor que seu cônjuge. É por isso que o orgulho leva a pessoa a pensar que está certa e não precisa ouvir as opiniões do cônjuge. Esse é um terreno perigoso para caminhar. "Tenham uma mesma atitude uns para com os outros. [...] Não sejam sábios aos seus próprios olhos" (Rm 12:16).

Quando nos ensoberbecemos, tornamo-nos semelhantes ao inimigo (cf. 1Tm 3:6). Se você vê orgulho em si mesma(o) ou em seu cônjuge, ore para que seja destruído. Se as prioridades estiverem fora de ordem em seu casamento — não importa se o problema é com você, com seu cônjuge ou com os dois —, aproximem-se "do trono da graça com toda a confiança", para receber misericórdia e encontrar graça que os ajude "no momento de necessidade" (Hb 4:16). Depois diga: "Senhor, leva embora todo orgulho em mim, para eu poder enxergar o que é mais importante".

Quando a pressão no trabalho prejudica o casamento

Todos nós queremos ser importantes — como se o que fazemos fosse muito significativo e capaz de mudar o mundo para melhor. É por isso que o trabalho é importante para nós. O trabalho do homem é especialmente importante para ele e, de alguma forma, mais importante que o trabalho da mulher é para ela. É por isso que a identidade e os sentimentos do homem estão concentrados ao extremo no trabalho. Ele se atira ao trabalho porque sente pressão constante para ser bem-sucedido. E a pressão intensifica-se quando ele *não* está trabalhando. O homem sem trabalho tem a sensação de que sua vida inteira está à beira de uma desgraça. Sente-se desanimado, irado, triste, deprimido, sem esperança, irritado, com a sensibilidade à flor da pele e fracassado. Esse tremendo estresse respinga no casamento.

A mulher, por outro lado, parece sentir-se valorizada, mesmo quando está afastada do trabalho. O trabalho é muito importante para a mulher, e ela deseja a todo custo fazer o melhor e ser bem-sucedida, mas seu sentido de identidade e valor pessoal não oscila de acordo com o êxito ou o fracasso no trabalho.

O homem sofre pressão no trabalho e em casa. Se trabalha muito e por longas horas, se é dedicado demais e tem obsessão pelo que faz, a esposa sente que está sendo substituída por uma amante sem rosto. A pressão que o homem sente no trabalho é tão grande e tão constante que passa a fazer parte dele, e ele não percebe. Por isso, é muito importante que a esposa ore para que o marido se realize no trabalho. E que seja capaz de usar seus dons e talentos de acordo com a vontade de Deus, para ver seu trabalho ser abençoado. O marido deve orar pelo trabalho da esposa, para que tenha êxito e seja benquista pelos colegas e superiores.

Sugestões práticas para reordenar as prioridades

1. Peça a Deus que a(o) ajude a demonstrar amor e lealdade a seu cônjuge todos os dias e de maneira tangível. Sejam carinhosos um com o outro, sem pensar sempre em sexo. Demonstrar carinho com o cônjuge deve ser um dos primeiros itens de sua lista de prioridades. O cônjuge precisa saber que é amado por quem ele é naquele momento, sem precisar fazer nenhuma proeza. Faça que ele sempre sinta saudades de você em sua ausência. Jesus disse: "Ninguém tem maior amor do que aquele que dá a sua vida pelos seus amigos" (Jo 15:13). Peça a Deus que lhe mostre como dar a vida — abandonar desejos egoístas — em favor de seu marido (esposa) todos os dias.

2. Diga não a certas coisas sempre que possível, para poder passar alguns momentos a sós com seu cônjuge. Tentem ficar sozinhos, longe de casa, nem que seja por uma noite. Dirijam-se a algum lugar onde possam passar uma hora ou duas no carro, sem interrupções. Se seu cônjuge é viciado em trabalho, tente convencê-lo de que esse tempo a sós com você *lhe* fará muito bem. Esses momentos fazem grande diferença no casamento.

Michael e eu temos ido a vários retiros para casais, e durante um em particular, pouco tempo atrás, descobrimos que, mesmo depois de trinta e quatro anos de casados, continuávamos a aprender um com o outro. Sempre aprendemos um com o outro, mas daquela vez houve uma descoberta verdadeira. Meu marido gosta de ficar em casa, portanto saíamos juntos apenas duas vezes por ano, fora das datas de aniversário. Naquele retiro, meu marido ficou sabendo que deveria sair comigo à noite, pelo menos uma vez por semana. Eu já me acostumara àquela vida, mas alguma coisa estalou na mente dele, e agora saímos para jantar quase todas as semanas e, às vezes, vamos ao cinema — embora seja muito mais difícil encontrar um filme decente do que um bom restaurante. Esses passeios fizeram grande diferença em nosso casamento. Tentamos encontrar tempo para isso, e agora aguardamos o momento com ansiedade. Parece coisa simples, mas é uma forma poderosa de dar prioridade ao cônjuge. Por maior que seja a correria no resto da semana, sabemos que teremos tempo para ficar sozinhos por algumas horas.

3. Leia a Bíblia e ore com seu cônjuge sempre que possível. Se não puder fazer isso todos os dias, tente pelo menos uma vez por semana. Se seu cônjuge não gostar, pergunte se, de vez em quando, pode ler um ou dois versículos da Bíblia para ele e se pode orar por ele. Orar juntos e um pelo outro é uma arma poderosa para transformar vidas — mesmo que só um de vocês ore.

A prioridade é igual ao tempo. Todos nós temos de deixar de lado algumas tarefas, para fazer outras mais importantes. Se algo ocorrer que venha a tomar todo o seu tempo — filho doente, pai ou mãe idoso com necessidades especiais, término de um projeto —, diga a seu cônjuge que a situação é temporária e que terão oportunidade de passar alguns momentos a sós assim que tudo voltar ao normal.

Não beba o refresco do inimigo

"Beber o refresco" é uma expressão que se originou do massacre de 1978 em Jonestown, na Guiana, no qual alguns membros do Templo do Povo cometeram suicídio ao beber um refresco misturado com cianureto. Para quem era jovem demais e não se lembra dessa tragédia, na década de 1970 surgiu um guru chamado Jim Jones. Ouvi falar dele logo no início por intermédio de minha diarista, Rosetta, que trabalhou para mim aos sábados durante cinco anos. Rosetta era cristã, mas, por um motivo ou outro, ela e sua igreja decidiram seguir Jim Jones. Ela começou a falar bem dele com muita freqüência, e notei imediatamente uma admiração pouco saudável por aquele "líder espiritual". Quando começou a usar um colar comprido com uma fotografia de Jim Jones em um porta-retrato de 5 cm x 10 cm, conversei detidamente com ela sobre minhas reservas quanto à sua devoção para com ele. Nessa conversa, ela me contou que Jim Jones adquirira umas terras na Guiana e estava pedindo a seus seguidores que fossem para lá para trabalhar como lavradores, e ele os sustentaria. Rosetta estava pensando seriamente em ir.

Tive um terrível pressentimento, e orei fervorosamente para que ela voltasse ao juízo perfeito. Quanto mais eu orava, mais sentia que aquilo era obra do inimigo. Graças a Deus, na vez seguinte que conversamos, consegui convencê-la a desistir da idéia. Usei o argumento de que ela cometeria um grande erro se partisse sem levar o filho. Eu conhecia suas dificuldades. Rosetta precisava de alguém para cuidar dela e permitir que servisse ao Senhor ao mesmo tempo. Ela achava que seu filho, com 19 anos, tinha idade suficiente para cuidar de si.

"Ele ainda precisa de você", eu disse. "Não pode abandoná-lo. Além disso, não creio que esta seja a vontade de Deus para você".

Finalmente, ela decidiu não ir, e alguns meses depois Jim Jones ofereceu a seus seguidores, na Guiana, o refresco envenenado. Os seguidores de Jim Jones morreram, com exceção de alguns que conseguiram fugir. Foi uma tragédia inacreditável.

A questão é esta: o Diabo sempre tem um tipo de veneno para nós e espera que o bebamos. Rejeite a bebida de morte e destruição do inimigo — principalmente em relação às prioridades de seu casamento. Lembre-se que o Diabo "é mentiroso e pai da mentira" (Jo 8:44). O inimigo lhe dirá que tudo na vida é mais importante que o casamento — seu trabalho, seus sonhos, filhos, amigos, parentes, momentos de lazer, interesses, carreira e até seu tempo. Não beba essas mentiras. São veneno para você e a(o) levarão para o abismo. Ao contrário, beba "da mesma bebida espiritual", da rocha espiritual que é Cristo (1Co 10:4). Derrote as mentiras do inimigo com a verdade de Deus, porque "aquele que está em [você] é maior do que aquele [o inimigo] que está no mundo" (1Jo 4:4).

Depois daquela tragédia, minha diarista chorou muito por todos os seus amigos que morreram na Guiana. O acontecimento lamentável abalou tremendamente a vida de Rosetta, mas ela poderia ter sido uma das vítimas. Se eu não tivesse tomado uma atitude firme, estaria arrependida pelo resto da vida. Também estou tomando uma atitude firme contra os planos do Diabo para você. Não quero que caia na armadilha que ele preparou para você e seu casamento, induzindo-a(o) a confundir suas prioridades. Ame a Deus e ame seu marido (esposa), e tudo o mais entrará nos eixos.

Orações pelo casamento

Oração por proteção

Senhor, oro para que ajudes meu marido (esposa) e eu a dar sempre prioridade a ti e, depois, a dar prioridade um ao outro. Capacita-nos a viver em teu amor, para que possamos aprender a amar um ao outro como tu desejas. Que sejamos artérias por meio das quais teu amor possa fluir. Mostra-nos como definir as prioridades certas em nosso casamento e família.

Oro para que não façamos nada "por ambição egoísta ou por vaidade", mas que, humildemente, consideremos os outros superiores a nós mesmos (Fp 2:3). Ajuda-nos sempre a encontrar tempo um para o outro, para ajudar, apoiar, encorajar, animar, amar, fazer companhia e compartilhar boas coisas. Capacita-nos a sempre carregar a carga do outro quando as dificuldades da vida surgirem. Ajuda-nos a dar preferência um ao outro, e não a coisas aparentemente importantes que nos chamem a atenção. Ensina-nos a separar um tempo para ficar juntos, só nós dois, e a reafirmar que, depois de ti, somos prioridade um para o outro.

Em tempos de correria, ajuda-nos a entender as necessidades do outro e que haja acordo entre nós sobre como lidar com esses momentos. Eu te agradeço porque nos escolheste para ser teu povo e teu "tesouro pessoal" para tua glória (Dt 7:6). Ajuda-nos a sempre encontrar nosso tesouro em ti, acima de todas as coisas. Oro em nome de Jesus.

Oração por uma profunda transformação em mim

Senhor, ajuda-me sempre a te pôr em primeiro lugar em minha vida e, depois, a pôr meu marido (esposa) acima de tudo. Mostra-me como fazer isso e como explicar claramente a ele (ela). Olho para ti e peço-te que me mostres "o caminho que devo seguir" e o que devo fazer (Sl 143:8). Revela-me em que ponto confundi a ordem das prioridades. Se dei prioridade a outras coisas, pessoas ou atividades antes de dar prioridade a ti ou a meu marido (esposa), mostra-me onde foi. Se fiz meu marido (esposa) sentir que não é prioridade máxima em minha vida, ajuda-me a desculpar-me com ele (ela) e a reparar meu erro. Se houve algum prejuízo para o nosso casamento, oro para que cures essas feridas. Devolve-nos ao lugar onde deveríamos estar. Ajuda-me a dar prioridade a meus filhos, abaixo de ti e de meu marido (esposa), porque a maior bênção para eles é permanecermos juntos.

Agradeço-te porque teu amor por mim é eterno, e por, em tua benignidade, estares sempre me atraindo para mais perto de ti (cf. Jr 31:3). Ajuda-me a buscar-te em primeiro lugar, a obedecer a teus mandamentos e a permanecer em teu amor (cf. Jo 15:9-10). Eu te agradeço porque me escolheste antes que eu te escolhesse, para que eu fosse santa(o) e irrepreensível em tua presença (cf. Ef 1:3-6). Sei que minha santidade e irrepreensibilidade vêm de tudo o que Jesus *é*, e foram atribuídas a mim. Sou grata(o) a ti eternamente, e anseio agradar-te de todas as formas — principalmente em como priorizo minha vida. Oro em nome de Jesus.

Oração por uma profunda transformação em meu marido (esposa)

Senhor, oro para que coloques teu amor no coração de meu marido (esposa). Ajuda-o(a) a entender a grandeza desse amor. Liberta-o(a) de todas as mentiras do inimigo que o(a) fizeram duvidar de teu amor por ele (ela). Jesus, tu disseste: "Deus é amor. Todo aquele que permanece no amor permanece em Deus, e Deus nele" (1Jo 4:16). Ajuda meu marido (esposa) a aprender a amar-te acima de todas as coisas. Que tudo o que ele (ela) fizer seja feito com amor (cf. 1Co 16:14).

Se as prioridades dele (dela) estiverem fora de ordem, oro para que o(a) ajudes a entender que suas prioridades devem ser: tu em primeiro lugar, eu em segundo e, depois, os filhos, acima de todas as outras coisas. Ajuda-o(a) a ver onde ele (ela) precisa mudar a maneira de gastar o tempo. Ajuda-o(a) a não sentir pressão exagerada no trabalho, porque isso lhe prejudica a vida e faz nossa família sofrer. Abençoa seu trabalho, para que ele (ela) possa realizar mais em menos tempo. Capacita-o(a) a dizer não ao que te desagrada e não é prioridade máxima. Não permitas que ele (ela) se deixe levar pelas ilusões ou seja vencido(a) pelo medo (cf. Is 66:4). Ajuda-o(a) a ver claramente o que é mais importante na vida e o que não é. Ajuda-o(a) a escolher o caminho da humildade e da justiça. Graças te dou porque tudo o que pedirmos em teu nome, tu nos concederás (cf. Jo 15:16). Oro em nome de Jesus.

Verdades nas quais podemos confiar

Busquem, pois, em primeiro lugar, o Reino de Deus e a sua justiça, e todas essas coisas lhes serão acrescentadas.

Mateus 6:33

Portanto, humilhem-se debaixo da poderosa mão de Deus, para que ele os exalte no tempo devido. Lancem sobre ele toda a sua ansiedade, porque ele tem cuidado de vocês.

1Pedro 5:6-7

Hoje invoco os céus e a terra como testemunhas contra vocês, de que coloquei diante de vocês a vida e a morte, a bênção e a maldição. Agora escolham a vida, para que vocês e seus filhos vivam.

Deuteronômio 30:19

Se, porém, não lhes agrada servir ao SENHOR, escolham hoje a quem irão servir [...]. Mas, eu e a minha família serviremos ao SENHOR.

Josué 24:15

Faze-me ouvir do teu amor leal pela manhã, pois em ti confio. Mostra-me o caminho que devo seguir, pois a ti elevo a minha alma.

Salmos 143:8

11

Se *a* palavra com "D" tornar-se *uma* opção

O CASAMENTO — DA mesma forma que o marido e a esposa — cria raízes e torna-se mais firme ou começa a fracassar e torna-se mais vulnerável. Nunca é totalmente estável, embora pareça algumas vezes. O casamento tem vida própria e caminha para a frente e para trás. Respira fundo quando recebe ar fresco ou sufoca-se quando lhe falta oxigênio espiritual. O marido e a esposa exercem grande influência no rumo do casamento por meio de palavras, modo de agir e fervor de suas orações. Ar fresco ou sufocação. A escolha é do casal.

A boa notícia é que, mesmo quando cometemos erros no casamento e achamos que deveríamos ter agido de forma diferente, Deus é o Deus das segundas chances. Nem todos os casais se dispõem a dar uma segunda chance ao cônjuge, mas Deus sempre nos oferece outra oportunidade para corrigir os erros. Significa que, se o casamento estiver seguindo na direção errada, nunca é tarde demais para reverter a situação.

Quase todos os homens e mulheres se casam com a intenção de permanecer juntos e ter um casamento maravilhoso pelo resto da vida. Ambos estão apaixonados um pelo outro e pensam que sabem como será a vida conjugal. Mas, antes do casamento, é impossível saber exatamente o que vão enfrentar, mesmo que o período de namoro tenha sido longo e que se conheçam há muito tempo. Não conhecemos nem sequer a *nós mesmos* antes do casamento, muito menos a pessoa com quem vamos casar.

O casamento revela tudo o que somos, porque não há lugar para nos esconder — nem mesmo de nós. O contrato de casamento muda tudo. O relacionamento passa a ser *verdadeiramente* íntimo e pessoal, e não conseguimos mais disfarçar. A verdade vem à tona. É por isso que o casamento exige comprometimento e muito esforço. Uma parceria de 50/50 não funciona. Cada um precisa dar 100% de si ao outro. E isso não será fácil se ambos forem egoístas ao extremo.

Às vezes, um dos cônjuges concentra-se demais em si mesmo ou no trabalho e esquece completamente que o outro se sente rejeitado e abandonado. Acredita que tudo vai bem, mas o outro está infeliz. Diante dessa falta de comunicação, causa-lhe grande surpresa quando o cônjuge rejeitado vai embora ou tem um relacionamento extraconjugal. A questão é esta: se só *um* dos cônjuges acha que tudo vai bem, o casamento não vai bem.

O casamento precisa ser trabalhado o tempo todo para se fortalecer e criar raízes. Se não crescer, começará a fracassar. Talvez se mantenha nas aparências, mas está afundando em algum ponto invisível. É o mesmo que espetar um alfinete em um ovo e deixar o conteúdo escorrer lentamente. Os sinais são imperceptíveis. O ovo parece intacto. Mas, um dia, o ovo não resiste à pressão e quebra irremediavelmente. Quando tudo quebra no casamento, o divórcio parece ser a única saída para salvar nossa vida de uma situação insustentável. Você se lembra de Humpty Dumpty[3]? Ninguém conseguiu juntar seus pedaços.

[3] Personagem de um poema infantil inglês, com forma de ovo, que cai de um muro e se espatifa no chão (N. do T.).

Um pecado violento

Deus diz: "Eu odeio o divórcio [...] e também odeio homem que se cobre de violência como se cobre de roupas" (Ml 2:16). Deus usa as palavras "odeio" e "violência" para descrever seus sentimentos a respeito do divórcio. Depois de dizer isso a seu povo no fim do Antigo Testamento, Deus só voltou a falar com ele depois de cerca de quatrocentos anos. Foi um silêncio muito maior do que o que ocorre entre casais belicosos. Acho que Deus estava falando sério.

Deus diz que o marido não deve divorciar-se de sua mulher (cf. 1Co 7:11). "Portanto, o que Deus uniu, ninguém o separe" (Mc 10:9). Foi por causa da dureza de nosso coração que surgiu o divórcio, mas essa nunca foi a intenção de Deus (cf. Mt 19:7-8). O divórcio nunca deveria ocorrer. Mas a dureza de nosso coração abriu espaço para ele, mesmo sabendo que Deus o odeia.

O índice de divórcio é muito alto porque ele é considerado uma *opção* na mente de quase a metade dos divorciados. Muitas pessoas se referem a ele como *solução*. Parece ser a única *saída* para uma situação deplorável. Se você tem certeza de que não concorda com essa opção, solução ou saída, precisa encontrar *outra* opção, uma solução melhor e uma saída para *resolver* uma situação aparentemente impossível.

Deus é testemunha de seu casamento, e o considera um pacto, que significa *tolerar um ao outro por obrigação e com fidelidade*. Quando o casal se divorcia, há uma destruição violenta daquele pacto e da ordem de Deus para a vida de cada um. Quando, porém, você cumpre os votos feitos no casamento, Deus abençoa sua união. É por isso que as orações pela preservação e fortalecimento do casamento têm tanto poder. Essa é a vontade de Deus antes de você pedir. A oração faz Deus agir. O poder de Deus opõe-se a qualquer inimigo que você enfrente — não importa se esse inimigo venha de fora ou seja um de vocês ou os dois.

Recuse-se a pronunciar a palavra com "D"

Conforme já mencionei, antes de me converter fui casada com um homem não-crente. Aquele casamento estava destinado ao fracasso desde o início porque entrei nele sabendo que não duraria. Eu só queria ter um lar e um pouco de companhia, mesmo que fossem temporários. O divórcio estava sempre presente em meus pensamentos. Eu não esperava que o casamento durasse dois anos, e, de fato, não chegou ao segundo aniversário. Por mais infeliz que aquele casamento tivesse sido — e fui *eu* quem *o* abandonou —, o divórcio foi terrível. Minha vida parecia ter-se despedaçado. Eu desconhecia o significado de pacto e os caminhos de Deus, mas cheguei a sentir a violência à qual Deus se refere com relação ao divórcio. Não posso imaginar o sofrimento que o divórcio causa quando um dos dois não concorda.

O ideal seria que a questão do divórcio fosse decidida de uma vez por todas *antes* do casamento. Não sei se você se casou recentemente ou há muito tempo, mas precisa decidir hoje a não permitir que a palavra "divórcio" se torne uma opção em seus pensamentos ou palavras. Mesmo que você e seu cônjuge tenham conversado sobre o assunto no passado, digam um ao outro que não vão pensar em divórcio como opção e que ele nunca voltará a ser uma ameaça para vocês. Ao contrário, resolvam os pontos controvertidos e prestem atenção aos sentimentos e opiniões um do outro. Concordem que farão o possível para superar todos os impasses e problemas, porque, acima de tudo, não querem de maneira alguma que o casamento fracasse. Afinal, não vão querer dividir propriedades, filhos, ganhos e começar tudo de novo. Vocês não querem absolutamente que os problemas que têm enfrentado durem muito tempo, mas com certeza querem encontrar uma saída para mudar e resolver a situação.

Lembre-se que as palavras sempre têm poder. Quando você pronuncia a palavra "divórcio" como solução ou ameaça, o espírito do divórcio penetra em sua mente e em seu coração — ou na mente e no coração de seu marido (esposa) —, e o inimigo está em pé diante da porta que você acabou de abrir, esperando para usar essa palavra contra você. Talvez a tenha usado como uma ameaça tola, talvez para mostrar a seriedade da situação, sem intenção de levar a idéia adiante, mas você plantou o pensamento na mente de seu marido (esposa). Incluiu a palavra em seu casamento, e o inimigo alimentará a idéia, para fazê-la alastrar-se como um câncer.

Deus considera o divórcio uma infidelidade.

> E vocês ainda perguntam: "Por quê?" É porque o SENHOR é testemunha entre você e a mulher da sua mocidade, pois você não cumpriu a sua promessa de fidelidade, embora ela fosse a sua companheira, a mulher do seu acordo matrimonial. Não foi o SENHOR que os fez um só? Em corpo e em espírito eles lhe pertencem. E por que um só? Porque ele desejava uma descendência consagrada. Portanto, tenham cuidado: Ninguém seja infiel à mulher da sua mocidade.
>
> Malaquias 2:14-15

Deus deseja que tenhamos o compromisso firme de amar um ao outro e cuidar um do outro. Deus gosta do amor incondicional, pois foi ele quem o inventou. É assim que *ele é*. Deus os uniu por meio de um pacto, não apenas um com o outro, mas também com ele. Se vocês forem infiéis um ao outro por meio do divórcio, entristecerão o Espírito Santo.

Não ofendam Deus com o tratamento que dispensam um ao outro

O casamento deve ser a manifestação do relacionamento entre Cristo e a Igreja. Cristo não se irrita com a Igreja, não a abandona; não desiste, não se afasta, não se divorcia dela. Também não a maltrata; não é rude, mesquinho, desatencioso, egoísta, descortês, arrogante, nem se ira com ela. Todos os problemas no casamento poderiam ser resolvidos se cada um dos cônjuges fosse mais semelhante a Cristo, principalmente no trato um com o outro. O relacionamento começa a desmoronar lentamente após cada palavra impensada ou atitude insensível e após cada oportunidade perdida de consolar e apoiar o outro. Desaba aos poucos, após cada crítica ou reclamação sem fundamento e sem amor. Se um de vocês ameaça o outro com indelicadeza, violência ou desrespeito, está fechando a porta para as bênçãos de Deus em sua vida.

Deus diz que o amor entre vocês deve ser paciente, sem arrogância ou orgulho, sem grosseria ou egoísmo, sem provocações. Ele não quer que vocês tenham pensamentos maus e se alegrem com a injustiça; quer que sejam tolerantes com as imperfeições e desejem o melhor um para o outro. Quer que o amor entre vocês nunca perca a esperança e creia que, com Deus, tudo se resolverá. Quer que o amor entre vocês aceite a verdade e suporte tudo, para fazer o que é certo (cf. 1Co 13:4-7). Deus diz que esse amor nunca perece, mesmo se tudo o mais perecer (cf. 1Co 13:8). Esse amor provém de Deus e só pode ser cultivado mediante comunhão com ele. A presença de Deus nos transforma.

A transformação ocorre na presença de Deus.

Deus pode transformar uma pessoa que não sabe amar em alguém que ame de maneira semelhante a ele. Basta pedir que ele incuta esse amor em nós e fazer a sua vontade.

É impossível, é claro, ser um casal perfeito. Não existem duas pessoas capazes de atender às expectativas um do outro o tempo todo. Em algum ponto, haverá desavenças. O que um faz deixa o outro nervoso. Um decepcionará o outro. E o que acontece nessas ocasiões dirige o casamento por um caminho ou por outro. O caminho com ar fresco conduz a uma vida melhor e mais intensa; o caminho de sufocamento conduz à quebra dos laços de amor e comprometimento.

Quando ocorrerem ofensas — e ocorrerão, mesmo nas melhores circunstâncias, em razão das diferenças de pontos de vista entre o homem e a mulher —, será necessário conversar sobre o assunto. Quando tentamos chegar a um entendimento e nunca conseguimos porque um se recusa a resolver o problema, perdemos o ânimo e a esperança, e abandonamos a idéia de fazer novas tentativas. Quando, porém, convidamos Deus para nos ajudar a conversar e a ter uma só mente e um só espírito, tudo se resolve. Crescemos em tempos difíceis quando os atravessamos na companhia de Deus.

Divórcio emocional

O divórcio começa no coração. É por isso que, mesmo quando o marido e a esposa decidem continuar casados, eles podem estar divorciados no coração. O divórcio no coração suga o oxigênio do casamento e o destrói. Não é esse o desejo de Deus. Nem o nosso. A vida dentro de um casamento destruído e infeliz é um inferno aqui na terra. E não glorifica a Deus.

Sempre que um cônjuge começa a sentir *falta de amor*, e o outro *não lhe dá amor*, ambos estão pisando em terreno perigoso. Passam a viver como estranhos na mesma casa, sem ter nenhum contato. E essa situação é mais comum do que a maioria das pessoas admite. A essa altura, o casamento começa a agonizar. Se ambos — ou um só — se envolverem com atividades fora de casa sem incluir o outro, o divórcio emocional terá início. Viverão completamente separados, se não tomarem providências imediatas. Precisam começar a dizer não a tudo e a todos, e a dizer sim um ao outro. Precisam decidir se essas atividades e pessoas continuarão a ser importantes, se o casamento fracassar. Não concorde com um divórcio emocional. Não concorde com menos do que Deus tem para você no casamento. E o que ele tem para você não será recebido se houver um "D" enorme gravado em seu coração, representando o divórcio que você sempre considerou e deixou em aberto como opção. Assim que ele entrar em seu coração, começará a queimar para deixar sua marca. Se você permitir que fique por muito tempo, ele impedirá o casamento de crescer e destruirá o compromisso entre vocês.

Quanto mais você pensar no divórcio como opção, mais a marca se aprofundará, maior será a distância entre vocês e mais afastados ficarão um do outro até o espírito do divórcio instalar-se. Os corações ficam partidos. A conversa não gira em torno de *se* haverá divórcio, mas de *quando* será. Tão logo começa a tomar conta de sua mente, a palavra "D" parece adquirir vida própria. É como se o demônio do divórcio dissesse: "Daqui em diante, é por minha conta". Em seguida, vocês param de fazer planos para uma vida a dois e só fazem planos para si mesmos. A situação piora, e um dia, quando as brigas, as discussões e as desavenças forem constantes, o divórcio parecerá um alívio.

Se seu casamento está morto e não há mais alegria, prazer, comunicação, nenhum interesse ou objetivo em comum, nada para aguardar e nenhuma esperança — em outras palavras, nenhum ar fresco —, você precisa tomar providências imediatamente. Recorra ao Senhor e confesse todo pensamento que teve sobre o assunto, para que o espírito do divórcio não acorrente seu coração. Ore para que Deus renove um espírito bom em você e em seu cônjuge. Se seu marido (esposa) não quiser conversar para tentar resolver a situação, procure um bom conselheiro matrimonial cristão. O aconselhamento custa muito menos do que o divórcio. E, quase sempre, basta uma pessoa experiente, que saiba o que está fazendo, para despertar um casal em via de separar-se.

Doze razões por que o divórcio é ruim

1. Deus odeia o divórcio.
2. O divórcio destrói tudo aquilo que você sonhou para o casamento.
3. Você terá de repartir os filhos com o ex-cônjuge.
4. Seus filhos sofrerão mais do que você imagina.
5. Muitos amigos a(o) abandonarão.
6. Você não se sentirá à vontade na igreja.
7. Poderá perder seu lar.

8. Haverá perda de renda.
9. As reuniões em família jamais serão as mesmas.
10. O divórcio prejudicará sua saúde.
11. Você terá de dividir tudo o que é seu.
12. Sempre haverá uma sensação de fracasso.

Deixando um legado de divórcio

Os filhos sempre sofrem com o divórcio. Se isso não é verdade, por que há tantos livros para filhos adultos de pais divorciados? E por que são tão vendidos? Porque a luta desses filhos é terrível. Eles sabem o que significa sentir os piores medos. Suas orações para que o papai e a mamãe não se divorciassem não foram respondidas por Deus. (Isto é, os filhos não entenderam que as orações não foram respondidas por causa da obstinação do pai ou da mãe, ou de ambos.) Culpam-se pelo divórcio. Têm problemas na escola porque estão magoados, deprimidos, ansiosos, confusos e não conseguem concentrar-se. Em geral, buscam alívio no álcool, nas drogas e na promiscuidade.

Para os filhos, o divórcio é semelhante à morte de uma pessoa querida, mas sem a solidariedade recebida dos outros quando ocorre uma morte verdadeira. Quando alguém falece, há um período de luto, um período de recuperação, e, com o tempo, o sofrimento diminui. Em casos de divórcio, contudo, os filhos não têm direito a um período de luto com cartões de condolências. Nem a um período de recuperação. O sofrimento não diminui. *Aparentam* sofrer menos, mas transportam as ramificações do divórcio para seus relacionamentos. São medrosos e inseguros quando se casam. Sei que há exceções, mas são minoria. A maioria sofre muito. Vale a pena fazer todos os esforços para manter os filhos longe de todo esse sofrimento.

Se você tem filhos e já se divorciou, ore para que não se culpem. Peça a Deus que os livre de toda culpa que carregam por pensar que, se tivessem sido filhos melhores, não teria havido divórcio. Ore também para que eles não culpem você nem seu cônjuge. Tudo o que der errado na vida deles, após o divórcio, parecerá ter ocorrido por causa dos pais. Eles terão dificuldade em respeitá-los, se os culparem por ter uma vida infeliz. Ore para que lhes perdoem e se libertem da ira, para que não sejam rebeldes e, no futuro, não se irem com o cônjuge.

Doze bons motivos para preservar o casamento

1. Agrada a Deus.
2. As pessoas casadas vivem mais.
3. Você terá mais saúde.
4. Não terá de dividir sua renda.
5. Não terá de repartir os filhos.
6. Será mais protegida(o).
7. Não terá de viver só.
8. Poderá construir algo com seu cônjuge.
9. Não deixará um legado de divórcio para os filhos.
10. Não terá de mudar-se para uma casa ou apartamento menor.

11. Vocês serão capazes de ajudar um ao outro a levantar-se quando caírem.
12. As orações que vocês fazem juntos têm mais poder.

Como evitar o divórcio

Ore com freqüência para que você e seu cônjuge tenham sempre uma posição firme contra o divórcio. Declare que está edificando seu casamento sobre a Palavra de Deus, portanto não permitirá que o inimigo separe o que Deus uniu. Declare que seu casamento foi planejado por Deus, e que não deixará um legado de divórcio e ruína para seus filhos.

Todo casamento tem pontos vulneráveis. Todo relacionamento entre marido e esposa exige esforço. Mesmo nas melhores situações, o casamento pode deteriorar-se e desmoronar. Tenho visto casamentos aparentemente sólidos desmoronarem. Nada mais me surpreende nesse sentido. Ninguém sabe o que realmente se passa em um casamento, a não ser o marido e a esposa. Mas você precisa fazer o possível para virar o casamento na direção certa e descartar o divórcio. O divórcio não pode permanecer em seu coração. Você precisa guardar o coração, "pois dele depende toda a sua vida" (Pv 4:23). Precisa dizer: "Não vou permitir que o divórcio seja uma opção para mim. O divórcio não será solução para meus problemas conjugais".

Ore para não pôr outras coisas nem pessoas antes de Deus ou de seu cônjuge. Peça a ajuda de Deus para saber se o trabalho ou outras atividades passaram a ser prioridade em sua vida. Tenha coragem e pergunte a seu marido (esposa) como *ele (ela)* se sente. Ele (ela) ficará muito feliz por lhe contar. Mas há um pormenor: você precisa *ouvir* o que ele (ela) diz e *não menosprezar*.

Precisa *interessar-se* pelas *opiniões* dele (dela). Livre-se de toda ira, ressentimento, rancor e amargura *antes* de conversar com ele (ela). Essas emoções não devem ocupar espaço em um casamento sólido.

Todo casamento pode ser salvo, se o marido e a esposa quiserem salvá-lo. Se seu cônjuge está determinado a pedir o divórcio, você ainda tem condições de fazer alguma coisa e orar para salvar o casamento. Tenho visto casamentos desfeitos perante o juiz serem salvos quando a esposa ou o marido começaram a orar fervorosamente. Se, no entanto, você fez o possível e seu cônjuge continua determinado a ir embora, entregue-o nas mãos de Deus. Deixe Deus cuidar dele e prossiga cumprindo o chamado que Deus lhe deu.

Não estou dizendo que não existam motivos para o divórcio. Alguns casamentos são desastrosos desde o início, e ninguém glorifica a Deus, se permitir ser destruído. Quando me casei pela primeira vez, contei a uma pessoa que eu preferia morrer a continuar casada, e falei sério. Não queria viver nem mais um dia naquele inferno. Conheço muitas pessoas com esse mesmo sentimento, e meu coração se compadece delas. A pessoa com quem se casaram é desprezível, violenta, ímpia ou maldosa demais para querer resolver a situação, e elas precisam salvar a própria pele. Temos de fazer o que for necessário para sobreviver, e Deus não enviará um raio para nos atingir. O casamento nunca foi planejado por Deus para nos destruir. Ele tem uma vida melhor para nós.

Não quero, de maneira alguma, condenar alguém que se tenha divorciado no passado. Faço parte desse grupo, mas há cura para os efeitos do divórcio: o Senhor restaura nosso coração e nos dá um novo começo. Ou Deus faz novas todas as coisas ou não faz. Se você acredita na Bíblia, é candidata(o) a uma renovação completa.

Mas é um erro casar-se novamente enquanto não encontrar aquele lugar de restauração e plenitude que Deus lhe reservou. Antes de tudo, você também precisa entender por que seu casamento não deu certo e por que desta vez dará. Procure um bom conselheiro e ore muito durante esse período.

Deve haver alguma esperança para seu casamento. Se seu cônjuge está cada vez mais mesquinho e menos respeitoso com você ano após ano e parece gostar de ser assim, só lhe restará um futuro de solidão ao lado dele. Você tem duas opções: aceitar essa vida sem alegria ou manter vivo no coração seu sonho para o futuro. Peça um milagre a Deus. Ele realizou um milagre para mim em nosso casamento. Foram anos e anos de oração, mas alegro-me por não ter desistido.

Às vezes, acreditamos que nosso coração seja um domínio particular e podemos pensar o que quisermos, mas isso não é verdade. Todas as vezes que temos um pensamento que não agrada a Deus, estamos à procura de problemas. Se você pensa em divórcio, aproxime-se de Deus e deixe que ele enfrente a batalha por você. "Não tenham medo. Fiquem firmes e vejam o livramento que o SENHOR lhes trará hoje [...]. O SENHOR lutará por vocês; tão-somente acalmem-se" (Êx 14:13-14). Coloque um escudo para proteger seu coração e não permita a entrada da palavra com "D". Você se alegrará, porque se protegeu na batalha e venceu.

Orações pelo casamento

ORAÇÃO POR PROTEÇÃO

Senhor, oro para que ajudes meu marido (esposa) e eu a nos afastar de qualquer pensamento de divórcio como solução para nossos problemas ou como saída para nosso casamento. Leva embora todo desejo de nosso coração nesse sentido. Mantém-nos próximos de ti e um do outro, para que nunca pronunciemos a palavra "divórcio" entre nós e nunca cultivemos a idéia de divórcio na mente. Senhor, ajuda-nos a ser carinhosos um com o outro, sempre preferindo dar honra um ao outro (cf. Rm 12:10). Mostra-nos onde estamos destruindo nosso casamento em vez de edificá-lo. Ajuda-nos a ser fortalecidos em ti e a aprender a tratar um ao outro como desejas.

Ajuda-nos a permanecer firmes diante de qualquer problema e a não ter medo de buscar ajuda de outras pessoas, se necessário. Impede-nos de negar o que está ocorrendo em nosso casamento, e que não sejamos cegos às obras do inimigo. Ajuda-nos a confessar diante de ti o pecado de ter pensado no divórcio como solução para os problemas de nosso casamento. Oro em nome de Jesus.

Oração por uma profunda transformação em mim

Senhor, confesso todas as vezes que pensei em divórcio ou pronunciei essa palavra a meu marido (esposa), amigos ou familiares, com relação a meu casamento. Peço-te que perdoes as vezes que pensei no divórcio como opção ou saída para nossos problemas, porque sei que isso te desagrada. Sei que odeias o divórcio e que ele entristece teu Espírito, portanto oro para que me ajudes a não fazer isso de hoje em diante.

Repudio qualquer espírito de divórcio que convidei para entrar em meu coração e casamento por meio de palavras ou pensamentos. Arrependo-me de todas as vezes que imaginei como seria ser casada(o) com outra pessoa. Reconheço que esses pensamentos são maus e adúlteros, e arrependo-me deles diante de ti. Recorro a ti a fim de encontrar soluções para todos os problemas de meu casamento. Dá-me sabedoria para agir de acordo com tua vontade. Oro em nome de Jesus.

Oração por uma profunda transformação em meu marido (esposa)

Senhor, peço-te que tires todos os pensamentos de divórcio de meu coração e mente e também de meu marido (esposa). Se ele (ela) teve esses pensamentos, peço-te que abras seus olhos para enxergar que eles só servem para distanciá-lo(a) das coisas boas que tens para a vida dele (dela) e para nós dois. Peço-te perdão por todas as vezes que falamos sobre o divórcio ou que ele (ela) tenha usado a palavra com "D" como saída para nossos problemas. Perdoa-lhe esse pecado, para que o espírito de divórcio não encontre abrigo em seu coração. Se já encontrou, peço-te que quebres aquelas correntes mediante o poder de teu Espírito. Destrói de vez a mentira do inimigo. Mostra a meu marido (esposa) um caminho melhor, o caminho que tens para nossa vida. Que o divórcio não faça parte de nosso futuro. Oro em nome de Jesus.

Verdades nas quais podemos confiar

"Eu odeio o divórcio", diz o Senhor, o Deus de Israel, "e também odeio homem que se cobre de violência como se cobre de roupas", diz o Senhor dos Exércitos.
Malaquias 2:16

Mas eu lhes digo que todo aquele que se divorciar de sua mulher, exceto por imoralidade sexual, faz que

ela se torne adúltera, e quem se casar com a mulher
divorciada estará cometendo adultério.
Mateus 5:32

Se um irmão tem mulher descrente, e ela se dispõe a viver com ele, não se divorcie dela. E, se uma mulher tem marido descrente, e ele se dispõe a viver com ela, não se divorcie dele.
1Coríntios 7:12-13

Assim, eles já não são dois, mas sim uma só carne. Portanto, o que Deus uniu, ninguém separe.
Mateus 19:6

E se dois dormirem juntos, vão manter-se aquecidos. Como, porém, manter-se aquecido sozinho?
Eclesiastes 4:11

12

Se a infidelidade abalar *os* alicerces

Deus entristece-se tanto com a infidelidade no casamento que, por mais que odeie o divórcio, permite que a infidelidade o justifique. Se seu marido (esposa) cometeu adultério, você poderá pedir o divórcio, porque Deus entende a devastação que a infidelidade provoca em nossa alma. O sexo foi idéia de Deus, e ele tinha um plano específico de como deveria ser, para que tivéssemos uma vida plenamente realizada. O adultério profana o plano de Deus, e suas conseqüências são muito graves.

Com exceção do assassinato, o pecado sexual é mais devastador que todos os outros pecados, porque tem conseqüências de longo alcance. Um dos motivos é que duas pessoas que fazem sexo se tornam uma. Suas almas se entrelaçam.

> Vocês não sabem que os seus corpos são membros de Cristo? Tomarei eu os membros de Cristo e os unirei a uma prostituta? De maneira nenhuma! Vocês não sabem que aquele que se une a uma prostituta é um corpo com ela? Pois, como está escrito: "Os dois serão uma só carne".
>
> 1Coríntios 6:15-16

Além de profanar uma verdade e um pacto feito perante Deus, o pecado sexual prejudica o corpo e a alma. Todos os outros pecados que a pessoa comete estão alheios ao corpo, mas a imoralidade sexual é um pecado contra o corpo (cf. 1Co 6:18). Nosso corpo pertence a Deus e é santuário do Espírito Santo. Quando destruímos nosso corpo, destruímos o santuário do Espírito Santo (cf. 1Co 3:16-17).

Se cometermos um pecado, seremos culpados de todos os pecados aos olhos de Deus (cf. Tg 2:10). Alguns pecados, porém, nos prejudicam mais do que outros. O pastor Jack Hayford escreve: "Os pecados sexuais não são mais difíceis de ser perdoados por Deus, mas são mais destruidores no âmbito pessoal e social do que os outros pecados. O pecado sexual agride a nascente de todas as coisas boas que Deus planejou para nós neste mundo, e deixa um rastro de destruição capaz de atingir gerações".[1]

O adultério começa com os olhos e no coração, muito antes do ato físico. Jesus disse: "Qualquer que olhar para uma mulher para desejá-la, já cometeu adultério com ela no seu coração" (Mt 5:28). O adultério, mesmo se for cometido no coração, destrói a alma (cf. Pv 6:32).

O que eu devo fazer se cometer adultério?

Tenho conversado com mais pessoas cujo casamentos foi destruído pela infidelidade do que por outro motivo. A infidelidade é epidêmica em razão de nossa cultura. Talvez você não tenha idéia da proporção, porque poucas pessoas comentam o assunto com os outros. É constrangedor para os envolvidos, e quase ninguém gosta de se abrir com outras pessoas. A meu ver, se seu cônjuge cometeu adultério, você tem duas opções:

[1] *Fatal Attractions*, Ventura, CA: Regal Books, 2004, p. 11.

1. Permanecer no casamento e fazer o possível para encontrar cura e restauração para vocês dois e para seu casamento.
2. Abandonar o marido (esposa) e partir para uma vida nova.

Existe uma terceira possibilidade: permanecer no casamento e transformar a vida dele (dela) em uma vida tão infeliz quanto a sua, permitindo que a ira, o rancor e a amargura o(a) façam pagar pelo resto da vida por tudo o que aconteceu. Isso, porém, não é opção: é covardia.

Quanto à primeira opção, há um casal que se recuperou da infidelidade melhor do que qualquer outro que conheço. Ambos eram crentes em Cristo e freqüentadores assíduos da igreja. Também eram pais excelentes e trabalhavam como voluntários nas escolas dos filhos. O casamento e a família pareciam maravilhosos. O marido, porém, descobriu que a esposa mantinha um caso amoroso com outro homem. Ao indagá-la, ela confessou.

O marido esteve em nossa casa e contou-nos sobre a descoberta daquele caso amoroso. Queria desabafar conosco toda a sua ira e angústia. Pediu que orássemos por ele, para ajudá-lo a lidar com o problema dali em diante. No entanto, quando buscou o Senhor, ele se deu conta de que o desejo de salvar o casamento era maior que o desejo de vingança. Decidiu afastar-se do trabalho e passar algum tempo com a esposa, para saber o que houve com ela durante todos aqueles anos e o que provocou o caso amoroso.

Fui à casa do casal e, depois de conversar com a esposa e orar com ela, consegui extrair alguma coisa sobre o fato. Tive a impressão de que nenhum dos dois queria o divórcio, portanto Michael e eu oramos para que ambos superassem o problema.

Algumas semanas depois, o marido levou a esposa a nossa casa em uma manhã de sábado, dizendo que tinha uma novidade para nós. Sentamo-nos os quatro em uma sala reservada, onde ninguém poderia ouvir nossa conversa, e o marido disse que queria assumir a culpa por tudo o que acontecera. Contou-nos que Deus lhe abrira os olhos, mostrando como ele havia sido insensível aos pedidos e necessidades da esposa durante anos. Queria desculpar-se conosco por ter desabafado sua ira e decepção com ela quando esteve em nossa casa na primeira vez.

Eu nunca tinha ouvido nada tão extraordinário como aquela desculpa carinhosa e sincera feita pelo marido. Ele reconheceu ter estabelecido condições muito rígidas no casamento, que levaram a esposa a dar um mau passo, e assumiu responsabilidade *por tudo*. Emocionada, a esposa chorou de arrependimento diante da declaração de amor incondicional do marido e de seu compromisso de fazer o possível para salvar o casamento.

Depois daquele dia, o marido aproveitou as folgas no trabalho para viajar com a esposa. Levou-a a lugares com os quais ela tanto sonhara durante anos e fez o possível para atender a todos os seus pedidos ao longo dos anos. Receberam ajuda de um conselheiro profissional, juntos e separados. Não deixaram de freqüentar a igreja e permaneceram casados. O casamento sobreviveu àquele terrível incidente, e continua firme. Hoje, os filhos são adultos, casaram-se e tiveram filhos. A família não recebeu nenhum legado de divórcio.

O casal conseguiu vencer uma situação capaz de destruir a maioria das pessoas. E, no decorrer dos últimos anos, os negócios do marido prosperaram extraordinariamente. Para mim, esse sucesso teve início quando ele se dispôs a examinar a si mesmo e permitir que Deus lhe mostrasse como poderia ser um marido melhor. E ele foi humilde o suficiente para aceitar o que Deus lhe mostrou e também para expor seus erros diante da esposa e de amigos, no intuito de restaurar o casamento. Ele é o exemplo perfeito do que significa ter um coração arrependido.

Nunca me esquecerei da incrível generosidade de espírito daquele marido ou da maravilhosa restauração na vida da esposa. Ele não negou o problema nem permitiu que a esposa sofresse. Ao contrário, dispôs-se a sofrer *no lugar dela*, como Jesus fez. Penso que somente alguém completamente submisso ao Senhor poderia fazer o que aquele marido fez. Por certo, seu o coração era semelhante ao do Senhor, mas ele se recusou a receber elogios por isso. Admitiu que dependeu de Deus para chegar àquele ponto, porque estava relutante no início. Eu o aplaudo por ter ouvido as palavras de Deus, aplaudo a esposa por ter-se arrependido e aplaudo ambos por terem transformado uma provável catástrofe em bênçãos extraordinárias de Deus para seu casamento e família.

No entanto, conheço também outro casal cuja esposa também teve um romance extraconjugal, mas neste caso o marido queria que ela pagasse por tudo o que lhe havia feito. Não havia da parte dele nenhuma admissão de culpa pelo acontecido. A jovem esposa sofrera problemas emocionais na infância e crescera insegura e angustiada. Pouco tempo depois do casamento, eles se mudaram para uma cidade distante, deixando amigos e familiares para trás, para que ele pudesse estudar em uma escola particular. Por ter de dividir o tempo entre o trabalho e a escola, ele quase não parava em casa. A esposa se sentia extremamente sozinha e abandonada, e sua insegurança a levou a ter um caso amoroso com um colega de trabalho.

Ela estava errada, claro, e houve grandes conseqüências, mas arrependeu-se completamente e queria preservar o casamento. O marido, por sua vez, abandonou-a em seguida e voltou a morar com os pais. Recusou-se a vê-la, a não ser em companhia de um conselheiro que escolhera, e ela precisava dirigir centenas de quilômetros sozinha para ir até lá e voltar. O marido sempre a lembrava de que o erro havia sido dela, por isso ele tinha todo o direito de fazer exigências. Não quis tratar do caso de outra maneira e não demonstrava, nem de longe, ter a intenção de perdoá-la. Aquele casal, como você deve imaginar, divorciou-se.

O final poderia ter sido diferente, se o marido tivesse dito à esposa infiel: "Sua atitude me deixou completamente arrasado, mas eu ainda a amo. Tenho conversado com Deus e entendo que também tive culpa. Ele me mostrou que eu a abandonei para trabalhar e estudar quando você precisava muito de mim. Embora eu estivesse fazendo tudo aquilo por nós e imaginava que você entendesse, não agi corretamente como chefe da casa. Quero continuar a viver com você e resolver este assunto. Vamos procurar um conselheiro e orar juntos, pedindo a Deus que nos mude, para que nosso casamento dure muito tempo".

Sei que é muito difícil fazer isso. E é fácil dizer essas palavras, porque nunca vivi situação semelhante. Não sei se teria tanta coragem e disposição para perdoar. Mas tenho visto casais abandonarem o orgulho e o egoísmo para salvar o casamento, e o resultado é sempre bom.

Deus nos dá uma *saída* porque esse tipo de traição é muito devastador. E também nos propõe uma forma de *superar*, para encontrarmos total restauração. Alguns casais se dispõem a não aceitar a opção do divórcio para salvar o casamento e se transformam nas pessoas que Deus deseja que sejam. Esses homens e mulheres são verdadeiros heróis e heroínas.

Se seu cônjuge cometeu adultério

Se seu cônjuge já foi infiel a você, Deus lhe dá uma saída. Sem perguntas. Você está livre para partir. Deus entende que o sofrimento pelo adultério de seu marido (esposa) é difícil demais de suportar. Não exige que você continue a sofrer. No entanto, se preferiu ficar para tentar resolver a situação e está disposta(o) a humilhar-se diante de Deus e ouvir suas orientações, ele é capaz de realizar um milagre. Como cônjuge traído, você tem duas escolhas:

1. *Perdoar* e ir embora.
2. *Perdoar* e ficar.

O perdão é imprescindível em ambos os casos, porque a alternativa de não perdoar a(o) destruiria. Jamais pense em obrigar seu cônjuge a pagar por tudo o que lhe fez. Isso nunca funciona, e quem sofrerá mais será você. E mais, você passará a ser a vilã (vilão) da história, e ele (ela) terá justificativas para encontrar outra pessoa. Ao contrário, mostre-lhe como está sofrendo e procure um conselheiro imediatamente — para sessões individuais ou com ele (ela). É preferível que as sessões sejam em conjunto. Escreva a ele (ela) uma carta ríspida contando tudo o que sente, mas não a envie. Rasgue-a em seguida. Depois, escreva uma carta a Deus contando também como se sente e o que deseja que ele faça por você e seu cônjuge. Guarde essa carta em lugar especial, onde possa lê-la novamente e talvez mostrar a seu marido (esposa) no momento apropriado. Acima de tudo, peça a Deus que coloque perdão completo em seu coração, porque só ele pode fazer isso. Deus sabe que você não pode fazer isso sozinha(o).

Há, no entanto, adúlteros que não se arrependem. Existe uma diferença entre alguém que cometeu um ato de infidelidade, sente remorso, arrepende-se e faz o possível para acertar tudo com Deus e o cônjuge, e o outro extremo de quem comete atos de infidelidade repetidas vezes, sem nenhum arrependimento. Neste caso, a situação torna-se insuportável. Deus também pensa assim. É por isso que ele nos dá uma saída.

Uma mulher que conheço perdoou o marido pelo menos três vezes por ter-se envolvido com três mulheres diferentes. Ela imaginou todas as vezes que seu amor e perdão seriam suficientes. Mas não foram, porque ele continuou a ser egoísta e não se arrependeu. O caso seguinte foi com sua melhor amiga, e ele abandonou a esposa para poder casar com a amiga. Cerca de um ano depois do segundo casamento, ele telefonou para a esposa pedindo perdão e implorando para que o aceitasse de volta. Ela disse simplesmente: "É tarde demais". A esposa perdoou o marido, mas sabia que ele não mudara e voltaria a cometer o mesmo erro.

Dou este conselho a quem não consegue mais conviver com o cônjuge depois que ele cometeu infidelidade sexual repetidas vezes: libere-o e entregue-o a Deus, enquanto se recupera e parte para uma vida nova. Não se torture nem um minuto a mais. Deus tem uma vida melhor para você.

Os adúlteros que se recusam a mudar de vida não herdarão o reino de Deus nem o que o Senhor tem para eles (cf. 1Co 6:9-10). Esse marido adúltero que acabei de mencionar tinha uma carreira muito bem-sucedida, mas sua estrela começou a cair logo depois de tudo aquilo. Na verdade, aconteceu uma tragédia maior, e a estrela dele despencou vertiginosamente. Tenho visto outras pessoas com um belo futuro perder tudo porque se deixaram levar pelo adultério. Não viram que isso fazia parte do plano do inimigo para destruir o maravilhoso futuro que Deus reservara para elas, portanto seguiram os instintos da carne em vez de se submeterem ao Espírito de Deus.

Não tenha medo de deixar que um cônjuge adúltero chegue a esse ponto. "Os golpes e os ferimentos eliminam o mal; os açoites limpam as profundezas do ser" (Pv 20:30). Seja forte e deixe-o(a) sofrer as conseqüências naturais do que fez, porque isso poderá despertá-lo(a) para enxergar o próprio pecado e purificar o coração do mal. Dito isso, faça um auto-exame para saber se não foi responsável pelo adultério de seu cônjuge.

A Bíblia afirma que a pessoa sábia edifica sua casa, mas a insensata a derruba com as próprias mãos (cf. Pv 14:1). Pergunte a Deus: "Fui responsável pela destruição de meu lar? Há algo que eu possa fazer para voltar a edificá-lo?". Todos nós achamos que poderíamos ter agido de maneira diferente no casamento. Não se culpe por isso, principalmente se seu cônjuge cometeu adultério. O adultério é sempre errado. Não se justifica em nenhuma circunstância. E o adúltero é sempre culpado. Você se lembra do que eu disse antes a respeito de ter um coração arrependido? Para restaurar seu o casamento, você precisa examinar seu coração, alma e mente diante do Senhor. Diga a Deus que está disposta(o) a descobrir em que ponto você deixou de cumprir a vontade dele para sua vida.

Você trata seu cônjuge com desrespeito? Não se importa com as necessidades dele? Não o satisfaz sexualmente? Nada disso justifica o adultério, mas às vezes montamos o palco para que ele ocorra porque não tivemos o cuidado de guardar o casamento em pensamentos, palavras, ações e orações.

Quando um dos cônjuges se sente sozinho, isolado, distante, decepcionado ou abandonado emocionalmente pelo outro, tem a tendência de procurar alguém que lhe dê a sensação de ser compreendido, reconhecido e merecedor de cuidados. Ficam vulneráveis, e isso pode proporcionar uma ligação com aquela pessoa. Mesmo que não se transforme em infidelidade física, ocorre uma infidelidade no coração, e isso também não agrada a Deus (cf. Mt 15:19).

Vocês ainda não perceberam, *maridos*, que quando são grosseiros, críticos, mesquinhos, cruéis, negligentes com sua esposa — ou quando a ofendem ou abandonam — estão criando um terreno fértil no qual as sementes da infidelidade podem ser plantadas? Se ela não tiver uma fé muito grande em Deus, alguns anseios e pensamentos começarão a tomar conta de seu coração e mente, e ela estará pronta para cometer um adultério no coração, ou fisicamente. É incrível como alguém passa a ser atraente para nós quando a pessoa que nos deveria amar não nos demonstra amor (cf. 2Tm 2:22). Se você expôs sua esposa a esse tipo de pecado, também tem culpa pelo que pode acontecer.

Vocês ainda não perceberam, *esposas*, que quando criticam seu marido com grosseria, o humilham diante dos outros — ou quando não o elogiam, não o valorizam ou recusam-se a ter sexo com ele — estão dificultando que ele resista às tentações que o rodeiam por toda parte, incentivando-o a ser infiel? Nessa situação, ele fica mais suscetível a elogios e atenções pecaminosas.

Há, claro, certos maridos e esposas cujo coração é receptivo ao mais leve avanço de alguém, e aproveitam qualquer oportunidade para cometer adultério. Não há nada que se possa fazer por essas pessoas, porque elas sofrem da "doença do eu" e tendem a pecar.

Para mudar, precisam de um conselheiro profissional que as confronte, e, mesmo assim, nem sempre se corrigem. Portanto, não se culpe se sentir que fez o melhor por seu marido (esposa), e ele (ela) continua a ser infiel. A culpa não é sua, e não há nada a fazer para impedi-lo(a). Diga-lhe "adeus e seja feliz!" e procure ter uma vida melhor.

Sete verdades acerca do adultério

1. *Deus proibiu o adultério nos Dez Mandamentos.* "Não adulterarás" (Êx 20:14).

2. *Jesus também o proibiu.* "Jesus respondeu: 'Não matarás, não adulterarás, não furtarás...'" (Mt 19:18).

3. *O adultério traz julgamento sobre você.* "O casamento deve ser honrado por todos; o leito conjugal, conservado puro; pois Deus julgará os imorais e os adúlteros" (Hb 13:4).

4. *O adultério ocorre no coração e no corpo.* "Mas eu lhes digo: Qualquer que olhar para uma mulher e desejá-la, já cometeu adultério com ela no seu coração" (Mt 5:28).

5. *O adultério a(o) impede de herdar o reino de Deus.* "Vocês não sabem que os perversos não herdarão o Reino de Deus? Não se deixem enganar: nem imorais, nem idólatras, nem adúlteros, nem homossexuais passivos ou ativos [...] herdarão o Reino de Deus" (1Co 6:9-10).

6. *O adultério é inteiramente obra da carne.* "Ora, as obras da carne são manifestas: imoralidade sexual, impureza e libertinagem" (Gl 5:19).

7. *O adultério a(o) destruirá.* "Mas o homem que comete adultério não tem juízo; todo aquele que assim procede a si mesmo se destrói" (Pv 6:32).

O alvo favorito do Diabo

O alvo favorito do Diabo, quando se trata de infidelidade, são os líderes no Corpo de Cristo — principalmente os pastores e suas esposas — porque eles estão na linha de frente e fazendo o possível para conduzir o povo ao reino de Deus. O inimigo atinge o coração e as emoções deles como um tsunami, quase sempre depois de tê-los bombardeado com desânimo de um lado e orgulho do outro. É durante esses assaltos espirituais arrasadores que nós, membros do Corpo de Cristo, precisamos cercar com oração nossos pastores, líderes espirituais e sua família. Se não fizermos isso, eles sofrerão. E se *eles* sofrerem, *nós* também sofreremos (cf. 1Co 12:14,26).

Precisamos orar para que sejam sinceros com as pessoas mais próximas a eles, e nas quais confiam, sobre as tentações que enfrentam. E precisamos orar contra o surgimento de um espírito de mexericos. Um dos pecados mais lamentáveis é o mexerico. Quando alguém conta um pecado a outro em confiança e pede oração, e esse outro o revela a terceiros, o pecado do mexerico é tão grande quanto o pecado que está sendo revelado. O mexerico na igreja é um pecado que impede os líderes e suas famílias de contarem seus problemas, para serem curados e renovados. Impede-os de pedir as orações de que necessitam. Faça o possível para evitar mexericos.

Se você já sentiu atração por outra pessoa

A infidelidade começa na mente, antes de a pessoa partir para a ação. E é aí que precisa ser interrompida. "Pois do interior do coração dos homens vêm os maus pensamentos, as imoralidades sexuais, os roubos, os homicídios, os adultérios [...]. Todos esses males vêm de dentro e tornam o homem impuro" (Mc 7:21,23). Precisamos controlar os pensamentos com muita atenção. Se, de repente, você começar a pensar em alguém que não seja seu marido (esposa) e imaginar que seria seu par perfeito, isso se chama adultério da mente. E as conseqüências serão sérias.

Se não consegue parar de nutrir essas idéias por determinada pessoa, recorra a Deus imediatamente, confesse seu pecado e ore para libertar-se delas. E só saia da presença de Deus quando a obsessão desaparecer. Esses pensamentos não lhe farão nenhum bem, e as conseqüências de levá-los adiante ou permitir que tomem conta de você poderão arruinar sua vida. Peça a alguém que ore com você. Você poderá contar a seu marido (esposa) depois que a atração desaparecer — e ela desaparecerá se permanecer na presença do Senhor por tempo suficiente —, mas durante todo esse tempo seu pobre marido (esposa) ficará sem entender por que foi rejeitado(a). Não vale a pena. Recorra ao Senhor e prostre-se diante dele com o rosto no chão. Jejue e ore. Não saia da presença dele enquanto esse mal não for quebrado. Todas as vezes que esses pensamentos lhe vierem à mente, humilhe-se diante do Senhor. Se não conseguir, e essa atração tornar-se obsessão, ligue para uma pessoa amiga discreta e peça-lhe que ore com você para destruir essa corrente do inimigo. Se até isso falhar, conte a seu marido (esposa), e recorram juntos a um conselheiro. Vocês vão precisar disso.

Caso sinta atração por alguém, não se abra de maneira nenhuma com essa pessoa. Isso só servirá para despertar nela sentimentos de estar sendo apreciada de maneira errada. Haverá um clima de intimidade entre vocês em razão do segredo compartilhado. Ao primeiro sinal de atração, não se engane com palavras fantasiosas, como "fascinação" e "romance", que soam como flores na primavera. Diga as palavras certas: adultério do coração e fornicação da mente. Não crie tensão sexual nem estimule atração na outra pessoa, nem a ponha em situação de ter de lutar contra isso. Deixe-a fora desse problema. O assunto é entre você e Deus. Conte a Deus, a um conselheiro ou a seu cônjuge, ou aos três.

O espírito adúltero é um espírito forte. É impetuoso e tentará forçá-la(o) a pensar que, finalmente, encontrou quem esperava há tanto tempo e terá uma vida perfeita pela frente. Tudo isso não passa de ilusão. A pessoa por quem você espera está em casa, esperando por *você*. Será necessário retroceder e esforçar-se de todas as maneiras para ter um casamento feliz. Dê uma chance a Deus de realizar um milagre.

Conheço uma jovem esposa de pastor que sentiu forte atração por um homem de sua igreja. Ela chegou a sentir que seu casamento não era nem um pouco semelhante ao que gostaria que fosse. Recorreu a mim em busca de conselho, e sugeri que telefonasse para duas outras mulheres de sua confiança para orarem com ela também. Nós três permanecemos a seu lado, conversando com ela e orando com e por ela, até conseguir destruir aquela atração.

Todos nós somos passíveis de sentir atração na mente por alguém à nossa volta, mas eu estava plenamente convencida de que aquilo era uma cilada do inimigo para destruir o excelente ministério que ela e o marido exerceriam no futuro. Oramos para que aquela obra do inferno na vida dela fosse destruída completamente. Foram necessários alguns meses de oração, mas conseguimos. E ela e o marido continuaram a ter um casamento feliz, levando adiante um ministério muito bem-sucedido. Criaram uma família maravilhosa com filhos e netos. Ninguém mais soube do problema, nem mesmo o marido, e, claro, nem a pessoa por quem ela se sentiu atraída. Travamos uma verdadeira batalha no espírito, e o inimigo foi derrotado.

Se você já sentiu atração por outra pessoa, peça a Deus que elimine essa atração como se faz com uma serpente, cortando-lhe a cabeça para que não tenha meios de crescer de novo. Peça-lhe que coloque uma sentinela em seu coração para protegê-lo de intromissões pecaminosas. Você tem autoridade sobre o inimigo de sua vida. "... saiba que o pecado o ameaça à porta; ele deseja conquistá-lo, mas você deve dominá-lo" (Gn 4:7). O inimigo quer afastá-la(o) da vida que Deus reservou para você, mas Deus concedeu-lhe o poder de pôr fim a isso.

Você será capaz de saber se ainda existe algum resíduo em seu coração com referência a qualquer atração pecaminosa, se ficar triste quando não vê a pessoa. Ou se entusiasmar-se quando a vê. Saberá que se libertou da atração quando vir aquela pessoa e der graças a Deus de todo o coração por não sentir mais nada por ela, por não ter sacrificado seu casamento, seus filhos ou sua vida. Perguntará a si mesma(o): "Como pude pensar nessa bobagem?". E agradecerá a Deus porque ele a(o) resgatou de uma insensatez.

Pode acontecer com qualquer um, mas não é obrigatório

Não pense nem por um momento que jamais cairá na armadilha do adultério. O adultério é inebriante, forte e capaz de aprisioná-la(o) como uma sucuri invisível, que no momento certo apertará seu bom senso até impedir-lhe a respiração. E o adultério pode acontecer com uma pessoa que você jamais imaginou. Ou acontecer de repente, com alguém que acabou de conhecer. O adultério é insidioso, traiçoeiro e enganador, um engodo capaz de arrastar a pessoa e induzi-la a fazer coisas das quais se arrependerá. Por isso, não leve adiante nenhuma paixão cega, nenhuma ligação de alma, nem mesmo uma troca de olhares românticos com outra pessoa do sexo oposto. (Nem do mesmo sexo, a bem da verdade.)

Havia dois aspectos importantes pelos quais orei para encontrar em um marido. Primeiro, que ele tivesse uma comunhão firme com Deus por meio de Jesus Cristo. Para mim, era inviável pensar em dividir minha vida com alguém que não compartilhasse meu amor por Deus. Não podia imaginar como seria um casamento sem isso. Segundo, orava para que meu marido fosse fiel a mim. Não seria capaz de tolerar um pecado sexual no casamento. Não seria capaz de suportar. Deus respondeu às minhas orações e deu-me um marido que o ama e é fiel a mim. A fidelidade de Michael para comigo e o Senhor é a qualidade que mais admiro nele, e nunca tive motivos para duvidar. Mesmo assim, tenho orado em todos esses trinta e cinco anos de casamento para que o inimigo jamais seja capaz de nos destruir com qualquer tipo de tentação sexual. E Deus nos deu força e livrou-nos do perigo.

A sedução é sutil, e há oportunidades por toda parte. De repente, você poderá encontrar alguém em algum lugar. Todos nós já ouvimos falar de pessoas que disseram, depois de envolver-se em adultério: "Eu não queria me apaixonar, nem ter um caso amoroso; simplesmente aconteceu". Aconteceu porque elas permitiram a entrada de pensamentos adúlteros na mente. Não precisaram *querer*. Precisavam *parar* de querer quando o momento se apresentou. Todos nós somos inseguros a ponto de ser atraídos por bajulação ou olhares de admiração. Todos nós temos orgulho suficiente para nos envaidecer diante da atenção de alguém. Todos nós somos vulneráveis a sentimentos impróprios. Somos fortes, humildes e seguros em 99,99% do tempo, mas, em um momento de fraqueza ou confiança exagerada, todos nós podemos cair.

Pode acontecer com qualquer um, mas não com todos. Não acontecerá com aqueles que aprenderam a guardar o coração com diligência, que conhecem as artimanhas do inimigo e sabem defender-se delas.

Em *The Anatomy of Seduction* [A anatomia da sedução], Jack Hayford relaciona quatro "passos de uma sedução em andamento". São sinais de perigo que podem fazer soar um alarme em cada um de nós, quando um deles ocorrer:

1. Preocupação mental com a outra pessoa.
2. Desejo incomum de estar perto ou ao redor da pessoa.
3. Desejo cada vez maior de fazer elogios freqüentes.
4. Suposição de que uma troca de olhares ou abordagens "inocentes" possam ser toleradas.[2]

Se perceber um desses sinais em você, corra o mais rápido possível para perto de Deus, prostre-se diante dele, confesse seu pecado por essa atração pecaminosa, peça-lhe que a elimine completamente, e só saia de sua presença quando se livrar dela.

[2] Ventura, CA: Regal Books, 2004, p. 42-44.

Se você der lugar à tentação, mesmo que seja por alguns segundos, ela se instalará eu seu coração e lhe trará sofrimento, de uma forma ou de outra. Não vale a pena sacrificar seu casamento e o futuro que Deus lhe reservou.

Quando uma visita bate à porta de sua casa, você a *convida* para *entrar*. Oferece-lhe um *lugar* para sentar. Serve-lhe algum tipo de *alimento*. O mesmo ocorre com imagens ou pensamentos lascivos. Penetram na mente, porque você os *convida para entrar*, oferece-lhes um *lugar para residir* em seu coração e *alimenta-os com desejos pecaminosos*.

Você precisa expulsar esses pensamentos. Expulse-os imediatamente da mesma forma que expulsaria uma visita de sua casa que estivesse tentando destruir sua vida ou impedindo a entrada de Deus e de tudo o que ele tem de melhor para você. Expulse todos os pensamentos adúlteros que insistirem em permanecer em sua mente. Ponha-os para fora e tranque a porta. A Bíblia adverte-nos dos laços sedutores da imoralidade e diz que os adúlteros não sabem que isso lhes custará a vida (cf. Pv 7:20,22-23). A lascívia nos seduz e nos afasta da vida que Deus reservou para nós, atirando-nos no abismo do ardil do inimigo.

O espírito adúltero está sempre por perto. No local de trabalho, na vizinhança e, lamentavelmente, em algumas igrejas — em quase todos os lugares que freqüentamos. É impossível não ter contato com ele. Você precisa entender claramente o que ele é: uma cilada para seduzi-la(o) e destruir sua vida e casamento. E também entender o que ele *não* é: um meio para alcançar a verdadeira felicidade e uma vida gratificante.

Lembre-se que, por mais forte que seja a tentação, Deus não permite que você seja tentada(o) além do que é capaz de suportar.

Ele lhe providenciará um escape e lhe dará força e poder para resistir (cf. 1Co 10:13). Apegue-se a Deus e aceite-o como único escape para fugir de todas as tentações, principalmente da infidelidade.

Orações pelo casamento

Oração por proteção

Senhor, oro para que protejas meu casamento de todo tipo de infidelidade. Que o adultério fique bem longe de nós e nunca encontre lugar em nossa mente ou coração. Derrama tua sabedoria e conhecimento sobre nós. Queremos ser sábios e inteligentes para impedir que o inimigo penetre furtivamente em nossa vida e tente nos fazer desviar do caminho. Oro para que não permitas que a tentação sequer se aproxime de nós. Mantém-nos afastados de qualquer pessoa que nos queira induzir a dar um mau passo. Tira de nossa vida qualquer pessoa que nos tente com pensamentos adúlteros.

Senhor, sei que em ti "estão escondidos todos os tesouros da sabedoria e do conhecimento" (Cl 2:3). Dá-nos capacidade para enxergar o perigo com antecipação, e sabedoria para não cometer nenhuma estupidez. Queremos nos comportar com decência (cf. Rm 13:13). Não queremos ter "olhos cheios de adultério", que "nunca param de pecar" (2Pe 2:14). Ajuda-nos a viver com integridade diante de ti e entre nós, para andarmos "com segurança" (Pv 10:9). Firma a nossa fé. Que não sejamos enganados pelo mundo e pelo inimigo (cf. Cl 2:6-8). Eu te agradeço, Senhor, porque nos completamos em ti e não necessitamos de nada além do que nos concedeste (cf. Cl 2:10). Oro em nome de Jesus.

Oração por uma profunda transformação em mim

Senhor, ajuda-me a amar-te de todo o meu coração, de toda a minha alma, de todo o meu entendimento e de todas as minhas forças, e ajuda-me a amar meu marido (esposa) da mesma maneira (cf. Mc 12:30). Afasta-me do amplo caminho que leva à perdição, e ajuda-me a escolher a porta estreita que leva à vida (cf. Mt 7:13-14). Graças te dou por meu marido (esposa) e por nosso casamento. Eu destruo qualquer sonho que tive de ser amada(o) por outra pessoa. Ajuda-me a entender que se trata de um falso deus que eu quis adorar em lugar de ti.

Senhor, mostra-me se dei lugar à infidelidade em meu coração. Se pensei em outro homem (mulher) e imaginei como seria estar casada(o) com ele, eu te confesso esses pecados. Se senti atração por outra pessoa do sexo oposto, também te confesso esse pecado. Elimina todos os pensamentos pecaminosos e lascivos de meu coração. Recuso-me a ouvir as mentiras do inimigo, dizendo que há coisas melhores para mim do que encontro em meu marido (esposa).

Eu repreendo o devorador, que deseja destruir-me com tentações, e afirmo que servirei unicamente a ti, Senhor. Eu te agradeço, Jesus, porque conheces a tentação e podes ajudar-me quando ela se aproximar de mim (cf. Hb 2:18). Senhor, peço-te que eu tenha olhos apenas para meu marido (esposa) e para ninguém mais. Ajuda-me a entregar-me inteiramente a ti e que ninguém possa roubar minha afeição por meu marido (esposa). Oro em nome de Jesus.

Oração por uma profunda transformação em meu marido (esposa)

Senhor, oro para que enchas o coração de meu marido (esposa) com teu Espírito, para que o coração dele (dela) não se afaste de mim nem de nosso casamento. Afasta de meu marido (esposa) todas as oportunidades de cometer qualquer ato impróprio que cruze a linha da decência. Leva embora toda luxúria e atração do coração dele (dela) e substitui-os com teu amor. Mostra-me como posso fortalecê-lo(a) e, ao mesmo tempo, ser a esposa (marido) de que ele (ela) necessita. Ajuda-o(a) a livrar-se de todos os pensamentos adúlteros e a glorificar-te no corpo, na alma e no espírito (cf. 1Co 6:18-20).

Se ele (ela) cruzou a linha da decência e sucumbiu à tentação em pensamentos ou ações, restaura-o(a) para ti. Ajuda-o(a) a confessar qualquer transgressão, para que seu pecado nunca o(a) persiga (cf. Sl 51:1-3). Purifica-o de toda iniqüidade. Oro para que, se ele (ela) pecar contra ti ou contra mim, escape do pecado cometido (cf. Nm 32:23). Livra-o(a) de toda a imoralidade. Toca seu coração para que ele (ela) se ajoelhe diante de ti em arrependimento e seja restaurado(a) e purificado(a), para tornar-se um "vaso para honra" de tua glória e preparado(a) para toda boa obra (cf. 2Tm 2:20-22). Oro em nome de Jesus.

Verdades nas quais podemos confiar

Cada um, porém, é tentado pelo próprio mau desejo, sendo por este arrastado e seduzido. Então esse desejo, tendo concebido, dá à luz o pecado, e o pecado, após ter se consumado, gera a morte.

Tiago 1:14-15

Não sobreveio a vocês tentação que não fosse comum aos homens. E Deus é fiel; ele não permitirá que vocês

sejam tentados além do que podem suportar. Mas, quando forem tentados, ele mesmo lhes providenciará um escape, para que o possam suportar.
1Coríntios 10:13

A vontade de Deus é que vocês sejam santificados: abstenham-se da imoralidade sexual. Cada um saiba controlar o seu próprio corpo de maneira santa e honrosa.
1Tessalonicenses 4:3-4

Mas, por causa da imoralidade, cada um deve ter a sua esposa, e cada mulher o seu próprio marido.
1Coríntios 7:2

Vigiem e orem para que não caiam em tentação. O espírito está pronto, mas a carne é fraca.
Mateus 26:41

13

Se um *dos* dois decidir *sair* de casa

A SEPARAÇÃO COMEÇA NO coração, muito antes de um dos cônjuges pensar em sair de casa. Começa quando o diálogo deixa de existir, e um não entende o que o outro está pensando, sentindo, sofrendo ou planejando. É reforçada pela ira, grosseria, maus-tratos, rancor ou emoções negativas. Intensifica-se quando ocorrem discussões a respeito dos filhos, problemas financeiros, desejo de destruir o outro ou uma vida sexual insatisfatória ou inexistente. A separação no coração aumenta quando o marido ou a esposa se torna insensível, ou isso deixa claro que um não é mais prioridade máxima para o outro. Logo depois, o divórcio começa a ser considerado uma saída para o casamento, e o processo de separação está quase completo. Falta apenas um ato de infidelidade, uma grande ofensa e uma sensação de desalento para o copo transbordar. A essa altura, desfazer o casamento parece um alívio.

A boa notícia é que esse processo pode ser *interrompido* a qualquer momento e totalmente *revertido*, se houver *arrependimento* sincero e *perdão* de *ambas* as partes. Basta um dos dois dizer: "Não quero levar isso adiante. Quero fazer algumas mudanças. Quero buscar o Senhor e pedir-lhe que promova mudanças em você e em mim, e em nós dois juntos. Vamos conversar sobre o que nos aborrece e procurar aconselhamento, se necessário. Estou disposta(o) a confessar diante de você e de Deus todos os meus erros. Quero pedir perdão a você. Estou disposta(o) a fazer o possível para reverter a situação e reanimar nosso casamento, para que seja duradouro".

Garanto que se um homem ou uma mulher disser essas palavras ao cônjuge com sinceridade, e o cônjuge aceitá-las e concordar em repeti-las, o casamento será salvo e muito mais feliz do que eles imaginam. Infelizmente, muitas pessoas só reconhecem isso quando é tarde demais. Não percebem o que se passa dentro delas, e não enxergam o que se passa dentro do cônjuge.

Quantas histórias temos ouvido de maridos que, ao voltar para casa, descobrem que a esposa foi embora? Ele fica chocado e confuso, mas ela não tomou uma decisão súbita. Pensou nisso por muito tempo. Nenhuma mulher decide abandonar o lar e o casamento por um simples capricho. E a mulher com filhos não abandona o lar antes de pensar muito no assunto. É extremamente traumático e difícil levar os filhos com ela, privá-los da presença do pai, começar uma vida nova e, ao mesmo tempo, sustentá-los e encontrar quem tome conta deles. Deve ter havido uma separação emocional muito antes da separação física. E por que o marido se surpreendeu? Provavelmente, porque deixou de ouvir, há muito tempo, o que a esposa lhe dizia. Tão logo toma essa decisão, a mulher não volta atrás, a menos que ocorram mudanças drásticas.

Também ouvimos inúmeras histórias de esposas que, de repente, foram abandonadas pelo marido. Volto a dizer, certamente houve sinais de separação emocional muito antes da separação física. Deve ter havido problemas de comunicação, problemas sexuais ou apenas problemas de compatibilidade. E ela também não deu ouvidos às palavras dele por muito tempo. Evidentemente, há homens que se deixam seduzir facilmente por outra mulher, e muitas mulheres que sentem atração por homens casados. A esposa, porém, como administradora do lar, levará sempre vantagem, se esforçar-se e fizer de sua casa um lugar de onde o marido não queira sair. Quando o marido abandona "de repente" o casamento e toma uma atitude impulsiva, como passar a viver com a secretária, é porque naquela altura ele duvida de que as coisas em casa vão melhorar.

Existe um momento certo para partir?

Se você pretende separar-se de seu cônjuge com o intuito de melhorar a situação, precisará da orientação do Espírito Santo. As justificativas para o marido ou a esposa abandonar o lar precisam estar muito bem fundamentadas, ou seja, ele (ela) se preocupa muito com o cônjuge, consigo mesmo(a) e com os filhos, e quer o melhor para todos. A motivação deve ser a de salvar, não a de punir. Ele (ela) fez isso porque, se tivesse permanecido no casamento, seria pior. Às vezes, situações extremas exigem medidas extremas.

Para alguns crentes, a separação é a melhor coisa a ser feita por alguém que precisa ser despertado para a realidade. Às vezes, é preciso um susto para a pessoa enfrentar a verdade sobre ela própria e seus atos. É um choque quando o cônjuge sai de casa, mas tenho visto essa tática causar reação completamente oposta. Em um dos casos, o marido saiu de casa e separou-se da esposa por um motivo relativamente banal. A separação levou a esposa buscar conforto nos braços de outro homem, porque tinha um medo exagerado de ser abandonada e rejeitada. É por isso que há necessidade de muita oração para tomar uma decisão como essa.

É preciso ter a mente de Deus. O que serve para um não serve para todos. Não há garantias. "Em seu coração o homem planeja o seu caminho, mas o SENHOR determina os seus passos" (Pv 16:9). Faça planos para sua vida, mas sempre com a orientação do Espírito Santo.

Uma esposa saiu de casa e disse que só voltaria se o marido mudasse alguns pontos importantes de sua conduta. Depois de muito tempo e de muitas sessões de aconselhamento sem nenhum efeito, foi fácil dar entrada no processo de divórcio. Se você já se separou há muito tempo, é melhor continuar assim. Evidentemente, o maior motivo para a separação é a violência doméstica contra o cônjuge ou os filhos. É necessário afastar-se de um cônjuge violento e de uma situação doméstica instável até que ambos se acalmem para resolver a situação. Também, se houver adultério, a separação talvez seja necessária antes de ocorrer a reconciliação.

Uma moça que conheço havia-se casado poucos anos antes com um rapaz que lhe foi apresentado na igreja. Um ano depois do nascimento de um lindo bebê, ela descobriu que o marido estava saindo com uma colega de trabalho. Arrasada, a jovem esposa mudou-se com o bebê para a casa dos pais. Procurou aconselhamento na igreja, e ela, os pais, o conselheiro e o pastor concordaram que seria melhor continuar separada do marido até que ele se dispusesse a buscar ajuda profissional e fizesse o possível para retomar a vida no lar.

O marido ficou tão desolado com a partida da esposa e do filho, e tão desgostoso com ele próprio pelo ato cometido, que concordou em fazer tudo a seu alcance para reconciliar a família. Começou a freqüentar sessões de aconselhamento e a igreja com regularidade. Seu arrependimento foi tão grande que ele conseguiu libertar-se de um problema antigo de apego exagerado ao sexo. Nunca havia falado desse problema, e a esposa o desconhecia. A vida dele foi transformada, e a esposa o perdoou completamente. Só Deus pode fazer isso. Ela e o bebê voltaram para casa com o marido, e o casal abriu uma empresa que está prosperando até hoje. Essa foi uma das maiores histórias de sucesso que ouvi, na qual a separação solucionou o problema de um casal. É um exemplo perfeito de como uma situação devastadora pode reverter para a glória de Deus.

Deus diz que a mulher não deve separar-se do marido, mas, se o fizer, deve continuar separada ou tentar reconciliar-se com ele (cf. 1Co 7:10-11). Significa que você não deve sair de casa por ter encontrado uma oferta melhor. Significa sair com a intenção de reconciliar-se com ele, se possível, ou de proteger a si mesma ou a seus filhos de uma situação que poderá destruí-la — física, mental ou emocionalmente.

Se a separação já ocorreu

Se seu cônjuge saiu de casa, ou você o abandonou, deve haver um bom motivo para seu casamento ter sido tão infeliz. Ninguém abandona o lar e a família se o casamento for maravilhoso. Peça a Deus que lhe mostre quais são os verdadeiros motivos. Ao mesmo tempo, encontre um conselheiro ou pessoas da igreja experientes que possam ajudá-la(o) a esmiuçar seu passado, presente e futuro, e orar com você. Não tente fazer isso sozinha(o). Você precisa do apoio de outras pessoas. Precisa ser sincera(o) sobre o que se passa em sua vida e pedir orações em favor da situação.

Sempre que tiver oportunidade de estar frente a frente com seu cônjuge, nem que seja por alguns instantes, procure apresentar-se da melhor maneira possível. Não use as mesmas roupas de cinco anos atrás. Passe um perfume e combine a roupa com os acessórios. Seja o mais atraente possível. Sua (seu) concorrente para conquistar o afeto dele (dela) está por perto, fazendo isso e muito mais. Dê a seu cônjuge todos os motivos para querer voltar a morar com você. Torne-se desejável, como no dia em que ele (ela) se apaixonou por você. Se tiver oportunidade de falar com ele (ela), diga palavras amáveis, carinhosas e simpáticas. Peça a Deus que flua amor através de você para seu marido (esposa).

Peça a Deus que traga seu marido (esposa) de volta e lhe dê paciência para esperar o tempo que Deus determinar. Louve a Deus porque nesse tempo de espera você terá a oportunidade de ser mais semelhante ao Senhor. Agradeça-lhe porque ele tem alegria para vocês dois em meio a essa provação.

Sem desprezar ou minimizar os pecados cometidos por seu cônjuge que provocaram a separação, disponha-se a admitir tudo o que você fez ou não fez para o casamento ter chegado a essa situação. Diga a seu cônjuge que deseja trabalhar com ele para construir uma vida feliz, e que está disposta(o) a fazer o que for necessário. Ouça suas queixas sobre você, com o coração aberto e receptivo. Mesmo que ele (ela) diga que está tudo terminado, continue a orar. Muitos corações foram transformados porque o marido e a esposa se recusaram a parar de orar.

Enquanto espera que Deus restaure seu casamento, procure aprimorar-se. Faça o possível para melhorar em tudo — no físico e no espírito, no aspecto emocional e mental. Torne-se atraente e magnetizante. Desenvolva sua alma e mente. Torne-se interessante e interessada(o).

Esposas, o marido precisa de uma esposa, não de uma mãe. Mesmo que ele tenha perdido a mãe muito cedo na vida, você não é a pessoa indicada para substituí-la. Portanto, não aja como se fosse mãe dele. Esteja sempre bem arrumada, porque ele se sentirá velho se você for desleixada e não fizer nada para ser atraente. E não aja como se fosse mãe dele, repreendendo-o por ter deixado as meias no chão.

Maridos, a esposa não precisa de um filho; precisa de um marido. Não a transforme em sua mãe. Você é o marido, portanto colabore no serviço da casa, para que ela não fique sempre lhe pedindo para fazer isso e aquilo. Trate-a com respeito, e ela o respeitará. Trate-a como a melhor coisa que lhe aconteceu na vida, e ela o será. E não deixe as meias no chão, para que sua esposa não tropece nelas todos os dias e se aborreça com você.

Lembre-se que separação não é divórcio. E não precisa terminar em divórcio. E não terminará em divórcio, se você orar para impedi-lo. Com Deus, tudo pode mudar. As pessoas podem mudar. Mas precisam, no mínimo, *querer* mudar. Precisam, no mínimo, ter um pouco de amor e apreço pelo cônjuge e querer ver a chama do amor acesa novamente e o casamento restaurado.

Uma das melhores coisas a fazer pelo casamento é intensificar seu relacionamento com Deus. Aproxime-se de Deus e peça que lhe mostre a verdade sobre você, sobre seu cônjuge, sobre seu casamento e sobre os caminhos que ele traçou para vocês.

Deus pede que você se aproxime dele em meio ao sofrimento e deposite todos os problemas a seus pés, e ele lhe dará um lugar de descanso. Faça isso, e terá paz no coração, seja qual for a situação de seu casamento.

Dez afirmações de Deus sobre encontrar um lugar de descanso

1. *Deus prometeu-nos descanso.* "Visto que nos foi deixada a promessa de entrarmos no descanso de Deus, que nenhum de vocês pense que falhou" (Hb 4:1).

2. *Encontraremos descanso na presença de Deus.* "Respondeu o SENHOR: 'Eu mesmo o acompanharei, e lhe darei descanso'" (Êx 33:14).

3. *Deus está conosco para dar-nos descanso em qualquer situação.* "Certamente o SENHOR, o seu Deus, está com vocês, e lhes concedeu paz" (1Cr 22.18).

4. *Deus tem descanso e repouso para nós, se ouvirmos suas palavras.* "'Este é o lugar de descanso. Deixem descansar o exausto. Este é o lugar de repouso!' Mas eles não quiseram ouvir" (Is 28:12).

5. *O descanso proporcionado por Deus é completo e abrangente.* "Mas agora o SENHOR, o meu Deus, concedeu-me paz em todas as fronteiras, e não tenho que enfrentar nem inimigos nem calamidades" (1Rs 5:4).

6. *Deus dá descanso à nossa alma, porque somos seus filhos.* "Assim, ainda resta um descanso sabático para o povo de Deus" (Hb 4:9).

7. *Quando estamos exaustos, Deus nos dá descanso.* "Venham a mim, todos os que estão cansados e sobrecarregados, e eu lhes darei descanso" (Mt 11:28).

8. *Quando recorremos a Deus, encontramos descanso.* "No arrependimento e no descanso está a salvação de vocês, na quietude e na confiança está o seu vigor, mas vocês não quiseram" (Is 30:15).
9. *Quando tomamos sobre nós o jugo de Deus, ele dá descanso à nossa alma.* "Tomem sobre vocês o meu jugo e aprendam de mim, pois sou manso e humilde de coração, e vocês encontrarão descanso para as suas almas" (Mt 11:29).
10. *Quando obedecemos a Deus, encontramos descanso.* "E a quem jurou que nunca haveriam de entrar no seu descanso? Não foi àqueles que foram desobedientes?" (Hb 3:18).

Hora de abandonar a luta

Depois de tudo o que foi dito a respeito de encontrar descanso em Deus e perseverar após a separação, chega o momento em que você precisa abandonar a luta. Evidentemente, você precisa entregar o cônjuge nas mãos de Deus desde o início da separação, mas estou falando de abandonar *realmente* a luta.

Uma senhora que conheço tentou reconquistar o marido depois de muitos anos. Tentou trazê-lo de volta ao lar depois que ele se casou com outra mulher e teve dois filhos com ela. Enquanto esteve casada com ele, ela não fez nenhum esforço para parecer bonita e cheirosa ou manter a casa em ordem. Nunca usou maquiagem nem perfume, nunca arrumou os cabelos para ser mais atraente, nunca usou roupas que provocassem elogios, nunca usou pastilhas de hortelã. Todo marido (esposa) precisa sentir atração pela pessoa com quem se casou.

O marido se queixava com freqüência de seu desleixo, mas ela não lhe dava atenção. Tinha obsessão pelos filhos, e dirigia a eles todos os seus esforços. Tudo era para os filhos, sem nenhuma tentativa de agradar o marido. Ela decidiu dar aulas em casa para os quatro filhos, em tempo integral, apesar das fortes objeções do marido. Ele queria um pouco da companhia da esposa, mas ela não se afastava dos filhos, nem mesmo por algumas horas para jantar fora com ele. Sou totalmente favorável ao ensino doméstico; também fiz isso por uns tempos. Mas, se tornar um problema no casamento a ponto de destruir o relacionamento do casal, não vejo como pode trazer benefícios aos filhos.

Quando ele a deixou e voltou pela primeira vez para pegar os filhos no dia determinado pelo juiz, ela continuou a não fazer nenhum esforço para arrumar a casa ou embelezar-se. A oportunidade estava diante dela para reconquistar o marido, mas ela não a usou como vantagem. O casal divorciou-se, e ela teve de matricular os filhos na escola, em tempo integral, para poder trabalhar. Seria menos penoso ouvir o marido, entender seus sentimentos e tomar as providências necessárias para agradá-lo. Ele precisava de uma companhia, de uma esposa, de uma parceira sexual, mas ela se dedicou tanto aos filhos que não teve tempo para ser nada disso. Nunca entendeu que, se realmente se preocupava com os filhos, deveria fazer o possível para que eles tivessem um pai feliz. Os filhos teriam um tempo de melhor qualidade na escola do que tiveram depois do divórcio dos pais.

Por isso, é muito importante ouvir seu cônjuge com muita atenção. Quais foram seus comentários, observações ou opiniões no passado? Procure lembrar. Ele os repete, mesmo de maneira sutil? Tente entender os sinais. Você se lembra do cãozinho

Wrigley, mencionado no capítulo sobre comunicação, e de seus apelos com as patas, como se estivesse implorando? Seus pedidos eram expressos de maneira muito sutil, e sabíamos que, se não os entendêssemos, ele faria uma completa desordem na casa. Você entendeu minha analogia? Peça a Deus que lhe mostre o que realmente se passa no coração e na vida de seu cônjuge. Talvez você *pense* que sabe, mas ninguém conhece de verdade o coração de outra pessoa, se ela não revelar. Só Deus vê o interior do coração. Peça que ele lhe revele o que seu cônjuge não revela.

Eu sempre me perguntava por que um casal se divorcia depois de 35 anos de casado. Se agüentaram tanto tempo, por que não continuam juntos pelo resto da vida? Penso, porém, que, quanto mais envelhecemos, mais difícil se torna aceitar qualquer tipo de violência. Chegamos a pensar que não nos restam muitos anos, e não podemos passá-los de maneira tão infeliz como temos sido. Não permita que isso aconteça com você. Se está infeliz agora, tome uma atitude. O casamento não vai melhorar sozinho. Converse com seu cônjuge e force-o a ouvir como você se sente. Peça-lhe que converse com você e lhe conte o que se passa no interior dele. Recorram a um conselheiro, se necessário.

Se você e seu cônjuge nunca pensaram em separação, agradeça a Deus e peça-lhe que ambos nunca cheguem a esse ponto. Ore pedindo a ajuda de Deus para que vocês nunca se separem no coração. Ore por sabedoria, para ser a melhor esposa (marido) possível. "Se algum de vocês tem falta de sabedoria, peça-a a Deus, que a todos dá livremente, de boa vontade; e lhe será concedida" (Tg 1:5). Peça a Deus que lhes conceda sabedoria para terem o bom senso de nunca se separarem no coração, em primeiro lugar.

Orações pelo casamento

Oração por proteção

Senhor, oro para que protejas meu casamento da separação no coração que ocorre quando duas pessoas param de dialogar. Ajuda-nos a estar sempre em íntima comunhão e ligados emocionalmente um ao outro. Queremos aprender a agradar um ao outro e estar atentos às necessidades um do outro. Ensina-nos a ser amáveis quando poderíamos ser grosseiros, misericordiosos quando poderíamos ser críticos e a perdoar quando poderíamos estar ressentidos. Abre-nos os olhos sempre que um de nós não estiver enxergando o que se passa no íntimo do outro. Mostra-nos se estamos preocupados com outras coisas ou pessoas em vez de nos preocupar um com o outro. Dá-nos revelação para enxergarmos a verdade e permanecer no caminho que tens para nós (cf. Pv 29:18).

Senhor, tua Palavra diz que permites desgraças por causa do pecado do teu povo, quando ele te abandona e adora outros deuses (cf. Jr 1:16). Oro para que meu marido (esposa) e eu nunca nos desviemos de teus caminhos nem nos concentremos em outras coisas a ponto de servir a elas em vez de servir a ti. Mantém-nos no caminho que traçaste para nós, para que as desgraças jamais se aproximem de nós. Uma das grandes desgraças seria a nossa separação. Oro para que isso nunca nos aconteça. Ajuda-nos a orar sempre e a estar atentos o tempo todo. Se tu és *por* nós, quem será *contra* nós? (cf. Rm 8:31). Oro em nome de Jesus.

Oração por uma profunda transformação em mim

Senhor, confesso meu pecado em todas as vezes que me separei de meu marido (esposa) no coração. Eu destruo essa insensibilidade em mim que me mantém distante dele (dela) — seja por motivo de autodefesa seja por preocupar-me com outras coisas. Sei que o distanciamento entre duas pessoas, principalmente entre aquelas que tu uniste como uma só, contraria a tua vontade. Reconheço esse pensamento como ofensa contra ti. Graças te dou porque teu amor por mim me torna uma pessoa mais que vencedora, portanto posso vencer esse pensamento. Graças te dou porque nada será capaz de separar-me do teu amor (cf. Rm 8:37-39).

Não quero ser ansiosa(o) nem me preocupar com a distância que sinto de meu marido (esposa). Ao contrário, aproximo-me de ti com ações de graças por quem tu és e por tudo o que tens feito por nós, e apresento meus pedidos a ti. Graças te dou por tua paz que excede todo o entendimento e guardará meu coração e mente em Cristo Jesus (cf. Fp 4:6-7). Não permitirei que meu coração se perturbe, porque confio em ti (cf. Jo 14:1). Sei que tua graça é suficiente para mim, e, quando sou fraca(o), então é que sou forte (cf. 2Co 12:9-10). Se eu for abandonada(o), tu não te afastarás de mim e farás por mim o que meu marido (esposa) não pode ou não quer fazer (cf. Is 54:4-5). Se houver uma separação entre nós, oro para que nos ajudes a reconciliar um com o outro. Realiza todas as mudanças necessárias em nós. Oro em nome de Jesus.

Oração por uma profunda transformação em meu marido (esposa)

Senhor, seja qual for o motivo pelo qual meu marido (esposa) se afastou de mim — físico, emocional ou mental —, oro para que o(a) tragas de volta. Eu te agradeço, Senhor, porque, mesmo que ele (ela) me abandone, tu prometeste nunca me abandonar (cf. Dt 31:6). Senhor, oro para que voltes a nos unir física e emocionalmente. Muda o nosso coração e ajuda-me a ser tudo aquilo que ele (ela) precisa que eu seja. Permite que eu volte a unir-me a ele (ela) emocionalmente. Dá-me coragem e força para lutar por nosso casamento, até que ele seja como planejaste para nós.

Oro para que ele (ela) não caia em nenhuma armadilha ou sedução preparada pelo inimigo. Abre seus olhos para que ele (ela) entenda que, se tu és por nós, ninguém será contra nós (cf. Rm 8:31). Ajuda-o(a) a compreender que a separação, exceto com a finalidade de solucionar problemas, não é a tua perfeita vontade para nossa vida. Creio que todo o sofrimento que tivermos de atravessar será para tua glória (cf. Rm 8:18). Capacita-o(a) a *provar* e *ver* que és um Deus bondoso e que ele (ela) será grandemente abençoado(a) se te seguir e confiar em teus caminhos (cf. Sl 34:8).

Ajuda-o a ouvir tua voz e a seguir-te (cf. Jo 10:27). Aproxima-nos de ti e também um do outro. Se nosso amor fraquejou, ajuda-nos a nos apaixonar novamente, com a mesma intensidade de antes. Da mesma forma que ninguém pode separar-nos do amor de Cristo, oro para que nada seja capaz de separar-nos do amor que sentimos um pelo outro (cf. Rm 8:35). Oro em nome de Jesus.

Verdades nas quais podemos confiar

Considero que os nossos sofrimentos atuais não podem ser comparados com a glória que em nós será revelada.
Romanos 8:18

Meus irmãos, considerem motivo de grande alegria o fato de passarem por diversas provações, pois vocês sabem que a prova da sua fé produz perseverança. E a perseverança

deve ter ação completa, a fim de que vocês sejam maduros e íntegros, sem lhes faltar coisa alguma.
Tiago 1:2-4

É melhor ter companhia do que estar sozinho, porque maior é a recompensa do trabalho de duas pessoas. Se um cair, o amigo pode ajudá-lo a levantar-se. Mas pobre do homem que cai e não tem quem o ajude a levantar-se!
Eclesiastes 4:9-10

O SENHOR cumprirá o seu propósito para comigo! Teu amor, SENHOR, permanece para sempre; não abandones as obras das tuas mãos!
Salmos 138:8

Deus mesmo disse: "Nunca o deixarei, nunca o abandonarei". Podemos, pois, dizer com confiança: "O SENHOR é o meu ajudador, não temerei. O que me podem fazer os homens?"
Hebreus 13:5-6

14

Se a esperança parecer perdida *e* houver necessidade de *um* milagre

TODO CASAMENTO PASSA POR várias fases. No início, há o período romântico, empolgante, apaixonado, divertido em que o casal começa a se conhecer realmente. Nessa fase, o amor é tão inebriante que não enxergamos com clareza, isto é, não sabemos exatamente onde estamos. A intensidade desse período aos poucos se enfraquece, por mais que tentemos evitar e, embora a primeira fase seja muito agradável, é também extremamente exaustiva. A fase seguinte concentra-se na correria de estabelecer o lar e dar prosseguimento à carreira profissional. Quando os filhos chegam, é o período de dormir pouco, não parar um momento sequer, ter muitas outras coisas para fazer, desejar que o dia seja mais comprido. Em seguida, vem o período em que os filhos saem de casa. Perguntamos, então, por que nos casamos, e fazemos um grande esforço para nos apaixonar outra vez. Depois, há o período em que nos consideramos velhos demais para agüentar certas coisas, não queremos passar o pouco tempo que nos resta vivendo infelizes e desejamos mudar de vida. É nesse período que muitos casamentos terminam. Mas, se você se esforçar e ambos estiverem dispostos a promover mudanças e deixar o passado para trás, terão esperança de terminar seus dias juntos, porque desejam tomar conta um do outro.

Em qualquer dessas fases, poderá haver uma sensação de fracasso, mas, se você souber que terá de atravessá-las e que, um dia, elas terminarão, será mais fácil atravessá-las com esperança.

Talvez você tenha muitas esperanças quanto a seu casamento, e oro para que continue assim. Talvez vocês dois sejam prisioneiros da esperança, em todas as circunstâncias da vida (cf. Zc 9:12). No entanto, se você começar a sentir abatimento sobre um aspecto particular de seu casamento, espero que este capítulo lhe traga ânimo. E, se achar que não há mais esperança para seu casamento e só um milagre poderá salvá-lo, tenho uma boa notícia para lhe dar. Deus está operando milagres. Eu explico: mesmo que vocês já tenham dado entrada no pedido de divórcio e assinado todos os documentos, e a tinta já esteja completamente seca, ainda há esperança.

Tenho ouvido, ao longo dos anos, histórias de um sem-número de casais que já tinham passado por todos os trâmites do divórcio quando um deles começou a orar pelo outro. A situação foi revertida, e eles se reconciliaram. Cancelaram tudo e voltaram a viver juntos. Alguns precisaram se casar novamente, porque o divórcio já estava sacramentado.

Há um casal em particular muito precioso para mim, porque sua história é emocionante e miraculosa. Depois de esperar mais de duas horas na fila enquanto eu dava autógrafos no lançamento de um livro, eles se aproximaram. Contaram que enfrentaram muitas brigas no casamento e se separaram. Nesse período, ele passou um ano na prisão, e ela deu entrada nos papéis do divórcio. Na véspera de ser libertado, alguém lhe ofereceu um exemplar de *O poder do marido que ora*. Ele leu o livro inteiro durante o dia e a noite antes de ser solto. Enquanto lia, concluiu que sua vida nunca mais seria a mesma. Assim que saiu da prisão, ligou para a esposa e contou-lhe o acontecido. Deus lhe revelara como ele deveria agir como marido e que precisava orar pela esposa todos os dias. Ele pediu que ela o aceitasse de volta, e prometeu fazer o possível para ser um ótimo marido.

Essa parte da história foi impressionante, mas, em seguida, a esposa contou que ela também recebera um livro alguns dias antes de o marido ser libertado. O título do livro era *O poder da esposa que ora*. Após a leitura, seus olhos se abriram, e ela entendeu que precisava orar pelo marido.

Enquanto contavam essa história para mim, os olhos deles se encheram de lágrimas, e ambos mal conseguiam falar de tanta emoção. Contaram-me que viajaram de carro centenas de quilômetros só para me contar suas histórias e queriam agradecer à mulher que escreveu os livros e salvou seu casamento. O divórcio havia sido anulado, e eles estavam juntos de novo. O casamento fortaleceu-se, e eles decidiram seguir um caminho completamente diferente do anterior. Mostraram-me os livros surrados, e perguntei se eu poderia autografá-los e escrever uma mensagem especial para eles. Eu lhes disse que conhecê-los e ouvir suas histórias foi um dos melhores presentes que havia recebido na vida e que sempre me lembraria deles em minhas orações. Não lhes restava mais nenhuma esperança, mas, quando começaram a orar um pelo outro, Deus realizou um milagre.

Nosso Deus é um Deus de esperança. Ele é o Deus todo-poderoso do universo, e nada para ele é difícil. Ele também poderá fazer o mesmo por você, se comprometer-se a orar por seu marido (esposa). Estará com você para guiá-la(o) e ajudá-la(o) em cada passo do caminho. Deus deseja salvar, restaurar e preservar seu casamento. Se você lhe pedir, ele atenderá a todas as suas necessidades.

À ESPERA DE UM MILAGRE

Talvez você não se sinta desesperançada(o) com todo o seu casamento, mas apenas com um aspecto dele. Talvez seu cônjuge tenha um hábito que a(o) irrita profundamente. Ou talvez você tenha um problema e seu cônjuge não seja uma pessoa paciente, e sem a ajuda dele você não é capaz de superá-lo. Talvez se sinta desesperançada(o) porque não consegue enxergar uma vida diferente para vocês. Mas saiba que, se caminhar perto de Deus, sua tristeza terminará. "O choro pode persistir uma noite, mas de manhã irrompe a alegria" (Sl 30:5). Não há garantia de que seu cônjuge mudará, mas *você* certamente mudará. E, se *você* mudar, haverá grandes possibilidades de que *ele* também mude. Seus problemas terminarão, de uma forma ou de outra.

Deus é um Deus de milagres, por isso pode devolver o que foi perdido ou ressuscitar o que morreu. Quando recorremos a Deus como única esperança de um milagre, estamos na melhor posição para recebê-lo. Mas é necessário chegar a ponto de renunciar — não ao casamento, mas a não tentar realizar um milagre por conta própria. Humilhe-se diante de Deus como uma criança e diga-lhe que não pode fazer isso sem ele (cf. Mt 18:4). Diga-lhe que sua esperança está inteiramente nele e tem certeza de que jamais se decepcionará porque ele a(o) ama muito. A esperança que está em você reflete sua fé em Deus. E tudo é possível para quem crê (cf. Rm 5:5).

Esperar no Senhor significa que tudo pode acontecer porque Deus está no controle, e ele é o Deus dos impossíveis. Pode mudar qualquer coisa em um instante. Às vezes, quando estamos em completo desespero, ocorre de repente uma mudança de coração e corremos em direção à alegria. O melhor que você pode fazer enquanto espera por um milagre é deixar que a alegria do Senhor inunde seu coração.

A esperança permite que continuemos a sonhar com um belo futuro. A desesperança impede-nos de enxergar o futuro.

Jesus disse: "É perseverando que vocês obterão a vida" (Lc 21:19). À primeira vista, esse versículo parece aconselhar-nos a ser passivos, aguardar as coisas acontecerem, e um dia, quem sabe, elas se resolverão. Mas Jack Hayford escreve: "Nesse versículo, a palavra grega para "perseverando" (*hupomone*) significa 'resistir sob pressão'. Esse é o chamado do momento, porque a pressão dos espíritos de sedução relacionados aos últimos dias estão soltos e trabalhando".[1]

Dentro dessa perspectiva e dimensão, a palavra "perseverando" torna-se muito ativa. Perseverando — ou resistindo sob pressão — é que vencemos. Às vezes, somos vitoriosos porque não desistimos, mesmo que tenhamos de enfrentar uma batalha após outra. Muitas pessoas desistem cedo demais. Eu poderia ter desistido do casamento muito antes de começar a ver mudanças em meu marido — e em mim. Nós dois mudamos. E creio que essas mudanças sejam duradouras porque Deus realizou um milagre em nossa vida. Michael e eu nos comunicamos melhor, e ele não permite que a ira o controle como antes. Houve necessidade de muitas orações e de resistir sob pressão (perseverar), mas mudamos. Conseguimos, e agora estamos na última fase na qual sabemos que sempre estaremos juntos, aconteça o que acontecer. E sentimos uma grande paz.

É por isso que você não pode perder a esperança, como se fosse o fim do mundo. Este é o momento propício para Deus

[1] *The Anatomy of Seduction*, Ventura, CA: Regal Books, 2004, p. 45.

realizar um milagre. Venceremos se permanecermos firmes até o fim. Devemos dizer: "Senhor, ajuda-me a ter paz neste momento e na situação em que me encontro, sabendo que não me deixarás para sempre neste sofrimento. Ajuda-me a repetir as palavras de Paulo: 'Aprendi a adaptar-me a toda e qualquer circunstância'" (Fp 4:11).

Se você caminhar com Deus e não virar as costas ao Espírito Santo, será transformada(o) com glória cada vez maior e com força cada vez maior, quer sinta isso, quer não. "E todos nós, que com a face descoberta contemplamos a glória do Senhor, segundo a sua imagem estamos sendo transformados com glória cada vez maior, a qual vem do Senhor, que é o Espírito" (2Co 3:18). Você será mais semelhante a ele. Assim que orar, creia que Deus ouviu sua oração e sinta a paz que ele tem para você, enquanto resiste sob pressão. Essa paz não é semelhante à paz do mundo, porque não existe nenhum motivo terreno para ela (cf. Jo 14:27).

Dez lembretes acerca da paz de Deus

1. *Deus nos dá paz e força.* "O SENHOR dá força ao seu povo; o SENHOR dá a seu povo a bênção da paz" (Sl 29:11).

2. *O Senhor luta por nós para nos dar paz.* "O SENHOR lutará por vocês; tão-somente acalmem-se" (Êx 14:14).

3. *A humildade produz paz.* "Mas os mansos herdarão a terra e se deleitarão na abundância de paz" (Sl 37:11, RA).

4. *A obediência produz paz.* "Se tão-somente você tivesse prestado atenção às minhas ordens, sua paz seria como um rio..." (Is 48:18).

5. *A fé produz paz.* "Jesus disse à mulher: 'Sua fé a salvou; vá em paz'" (Lc 7:50).

6. *Jesus dá-nos sua paz.* "Deixo-lhes a paz; a minha paz lhes dou. Não a dou como o mundo a dá. Não se perturbe o seu coração, nem tenham medo" (Jo 14:27).

7. *A vida no Espírito produz paz.* "A mentalidade da carne é morte, mas a mentalidade do Espírito é vida e paz" (Rm 8:6).

8. *Andar no caminho de Deus produz paz.* "O fruto da justiça será paz; o resultado da justiça será tranqüilidade e confiança para sempre" (Is 32:17).

9. *Amar as leis de Deus produz paz e proteção.* "Os que amam a tua lei desfrutam paz, e nada há que os faça tropeçar" (Sl 119:165).

10. *Quem se esforça para viver em paz com os outros recebe a paz de Deus.* "Esforcem-se para viver em paz com todos e para serem santos; sem santidade ninguém verá o Senhor" (Hb 12:14).

Se você perdeu a esperança

Mesmo que seu marido (esposa) tenha perdido a esperança no casamento, se *um de vocês* quiser ver seu casamento transformado, e *Deus* quiser transformá-lo, serão dois contra um. E essa maioria é poderosa para resolver qualquer problema. Ore para que Deus dê capacidade a você e a seu marido (esposa) de entenderem a situação pela perspectiva do Senhor. Ore para que ambos levantem os olhos para os montes, de onde vem o socorro (cf. Sl 121:1).

Se deseja realmente ver seu casamento restaurado ou como deveria ser, não dê ouvidos a quem lhe diz que você enlouqueceu por considerar a hipótese de continuar a viver com seu cônjuge. (A não ser, claro, que esteja sofrendo maus-tratos, e essa pessoa queira o seu bem.) Ore para que todo sofrimento, decepção ou desânimo que você e seu cônjuge sentem os aproximem mais de Deus, e não o contrário. Encontre pessoas que lhe dêem apoio e acreditem em seu casamento.

Se você está casada(o) há muito tempo e já passou por várias provações, saiba que a oração ao Deus todo-poderoso do universo, que criou o casamento, libera o poder dele para restaurá-lo. Deus diz:

> Quando você atravessar as águas,
> eu estarei com você;
> quando você atravessar os rios,
> eles não o encobrirão.
> Quando você andar através do fogo,
> não se queimará;
> as chamas não o deixarão em brasas.
> Pois eu sou o SENHOR, o seu Deus,
> o Santo de Israel, o seu Salvador...
>
> Isaías 43:2-3

Lembre-se que a desesperança não ocorre da noite para o dia, embora, às vezes, nos sobrevenham sofrimentos repentinos que nos deixam sem esperança. Em geral, a desesperança ocorre aos poucos, após uma ofensa, um desapontamento, uma mágoa, até que o desânimo se instala e cobre tudo como se fosse um cimento, solidificando a parede que foi construída. Quase sempre, a desesperança ocorre quando nossas orações não foram respondidas e não acreditamos que o serão.

Talvez a sensação seja a de que você e seu casamento estejam em queda livre, e somente a mão de Deus pode alcançá-la(o) e salvá-la(o) de espatifar-se no chão. Suas orações, porém, podem acionar a mão de Deus a qualquer momento. Portanto, sempre tenha esperança. Se você abandonou a esperança de que *alguma coisa* mudará, saiba que a vontade de Deus é mudar *tudo* em sua vida. Saiba que pode rejeitar a desesperança e depositar sua esperança em um milagre de Deus.

Se você depositar esperança em Deus, ele não a(o) decepcionará (cf. Is 49:23), coisas boas lhe acontecerão (cf. Lm 3:25), você agradará a Deus (cf. Sl 147:11), não ficará triste (cf. Sl 42:11) e encontrará descanso (cf. Sl 62:5).

Dez bons motivos para não perder a esperança

1. *Temos esperança por causa de Jesus.* "Bendito seja o Deus e Pai de nosso Senhor Jesus Cristo! Conforme a sua grande misericórdia, ele nos regenerou para uma esperança viva, por meio da ressurreição de Jesus Cristo dentre os mortos..." (1Pe 1:3).

2. *O plano de Deus é dar-nos esperança.* "Porque sou eu que conheço os planos que tenho para vocês", diz o Senhor, "planos de fazê-los prosperar e não de lhes causar dano, planos de dar-lhes esperança e um futuro" (Jr 29:11).

3. *A Palavra de Deus nos dá esperança.* "Pois tudo o que foi escrito no passado, foi escrito para nos ensinar, de forma que, por meio da perseverança e do bom ânimo procedentes das Escrituras, mantenhamos a nossa esperança" (Rm 15:4).
4. *Deus se agrada quando colocamos nossa esperança nele.* "O SENHOR se agrada dos que o temem, dos que colocam sua esperança no seu amor leal" (Sl 147:11).
5. *Quando firmamos a esperança em Deus, ele nos protege.* "Mas o SENHOR protege aqueles que o temem, aqueles que firmam a esperança no seu amor..." (Sl 33:18).
6. *Há sempre esperança e um bom futuro para nós.* "Se agir assim, certamente haverá bom futuro para você, e a sua esperança não falhará" (Pv 23:18).
7. *Deus enche-nos de esperança quando temos confiança nele.* "Que o Deus da esperança os encha de toda alegria e paz, por sua confiança nele, para que vocês transbordem de esperança, pelo poder do Espírito Santo" (Rm 15:13).
8. *Sempre temos esperança de que Deus nos livrará.* "Ele nos livrou e continuará nos livrando de tal perigo de morte. Nele temos colocado a nossa esperança de que continuará a livrar-nos" (2Co 1:10).
9. *Temos esperança porque Deus é fiel para cumprir sua promessa.* "Apeguemo-nos com firmeza à esperança que professamos, pois aquele que prometeu é fiel" (Hb 10:23).
10. *Verdadeira esperança é quando não desistimos, mesmo que tenhamos todos os motivos para isso.* "Pois nessa esperança

fomos salvos. Mas, esperança que se vê não é esperança. Quem espera por aquilo que está vendo?" (Rm 8:24).

O amor e o respeito exigidos na Bíblia entre o marido e a esposa não se baseiam em "se você quiser" ou "se seu cônjuge merecer". Baseiam-se em obedecer a Deus, porque ele derramou amor em nosso coração. Deus nos ama, mesmo quando erramos ou o decepcionamos. Ele nos ama, mesmo quando nos esquecemos de retribuir seu amor e deixamos de passar algum tempo em sua presença. Ele diz que devemos amar os outros, mesmo quando os outros não nos amam. "Se vocês amarem aqueles que os amam, que recompensa vocês receberão?" (Mt 5:46). Devemos amar sempre por causa do amor incondicional de Deus derramado em nosso coração.

É por isso que você precisa continuar a amar seu cônjuge, mesmo quando a esperança parece perdida. Não permita que pensamentos negativos sobre você, seu cônjuge e seu casamento dominem sua mente. Exija que seus pensamentos sejam positivos e bons. "Destruímos argumentos e toda pretensão que se levanta contra o conhecimento de Deus, e levamos cativo todo pensamento, para torná-lo obediente a Cristo" (2Co 10:5). Imponha a si mesmo(a) a regra de amar os outros da maneira que o Senhor a(o) ama. Decida fazer o que Daniel fez para entender o Senhor e seus caminhos, e humilhe-se diante dele. O anjo disse a Daniel: "Não tenha medo, Daniel. Desde o primeiro dia em que você decidiu buscar entendimento e humilhar-se diante do seu Deus, suas palavras foram ouvidas, e eu vim em resposta a elas" (Dn 10:12). Se fizer isso, confie que suas orações serão ouvidas. Tenha esperança no Senhor, e ele jamais a(o) decepcionará.

Orações pelo casamento

Oração por proteção

Senhor, entrego meu casamento a ti. Que ele seja tudo aquilo que desejas. Mesmo em tempos de sofrimento ou dissensões, creio que és poderoso para guardar o que te confiei (cf. 2Tm 1:12). Oro para que ajudes meu marido (esposa) e eu a nunca perdermos a esperança, principalmente em nosso casamento. Ajuda-nos a crescer na fé — fé em ti e um no outro. Ajuda-nos a depositar nossa esperança em ti, porque és nosso auxílio e proteção (cf. Sl 33:20). "Esteja sobre nós o teu amor, Senhor, como está em ti a nossa esperança" (Sl 33:22). Capacita-nos a herdar tudo o que tens para nós, porque temos esperança no coração (cf. Sl 37:9).

Senhor, oro para que sempre tenhamos paciência para esperar que administres nossa vida e nosso casamento. Eu te agradeço porque foste crucificado e ressuscitaste dentre os mortos, e temos esperança de que ressuscitarás qualquer coisa em nossa vida, mesmo que esteja morta e sem nenhuma esperança (cf. 1Pe 1:3). Ajuda-nos a não desistir um do outro, mas, ao contrário, que a perseverança tenha ação completa em nós, e só assim seremos maduros e íntegros, sem nos faltar coisa alguma (cf. Tg 1:4). Ajuda-nos a livrar-nos de tudo o que nos atrapalha e do pecado que nos envolve, para que "corramos com perseverança a corrida que nos é proposta, tendo os olhos fitos em Jesus, autor e consumador da nossa fé. Ele, pela alegria que lhe fora proposta, suportou a cruz" (Hb 12:1-2). Ajuda-nos a manter os olhos fixos em ti. Oro em nome de Jesus.

Oração por uma profunda transformação em mim

Senhor, apresento-me diante de ti e lanço toda a minha ansiedade a teus pés, sabendo que tens cuidado de mim (cf. 1Pe 5:7). Eu te agradeço porque tens um futuro de paz e esperança para mim (cf. Jr 29:11). Ajuda-me a lembrar que, em qualquer circunstância de minha vida e de meu casamento, jamais me deixarás nem me abandonarás.

Senhor, confesso ter pecado todas as vezes que perdi a esperança em minha situação e, acima de tudo, nos aspectos importantes de meu casamento. Tua Palavra diz que "a esperança que se retarda deixa o coração doente, mas o anseio satisfeito é árvore de vida" (Pv 13:12). Depois de aguardar muito tempo e não ver nenhuma mudança, sinto-me infeliz e sem esperança. Mas confesso esse pecado diante de ti, pois, segundo a tua Palavra, "tudo o que não provém da fé é pecado" (Rm 14:23). Minha fé em teu poder para promover mudanças é fraca. Oro para que me ajudes a não perder a esperança por medo de decepcionar-me. Quero confiar em ti em todos os momentos. Derramo o coração diante de ti, sabendo que és o meu Deus e o meu refúgio (cf. Sl 62:8).

Ajuda-me a ser como uma criança — inteiramente dependente de ti, pois sei que esse é o lugar mais seguro para eu estar. Oro como o teu servo Davi: "Sonda-me, ó Deus, e conhece o meu coração; prova-me, e conhece as minhas inquietações. Vê se em minha conduta algo te ofende, e dirige-me pelo caminho eterno" (Sl 139:23-24). Capacita-me a ser tudo o que necessito ser. Em meio aos problemas em meu casamento, digo: "Misericórdia, ó Deus; misericórdia, pois em ti a minha alma se refugia. Eu me refugiarei à sombra das tuas asas, até que passe o perigo" (Sl 57:1).

Mesmo que venhamos a sofrer de vez em quando neste casamento por coisas que fizemos ou deixamos de fazer, sei que és "capaz de fazer infinitamente mais do que tudo o que pedimos ou pensamos, de acordo com o [teu] poder que atua em nós" (Ef 3:20).

Serei forte e corajosa(o), porque espero em ti (cf. Sl 31:24). Graças te dou porque recolhes "as minhas lágrimas em teu odre" (Sl 56:8). Oro para que tu, Espírito Santo, me dês "uma bela coroa em vez de cinzas, o óleo da alegria em vez de pranto, e um manto de louvor em vez de espírito deprimido" (Is 61:3). Torna-me um carvalho de justiça para manifestação da tua glória. Ajuda-me a ser motivada(o) "pelo amor e a perseverança proveniente da esperança em nosso Senhor Jesus Cristo" (1Ts 1:3), pois sei que podes mudar tudo em minha vida. Oro em nome de Jesus.

Oração por uma profunda transformação em meu marido (esposa)

Senhor, entrego a vida de meu marido (esposa) em tuas mãos. Se ele (ela) tiver perdido a esperança em si mesmo(a), oro para que a elimines de seu coração. Que ele (ela) seja tudo aquilo que planejaste para sua vida. Quebra todas as correntes de desesperança que lhe dominam a mente. Ajuda-o(a) a depositar a esperança em ti e a entender que nosso casamento poderá ser transformado — não por nosso querer ou poder, mas por teu Espírito — para ser tudo o que planejaste desde o início. Afasta toda desesperança que ele (ela) sente em relação a mim, nosso casamento e nossa vida conjugal. Graças te dou porque és o Deus da esperança e "o mesmo, ontem, hoje e para sempre" (Hb 13:8).

Espírito Santo, ajuda meu marido (esposa) a entender que, por seres nosso conselheiro, haverá sempre esperança para nós (cf. Jo 14:26). Se enfrentarmos dificuldades, não seremos destruídos, porque tu nos sustentas. Não temos de conviver com o desespero, porque nossa esperança está em ti. "De todos os lados somos pressionados, mas não desanimados; ficamos perplexos, mas não desesperados; somos perseguidos, mas não abandonados; abatidos, mas não destruídos" (2Co 4:8-9). Ilumina os olhos do entendimento de meu marido (esposa), para que ele (ela) conheça a esperança de teu chamado em sua vida, e venha a compreender a incomparável grandeza de teu poder para com os que crêem (cf. Ef 1:18-19). Dá-lhe uma fé inabalável em ti. Oro em nome de Jesus.

Verdades nas quais podemos confiar

Mas aqueles que esperam no SENHOR renovam as suas forças. Voam alto como águias; correm e não ficam exaustos, andam e não se cansam.
Isaías 40:31

Pois todo o que pede, recebe; o que busca, encontra; e àquele que bate, a porta será aberta.
Mateus 7:8

Os justos clamam, o SENHOR os ouve e os livra de todas as suas tribulações.
Salmos 34:17

Ponha a sua esperança no SENHOR, ó Israel, pois no SENHOR há amor leal e plena redenção.
Salmos 130:7

Estou convencido de que aquele que começou boa obra em vocês, vai completá-la até o dia de Cristo Jesus.
Filipenses 1:6

Que seu casamento seja *uma* história de sucesso!

NA SEMANA PASSADA, FIQUEI sabendo que outro casal amigo nosso está pedindo o divórcio. Eles são cristãos, pais de dois filhos e muito conhecidos em nossa comunidade. Sempre me pareceram uma família perfeita, muito talentosa e divertida. Todos gostam muito deles. Agora, a família está sendo *despedaçada*, e as pessoas que os conhecem estão *profundamente tristes*.

Conversei hoje com uma mãe que foi casada durante 25 anos e divorciou-se há cinco anos. Ela ainda sofre por causa do divórcio. Trabalha muito para sustentar a si mesma e aos dois filhos, e sempre se culpa por ter de afastar-se deles para ganhar o pão de cada dia. Toda a família dela *sofreu os efeitos negativos* do divórcio.

Recentemente, um pastor muito respeitado divorciou-se porque a esposa reatou um relacionamento pecaminoso com o ex-namorado. Deve ter havido uma tremenda solidão no casamento deles durante algum tempo. A congregação e a comunidade estão *abaladas*, e os filhos também.

Dias atrás, um casal de jovens admirável separou-se definitivamente em razão de um terrível mal-entendido entre os dois. Suas famílias estão *arrasadas e aflitas*, e as *conseqüências* parecem não ter fim.

Conheço pessoalmente todas essas excelentes pessoas, e meu coração se compadece ao ver tanta *tristeza e sofrimento* — principalmente por saber que tudo poderia ter sido evitado, pois Deus tem um caminho melhor para elas. Não as julgo. Sei como é difícil manter um casamento. Mas sei também que vale a pena fazer todo esforço para superar os problemas e as mágoas para ver o casamento prosperar, ser feliz e sólido. Foi o que aconteceu com meu casamento, e valeram a pena todos aqueles anos de oração para aprendermos a viver nos caminhos de Deus, mesmo quando a esperança parecia perdida. Valeu a pena ter meu coração reconstruído por Deus até que o arrependimento, o perdão e o amor fluíssem através dele no dia-a-dia, em qualquer circunstância. Deus realizou esse milagre porque me dispus a fazer tudo a meu alcance. É por isso que oro por você para que encontre força, fé e coragem para fazer tudo a seu alcance. Só assim seu casamento se tornará uma das histórias de sucesso. E estarei torcendo por você o tempo todo.

Compartilhe suas impressões de leitura escrevendo para:
opiniao-do-leitor@mundocristao.com.br
Acesse nosso blog: www.mundocristao.com.br/blog

Diagramação: Assisnet Design Gráfico
Fonte: Adobe Caslon
Gráfica: Imprensa da Fé
Papel: Lux cream 70g (miolo)
Cartão 250g/m² (capa)